주홍빛 베네치아

SAN MARUCO SATSUJINJIKEN
by Nanami Shiono

Copyright ⓒ 1989 by Nanami Shiono

Original Japanese edition published by Asahi Shimbun Publishing Co., Ltd.
Korean translation rights arranged with Nanami Shiono
through Japan Foreign-Rights Centre

Published by Hangilsa Publishing Co., Ltd., Korea, 2003

시오노 나나미의 세 도시 이야기 1

주홍빛 베네치아

김석희 옮김

한길사

시오노 나나미의 세 도시 이야기 1 주홍빛 베네치아

지은이 ▪ 시오노 나나미
옮긴이 ▪ 김석희
펴낸이 ▪ 김언호
펴낸곳 ▪ (주)도서출판 한길사

등록 ▪ 1976년 12월 24일 제74호
주소 ▪ 10881 경기도 파주시 광인사길 37
   www.hangilsa.co.kr
   E-mail: hangilsa@hangilsa.co.kr
전화 ▪ 031-955-2000~3   팩스 ▪ 031-955-2005

제1판 제1쇄 1998년 7월 15일
제1판 제3쇄 1998년 8월 5일
제2판 제1쇄 2003년 11월 20일
제2판 제7쇄 2017년 6월 26일

값 14,000원
ISBN 978-89-356-5122-1 03900

◆ 잘못 만들어진 책은 구입하신 서점에서 바꿔드립니다.

앞 | 물 위의 도시 베네치아

멀리 물 위로 베네치아의 상징인 산 마르코 성당의 돔이 보인다. 산 마르코는 베네치아의 수호성인이며,
이 이야기의 주인공 이름 역시 마르코이다. 그는 오늘날 미국의 CIA와 같은 기관인 CDX의 위원이다.

위와 옆 | 산 마르코 대성당과 광장

베네치아에서 가장 중요한 산 마르코 대성당의 종루는 하루에도 몇 번씩 종을 울려
시민들의 시계 구실을 했다. 게다가 선착장 근처에 우뚝 솟은 탓도 있어서, 함대가 출항하거나
귀항할 때 승전을 기원하거나 축하하는 종소리가 맨 먼저 울려퍼지는 것도 이 종루에서였다.
이 종루에서 살인사건이 일어나면서 베네치아의 이야기가 시작된다.

베네치아의 골목길

베네치아의 골목만큼 사색하면서 걷기에 적당한 길도 없다. 베네치아 시가지는 운하도 골목도 미로 형태이다. 하지만 베네치아 사람에게는 미로가 아니다. 미로에서 헤매지 않는 가장 좋은 방법은 다른 사람이 걸어가는 방향으로 따라 걷는 것이다. 이것은 미로가 많은 베네치아에 사는 사람에게 없어서는 안 될 지혜이기도 하다.

앞·왼쪽 | 운하와 리알토 다리
베네치아가 도시로서 형태를 갖춘 것은 석호 안에서도 지반이 튼튼한 섬이 모여 있는 리알토 일대였다. 이 일대에 있는 섬들을 다리로 연결하여 생겨난 것이 오늘날의 베네치아이다. 따라서 베네치아의 운하들은 처음부터 운하로 만들어진 게 아니다. 원래 섬들 사이를 누비며 흐르던 물길이 운하가 된 것이다.

티치아노, 「우르비노의 비너스」, 1538

"올림피아가 처음 베네치아에 와서 맨 먼저 한 일은 화가 티치아노에게 자신의 초상화를 주문한 것이었다. 티치아노는 올림피아의 풍만한 나체를 치렁치렁한 금발만으로 살짝 가린 포즈로 훌륭한 초상화를 그렸다. 이렇게 해놓고 올림피아는 손님의 범위를 제한했다. 손님의 신분이 '상급'인 것은 두말할 나위도 없다."

앞 | 사육제

"소광장이라고 불리는 선착장 앞 광장에는 온갖 모습으로 공들여 가장한 사람들이 북적거렸다.
사육제가 절정에 이르는 날이다. 마르코도 하얀 가면을 사서 얼굴에 썼다."

위 | 운하의 건물

"베네치아에서는 내리쬐는 햇빛이 좀더 부드러워지면 가을이 시작된 것을 알 수 있다.
운하의 물빛도, 수면과 그대로 이어진 듯 서 있는 건물들의 벽 색깔도
차분하게 깊은 맛을 띠기 시작하는 게 이 계절이다."

*대운하와 아름다운 무늬를 이루는 작은 운하
물은 초록빛 푸른빛 은빛으로
우리는 돌고 돌았노라, 베네치아의 거리를.*
· 앙리 드 레니에

주홍빛 베네치아

20 작가의 말

25 밤의 신사들
37 부끄러워하는 거지
49 그리티 통령
61 로마에서 온 여자
73 무도회
85 출항
95 10인 위원회
107 지중해
119 콘스탄티노플
131 군주의 아들
141 노예에서 재상이 된 사나이
153 쉴레이만 대제
165 두 장의 도면
177 하렘의 안과 밖
189 러시아 인형
201 에메랄드 반지

213 선택의 첫 해

225 바다 위의 수도원

237 미로

249 음모

261 골든혼 만의 석양

273 낭떠러지

285 오리엔트의 바람

297 수양버들의 노래

309 귀국

321 감옥

333 사육제 마지막 날

345 에필로그

347 시오노 나나미를 사랑하는 독자 여러분께 | 옮긴이의 말

353 관련 지도
　　16세기 지중해 세계
　　르네상스기의 베네치아
　　동지중해역의 베네치아 '고속도로'

작가의 말

『주홍빛 베네치아』에서 『은빛 피렌체』을 거쳐 『황금빛 로마』로 이어지는 이 도시 삼부작의 진정한 주인공은 인간이 아니라 도시입니다.

투르크 제국의 수도가 된 콘스탄티노플(오늘날의 이스탄불)과 관계를 갖지 않을 수 없었던 16세기 초의 베네치아. 군주국으로 바뀌어가고 있던 동시대의 피렌체. 그리고 르네상스 최후의 교황이라고 불린 파울루스 3세 치하의 로마. 주홍빛 바탕에 금실로 성 마르코의 사자를 수놓은 국기가 지중해를 오가는 선박의 돛대에서 펄럭이던 시대의 베네치아. '은빛 아르노, 황금빛 테베레'라고 시인들이 노래한 아르노 강과 테베레 강이 피렌체와 로마 주민의 생활에 오늘날보다 훨씬 깊이 관여하고 있던 시대의 두 도시 이야기.

그러나 이 세 도시에 대해서라면 이미 썼습니다. 베네치아는 『바다의 도시 이야기』, 피렌체는 『나의 친구 마키아벨리』, 로마는 『체사레 보르자 혹은 우아한 냉혹』 등, 각각 이 도시들을 중심으로 한 작품에서 모두 다루었습니다. 다만 이 삼부작에서는 대상은 같지만 다루는 방식이 다릅니다.

이 삼부작에서 나는 처음으로 주인공 두 사람을 창작하는 기법을 택했습니다. 남녀 주인공에게 이 세 도시를 여행하게 함으로써, 즉 세 도시에서 생활하게 함으로써, 르네상스 시대를 대표하는 베네치아, 피렌체 및 로마라는 세 도시를 묘사해보고 싶었기 때문입니다. 따라서 두 남녀 주인공을 제외한 나머지 인물들은 거의 다 실존 인물입니다. 또한 세 도시에서 일어나는 많은 일들, 예를 들면 베네치아 첩보기관이 사용한 암호 통신, 피렌체의 재판과 처형, 로마에서 활동한 예술가들의 작업 방식 등도 모두 사실입니다. 『황금빛 로마』 첫머리에 로마가 '영원한 도시'인 까닭을 썼는데, 이는 그 시대에 이탈리아를 여행한 몽테뉴의 여행기를 베낀 것입니다.

그래서 이 삼부작은 역사적 사실들을 주워모아 짜맞춘 패치워크가 되었습니다. 두 주인공을 창작하여 그들을 움직일 수 있었기 때문에, 논픽션 색채가 강한 나의 다른 작품에 비해 좀더 자유로운 패치워크가 된 것이지요.

이것은 늘상 내 머리에서 떠나지 않는 생각, 즉 사실은 재현할 수 없지만 사실이었다 해도 이상하지 않은 일은 재현할 수 있다는 생각을 실험한 예라고 해도 좋을까요.

그런데 이 삼부작을 다 쓴 뒤 내 머리에 떠오른 것은 집필을 시작하기 전에는 생각지도 않은 한 가지 사실이었습니다. 16세기 전반이라는 시대를 무대로 삼기로 결정했을 때는 의식하지 못했던 일이지만, 생각해보면 그 시대는 르네상스가 전성기를 지나 쇠퇴기에 접어든 직후입니다. 왜 나는 소설을 쓸 때 융성기를 다루지 않고 쇠퇴기를 무대로 하는 쪽을 선택했을까.

그 이유는 융성기는 소설로 쓸 필요도 없을 만큼 그 자체가 극적이기 때문일 거라고 생각합니다. 상황이 좋든 나쁘든 관계없이, 인간들이 모두 활력에 넘쳐 있습니다. 따라서 소설로 써서 극적으로 구성할 필요가 전혀 없습니다. 그리고 쇠퇴기의 끝무렵이 되면 역시 드라마틱해지니까 소설로 쓸 필요가 없습니다. 『콘스탄티노플 함락』은 내가 극적으로 쓰려고 애쓴 결과 드라마틱해진 것이 아니라, 그 자체가 이미 충분히 극적이었습니다.

반대로 전성기가 지나 쇠퇴기로 접어든 시기에는 활력도 역시 쇠퇴할 겁니다. 우아하게 쇠퇴해가는 시기, 그런 시기야말로 인간이 아니라 도시가 주인공이 되기에 어울리는 시기가 아닐까요. 내가 처음 쓴 소설 작품의 무대를 그 시기에 둔 것은 무의식적으로나마 그런 생각이 있었기 때문이라고 생각합니다.

지금은 『로마인 이야기』에 매달려 있어서 소설을 쓸 형편이 아닙니다만, 언젠가 여유가 생기면 이 삼부작의 속편을 써볼 생각입니다. 어쨌든 마르코 단돌로는 이제 겨우 40대에 접어든 나이니까, 다음에는 대사로 만들어 16세기 전반의 유럽 각국을 돌아다니게 해보면 어떨까요. 내 책꽂이에는 베네치아 공화국 대사들이 본국으로 보낸 통신문이나 본국으로 돌아온 직후에 원로원에서 관례적으로 행했던 보고 연설을 모은 역사서가 즐비하게 꽂혀 있습니다. 이만큼 완비된 정보를 갖추고 있었던 것은 당시에는 베네치아 공화국뿐이었습니다. 런던에서 발견한 『영국 첩보기관의 역사』(*A History of British Secret Service*)라는 책의 머리말에는 '근대 외교는 베네치아에서 태어났다'고 되어 있고, 이는 베네치아가 정보 수집을 중시했기 때문이라고 적혀 있습니다.

정보 수집은 외교에 필수불가결하지만, 그것이 과거가 되면 역사 서술에 필수불가결한 것이 됩니다. 그리고 살인사건을 끼워넣은 역사소설을 쓸 때도 역시 필수불가결해지는 것입니다……

밤의 신사들

마르코는 이따금 탑 꼭대기를 쳐다보면서 상념에 잠겼다.
그 사내는 정말로 스스로 목숨을 끊었을까.

 그 광경을 목격한 것은 광장에 발을 들여놓았을 때였다.

 그 순간 종루 밑에 새까맣게 모여 있던 사람들이 둘로 갈라지더니, 그 틈새로 네 남자가 든 들것이 막 나오고 있었다.

 들것은 시계탑 밑에 입을 벌리고 있는 골목을 향해 나아왔기 때문에, 때마침 그 골목길에서 광장으로 들어가려던 마르코의 눈앞을 지나가게 되었다.

 무심코 들것 위로 눈길을 던진 마르코는 비로소 걸음을 멈추었다. 아는 얼굴이었기 때문이다. 들것을 들고 있던 네 사람 가운데 역시 마르코와 아는 사이인 한 사내가 우뚝 멈춰선 마르코 옆에 왔을 때 그를 알아보고 말했다.

 "종루에서 몸을 던졌지 뭡니까. 이게 선례가 돼서 이런 일이 자주 일어나게 되면 큰일이지요. 그러지 않았으면 좋겠는데."

 뒤에 덧붙인 말은 들것에서 나온 혼자말처럼 들렸다. 들것이 시계탑 밑의 골목으로 사라진 뒤에야 마르코는 아는 사이인 그 경찰관에게 "본 조르노"(낮인사)라는 인사조차 하지 않은 것을 깨달았다.

하지만 회의 시간이 바싹 다가와 있었다. 베네치아 공화국 정부는 이유없는 지각에는 대단히 엄격하다. 뚜렷한 이유도 없이 결석이라도 하면, 최저 생계비의 2년치를 훨씬 넘는 액수의 벌금을 부과한다고 법에 정해져 있었다.

마르코 단돌로의 걸음은 자연히 빨라졌다. 산 마르코 성당 앞을 지나서 바로 왼쪽으로 구부러지면 두칼레 궁전(베네치아 공화국의 국가원수인 통령[統領] 관저와 정부 청사를 겸하고 있는 건물-옮긴이) 입구가 나온다. 마르코는 수위에게 "본 조르노" 하고 인사했지만, 그 인사말이 끝났을 때쯤 그는 이미 넓은 안뜰을 절반쯤 가로지르고 있었다.

마름돌이 깔린 안뜰의 나머지 절반을 지나, 폭이 넓으면서 높이가 50계단이나 되는 층계를 한 걸음에 서너 계단씩 뛰어올라 이층에 도착했을 때도 마르코의 가슴은 조금도 두근거리지 않았다. 어쨌든 서른번째 생일을 맞이한 지 이제 겨우 두 달밖에 되지 않은 젊은이다.

천장의 세공이 화려해서 '황금의 계단'(스칼라 도로)이라고 불리는 이 층계를 다 올라가면, 벽화로 둘러싸인 홀로 이어지는 입구가 입을 벌리고 있다. 대기실 같은 느낌을 주는 넓은 방인데, 그 오른쪽 끝에 있는 문 안쪽이 원로원 회의장이다.

원로원(세나토) 회의장도 사방벽이며 천장이 베네치아 공화국의 역사적 사건들을 기념하여 그려진 벽화로 메워져 있다. 두칼레 궁전 안에 있는 방은 모두 이런 식이기 때문에, 베네치아 화가들의 고객은 우선 그들 나라의 정부였다.

120명이 정원인 원로원 의원들 대다수가 벌써 출석해 있었다. 그들은 회의장 곳곳에 삼삼오오로 모여 이야기를 나누고 있었다. 회의가 시작되기 전에는 언제나 그렇지만, 오늘 아침의 화제는 역시 투신 자살 사건인 모양이었다.

젊고 게다가 신참 의원인 마르코에게는 일부러 인사하러 오는 사람도 말을 걸어오는 사람도 없었다. 하지만 그로서는 그게 더 편했다. 원래 사람들의 중심이 되는 기질은 갖고 있지 않다. 그래서 무리지어 있는 동료들의 바깥쪽을 돌면서 그들의 대화에 귀나 기울이는 꼴이었다.

어느 무리나 경찰관의 투신 자살을 공화국의 불명예로 단정하고 있다는 점에서는 다름이 없었다. 안정된 지위와 충분한 수입을 보장받고 있으면서 자살했다는 건 정신이 나갔다고밖에 생각할 수 없다고 분개하는 이도 있었다.

남에게 떠밀려 떨어진 것은 아닐까 하고 의심하는 의원은 하나도 없는 듯했다.

'산 마르코 종루'라고 말하면 누구나 아는, 베네치아에서 가장 높은 이 탑은 종루라고 불리는 만큼 하루에도 몇 번씩 종을 울려, 시민들의 시계 구실을 했다. 또한 산 마르코 성당에 딸린 종루이기도 하니까, 베네치아에서 가장 중요한 이 성당에서 행사가 열릴 때마다 종이 울린다. 게다가 선착장 근처에 우뚝 솟아 있는 탓도 있어서, 함대가 출항하거나 귀항할 때 승전을 기원하거나 축하하는 종소리가 맨 먼저 울려퍼지는 것도 이 종루에서였다.

또한 밤이 되면 횃불이 켜진다. 리도에 있는 외항까지 도착하면, 산 마르코 종루 위에서 빛나는 불빛이 바라다보인다. 종루라고 불리지만 등대 구실도 맡고 있었던 셈이다.

종을 울리고 불을 켜는 것은 맨 위층이고, 그 아래는 외국의 중요 인물을 가두어놓는 감옥이다. 다만 이 시기에는 이 감옥이 텅 비어 있었다. 맨 위층으로 올라가려면 감방 사이를 꿰뚫듯 뻗어 있는 나선형 층계를 한참 동안 올라가야 한다.

이처럼 여러 가지 중요한 역할을 맡고 있는 산 마르코 종루에는 허가가 없으면 들어갈 수 없다. 정부 고관일지라도 허가를 받지 않은 사람은 올라갈 수 없도록 되어 있었다.

어쨌든 높이가 100미터나 되는 이 탑 위에서는 베네치아 시가지 전체를 바라볼 수 있다. 군사시설인 국영 조선소도 한눈에 내려다보인다. 관광객을 가장한 외국 스파이라도 올라가면 곤란한 일이다.

다만 '밤의 신사들'(시뇨리 데이 노테)은 이 종루 안에 자유롭게 들어갈 수 있었다. 참으로 세련되고 우아한 이름이지만, '밤의 신사들'은 베네치아 경찰을 말한다. 탑의 맨 위층에서 타오르는 등댓불을 관리하는 일이 '밤의 신사들'의 관할 아래 있었기 때문이다.

종루에서 근무하다가 뭔가 심경의 변화를 일으켜 투신할 마음이 생겨났겠지. 누구나 이렇게 판단한 것 같았다.

정각에 통령과 여섯 명의 보좌관이 한 단 높은 정면 자리에 앉자, 회의가 시작되었다.

오늘의 의제는 본토 쪽으로 펼쳐져 있는 토지의 간척사업이다. 베네치아에서 소비되는 밀은 흑해 주변의 밀산지를 영유하고 있는 투르크 제국에서 수입하지만, 가장 중요한 식량을 동지중해 해역에서 이해가 상충하는 투르크에 의존하고 있는 현실은 언젠가는 타개되어야 했다. 남부 이탈리아로 수입처를 바꿀 수도 있지만, 그 지방은 에스파냐 왕의 영토가 되어버렸다. 에스파냐 왕 카를로스가 이탈리아 전역을 영유하겠다는 야망을 노골적으로 드러내고 있는 현실에서는 남부 이탈리아로 수입처를 완전히 바꾸는 것도 현명한 방안이 아니다. 간척지를 넓혀서 국내 생산량을 늘리는 데는 아무도 이의가 없었다.

이 사업을 전문으로 담당할 위원회를 설치하는 문제도 다수의 찬성으로 가결되었다. 위원 다섯 명의 선출도 순조롭게 끝나, 그날의 원로원 회의는 세 시간도 지나기 전에 산회했다.

빠른 편이었다. 원로원이 주로 담당하는 외교 군사 문제를 다룰 때는 점심을 거르고 오후까지 회의가 계속될 때도 허다했다.

두칼레 궁전에서 나온 마르코의 발걸음은 무의식중에 종루로 향하고 있었다. 이 높은 탑을 사방에서 바라보려면 넓은 산 마르코 광장을 한 바퀴 돌 수밖에 없다.

광장은 평상시의 모습으로 돌아가 있었다. 인간의 몸뚱이가 추락한 돌바닥은 물로 씻어냈는지, 핏자국도 남아 있지 않았다.

베네치아를 대표하는 이 광장도 시내의 다른 광장들과 마찬가지로 주위에 수많은 골목이 입을 벌리고 있기 때문에, 이 거리에서 생활하는 사람들에게는 우선 통행을 위한 통로이다.

또한 이 일대는 정치와 종교의 중심이지만, 입법과 행정 기관이 모여 있는 두칼레 궁전 바로 맞은편부터는 군함이나 상선들이 떠나고 도착하는 선착장이 길게 이어져 있어서, 다양한 사람들의 왕래가 빈번했다.

투르크인이나 아랍인임을 알 수 있는 각양각색의 터번도 여기 베네치아에서는 사람들의 눈길을 끌지 못한다. 그리스어로 떠드는 뱃사람들 바로 옆을 독일어를 사용하는 상인들이 지나간다. 광장 한구석에는 이만 뽑아주는 치과의사가 노천 병원을 차렸고, 그 바로 옆에서는 노천 이발소가 번창하고 있었다.

사람들이 자아내는 이 활기 속에서는 광장을 느긋하게 걸어가는 원로원 의원에게 주의를 기울이는 사람도 없었다. 원로원 의원이라 해도 신분을 알려주는 옷차림을 하고 있는 것도 아니다. 무슨 관직에라도 앉지 않으면 1년 내내 검은 망토 차림을 하고 다닌다.

물론 계절에 따라 옷감이 얇아지거나 속에 모피를 댄 옷을 걸치는 정도의 변화는 있지만, 이 정도 복장은 의사나 무역상이라면 베네치아에서는 누구나 입고 다닌다.

마르코는 이따금 탑 꼭대기를 쳐다보면서, 발은 움직이고 있지만 마음은 깊은 상념에 잠겨 있었다.

그 사내는 정말로 스스로 목숨을 끊었을까.

산 마르코 종루에서 몸을 던진 사람은 이제껏 없었는데, 왜 일부러 그런 방법을 택했을까.

100미터 높이에서 떨어진 것치고는 얼굴에 상처가 보이지 않았다. 뒤통수는 어떻게 되어 있었을까.

마르코는 그 사내를 알고 있었다. 그것도 잘 알고 있었다고 해도 좋을 정도였다.

반 년 전까지만 해도 마르코 단돌로의 직업은 '밤의 신사'였기 때문이다. 경찰서장이었다고 말하는 편이 좋을지도 모른다. 다만 하나뿐인 서장은 아니었다. 마르코는 여섯 명의 서장 가운데 하나였다.

베네치아 공화국에서 귀족의 적자로 태어난 남자는 20세가 되면 공화국 국회(마조르 콘실리오)에 의석을 갖는다. 하지만 실제 의결기관인 원로원에는 서른 살이 넘어야만 들어갈 자격을 갖도록 정해져 있다. 서른 살이 넘지 않으면 국정을 담당할 만큼 성숙하지 못하다고 여겨졌기 때문이다.

하지만 국가의 방향을 결정하는 중요한 일이 아니더라도, 국정에는 여러 가지 일이 있다. 그 중 하나가 경찰이었다. '밤의 신사들'의 서장이 되는 사람은 아직 서른 살은 안되었지만 국회에 의석을 가진 젊은 귀족들이었다. 국가의 장래를 맡기 전에 우선 민간의 사정을 알아두어야 한다는 배려에서, 즉 엘리트를 육성하기 위한 배려에서 나온 제도이기도 했다.

임기는 1년. 선출은 공화국 국회에서 이루어진다. 서장을 여섯 명 선임하는 것은 베네치아 시내 전체가 6개의 행정구로 나뉘어져 있기 때문이고, 한 구마다 한 명씩 그 구역 안에 사는 사람이 선출되도록 정해져 있었다.

마르코는 이 경찰서장에 세 번 선임되었다. 이 시기의 업적과 2년 동안 해군부 관리로 일했을 때의 일솜씨를 인정받아, 서른 살에 벌써 원로원 의원으로 선출되는 행운을 얻은 것이다. 베네치아 정부의 중요 관직은 대부분 원로원 의원들 중에서 선출되기 때문에, 원로원에 의석을 얻어야만 비로소 출세의 출발점에 섰다고 말할 수 있었다.

'밤의 신사들'의 서장은 여섯 명의 젊은 귀족이 맡지만, 그 휘하에는 물론 실제 수사를 담당하는 형사들이 있고, 형사 밑에는 그들의 수족이 되어 일하는 경찰관이 있었다.

여섯 명의 서장들은 앞에서 언급한 사정에 따라 1년 임기로 선출된 사람들이다. 게다가 베네치아 공화국의 관직이 대부분 그러하듯, 임기와 같은 기간의 휴직 기간을 두지 않으면 재선이 인정되지 않는다.

이것은 한 사람이 같은 자리에 오랫동안 눌러앉는 데 따른 유착을 막기 위한 배려였지만, 직무의 숙련도라는 점에서는 마이너스가 될 수도 있다. 그래서 형사나 경찰관으로는 베네치아 시민권을 가진 사람을 종신 고용할 수 있도록 되어 있었다. 서장은 바뀌어도 부하들은 바뀌지 않는 셈이다.

종루에서 떨어져 죽은 사내는 형사였고, 들것을 들고 가다가 마르코에게 말을 건넨 사내는 경찰관이다. 3년 동안이나 '밤의 신사들'의 서장이었던 마르코와 아는 사이인 것도 당연했다.

죽은 사람이 그 사내가 아니라 다른 형사였다면, 마르코도 이렇게까지 깊은 생각에 잠기지는 않았을지 모른다. 죽은 사내가 어떤 인물이었는지를 잘 알고 있기 때문에, 투신 자살했다는 걸 아무래도 믿을 수가 없었다.

자살이 종교적으로 금지되어 있는 기독교도에게는 자살이라는 것 자체가 그렇게 간단히 결심할 수는 없는 일이었다. 가톨릭 교회는 자살자에게는 교회에서 장례를 치르는 것도 허락하지 않고, 교회 지하 묘지에 매장하는 것도 허락하지 않았다.

게다가 그 사내는 이런저런 소문이 끊이지 않는 사내였다. '밤의 신사들'의 관할 범위에는 여관이나 유곽을 감시하는 일도 포함되어 있었다. 이 세계에서 그 사내의 평판은 아주 나빴다. 익명의 투서도 자주 들어왔다. 마르코도 재임중에 몰래 조사를 시켜본 적이 있었다. 하지만 아무리 해도 증거를 잡을 수가 없었다.

다른 동료들은 모두 뇌물을 받으면 사형에 처한다고 규정해놓은 엄정한 베네치아 법률을 충실히 지키고 있어서, 유착을 걱정해야 할 사람은 없었지만, 그 사내만은 분명치 않은 점이 너무 많았다.

이런 생각에 잠겨 있는 동안, 시간이 꽤 지난 모양이었다. 시계탑 위에서는 기계장치가 된 인형이 움직여 정오를 알리는 종을 치기 시작했다.

마르코는 아침과는 달리, 산 마르코 광장 서쪽에 나 있는 길로 걸음을 옮겼다. 아침에 걸어온 메르체리아 가는 리알토 다리로 가는 길이라서 사람 왕래가 많다. 허기를 느낀 마르코는 사람들에게 방해받지 않고 빨리 돌아갈 수 있는 길을 택했다.

골목에 발을 들여놓자, 광장의 흥청거림이 거짓말인 것처럼 적막감이 감돌고 있다. 단돌로의 집은 리알토 다리에서 하류 쪽으로 조금 내려간 대운하(카날레 그란데) 옆에 있었다. 한동안은 작은 운하를 따라 걸어갔다.

작은 운하에 걸린 다리를 건너려 할 때였다. 마르코는 목덜미에 쏟아지는 시선을 강하게 느꼈다.

하지만 여기서 돌아보는 것도 망설여졌다. 그는 무지개 모양으로 걸려 있는 다리에 막 발을 내디디려 하고 있었다. 다리 위에서는 온몸을 노출시키게 된다.

마르코는 눈치채지 못한 척하면서 다리를 건너, 다리와 곧장 이어져 있는 골목으로 들어섰다. 골목을 걸어가는 동안은 좀전에 느꼈던 시선이 느껴지지 않았다. 그런데 골목을 빠져나와 산 루카 광장으로 들어가려 할 때, 마르코는 또다시 그 시선을 강하게 느꼈다.

미행당하고 있구나 하고 마르코는 생각했다.

산 루카 광장을 지나면, 거기서부터 집까지는 외길이다. 점심을 먹으러 집으로 돌아가는 사람들이 많이 오가는 이 광장이야말로 미행자의 정체를 알기에는 가장 적당한 장소이고, 게다가 마지막 기회였다.

마르코는 독신이어서, 집에서는 노부부가 그의 시중을 들고 있었다. 그 노부부의 조카가 때마침 노부부를 찾아왔다가 돌아가는 길인지, 저쪽에서 걸어오는 게 보였다. 마르코가 불러세우기도 전에 그 착실한 조카가 먼저 허리를 굽혀 마르코에게 인사를 해왔다. 마르코는 여기에 답례의 말을 걸면서 슬쩍 뒤를 돌아보았다.

광장에는 노점과 거기에 모여든 여자들, 바쁜 듯이 광장을 가로지르는 사람들이 보이고, 온통 검은 옷차림 행색의 거지 하나가 구부정한 자세로 손에 든 통을 내밀며 구걸하고 있을 뿐이었다. 광장에 입을 벌리고 있는 일곱 개의 길 어디에도 수상쩍은 모습은 보이지 않는다. 마르코는 확인을 단념하고, 집으로 통하는 길을 향해 걸어갔다.

그런데 그 골목을 절반쯤 왔을 때 또다시 등뒤에 꽂히는 시선을 느꼈다. 두려움보다는 불쾌한 놈이라는 생각이 앞서서, 그는 처음으로 걸음을 빨리했다.

골목을 빠져나오면 작은 광장이 나온다. 그 정면에 단돌로 저택의 육지 쪽 입구가 있다. 대운하 쪽으로 나 있는 현관보다 이쪽 출입구를 이용할 때가 많았다.

그 문 앞에 이르렀을 때, 마르코는 이번에는 노골적으로 뒤를 돌아보았다. 마르코의 눈에 이제 막 골목을 빠져나오고 있는 거지의 모습이 들어왔다.

주위에는 아무도 없었다. 검은 옷을 입은 거지는 마르코의 눈길을 피하려고도 하지 않았다. 그렇다고 마르코에게 구걸할 기미도 없었다. 구걸은커녕 비참하게 구부리고 있던 몸을 갑자기 쭉 폈다. 그러고는 당당한 걸음으로 마르코를 향해 다가왔다.

부끄러워하는 거지

*검은 옷차림의 거지가 거지답지 않은 걸음걸이로 다가오자
마르코도 아연 긴장했다.*

직역하면 '부끄러워하는 불쌍한 사람'(포베로 베르고뇨소)이라 해도 좋은 검은 옷차림의 거지는 르네상스 시대의 베네치아에서는 정부도 여느 걸인들과 구별했고, 그들을 동정하여 잔돈푼을 주는 서민들도 여느 걸인들과는 다르게 대했다.

이들은 원래 귀족이거나, 귀족으로 태어나지는 않았더라도 귀족 못지않게 유복했던 사람들이기 때문이다. 그런데 무언가를 계기로 하여 구걸을 해야 할 정도로 몰락한 사람들이다.

베네치아 공화국은 해외 무역으로 살아가는 나라다. 전재산을 투자하여 내보낸 배가 태풍을 만나 침몰하거나 해적의 습격으로 배를 빼앗겨버리는 불행을 당한 사람도 있었을 것이다. 아니면 부모한테 물려받은 재산을 별로 깊이 생각지도 않고 운용한 결과, 재산을 탕진해버린 사람도 있었을 게 분명하다.

이렇게 운이나 재능을 타고나지 못한 사람이 아니라, 운과 재능을 모두 갖추고 있으면서도 불운하게도 투자한 곳이 전쟁에 말려들어 모든 것을 잃어버린, 도저히 비난할 수 없는 가엾은 이

들도 있었을 것이다.

베네치아와 피렌체로 대표되는 이탈리아 도시국가, 르네상스 문명을 창조한 이들 도시국가는 대담한 자유주의 경제로 번영을 이루었다. 당대에 큰 재산을 이룬 사람이 있는가 하면, 당대에 재산을 날려버리는 사람도 있었다.

르네상스 시대 사람들은 성공한 자에게는 칭찬을 아끼지 않았지만, 불운한 자에게도 너그러웠다. 피렌체에는 '부끄러워하는 거지에게'라고 새겨진 돌로 만든 기부금품 접수창구가 남아 있다.

하지만 발을 이용하여 갈 수 있는 유럽을 주요 시장으로 삼았던 피렌체에 비해 바다를 넘나드릴 수밖에 없는 지중해역을 주요 시장으로 삼았던 베네치아 쪽이 부침의 정도가 더 심했다. 베네치아 공화국에서는 이런 거지를 완전히 제도화하고 있었다. 기부금품 접수창구를 거리 곳곳에 설치하는 정도로는 필요를 충당하지 못했기 때문일 것이다.

다른 거지라면 누더기를 입든 뭘 입든 마음대로였지만, '부끄러워하는 거지'에게는 '제복'이 있었다.

발치까지 내려오고 소매가 달려 있는 검은 옷이다. 장식은 없다. 허리띠를 차는 것도 허용되지 않는다. 이 옷을 입고 머리를 완전히 가리는 검은 두건을 쓴다. 두건에는 눈 부분에만 구멍이 두 개 뚫려 있다. 이 제복은 정부의 '몰락 귀족 대책위원회'가 인정한 사람이 아니면 입을 수 없도록 되어 있었다.

이 옷을 걸치고 있는 한, 자신의 정체를 아무한테도 알리지 않을 수 있다. 거지는 다른 사람을 볼 수 있지만, 다른 사람은 그 거지가 누군지 모른다. 게다가 '부끄러워하는 거지'는 목소리를 내지 않고 몸짓만으로 구걸하는 것도 인정되어 있었다. 목소리로 정체가 드러나는 것을 막기 위한 배려에서다. 적선하는 사람도 '부끄러워하는 거지'에게는 말을 걸면 안된다. 거지가 내미는 네모난 통에 말없이 동전을 넣으면 그만이다. 거지도 몸짓만으로 고마움을 표시해도 좋도록 되어 있었다.

이런 배려는 구걸을 해야 할 만큼 몰락한 자들에 대한 동정심에서 나온 것만은 아니다.

자유경제는 활기가 있을수록 유동하는 법이다. 또한 16세기 전반의 베네치아에는 패자가 부활할 기회가 얼마든지 있었다. 어제까지의 거지가 내일은 다시 무역상으로 활약하게 될지도 모른다. 그때 구걸을 했다는 전력이 그 사람을 짓누르는 일이 없도록 하려는 배려도 깔려 있었다.

따라서 '부끄러워하는 거지'는 이름없는 사람들이기도 했다.

검은 옷차림의 거지가 거지답지 않은 걸음걸이로 다가오자, 마르코도 아연 긴장했다. 그는 저도 모르게 두세 걸음 물러섰다. 거지는 그를 뒤쫓듯 걸음을 빨리하면서 주위를 꺼리는 듯한 낮은 목소리로 말했다.

"안으로 들어가. 여기서는 누가 보고 있을지 모르니까."

그 목소리를 듣는 순간, 마르코의 마음은 갑자기 10년 전으로 돌아가 반가움으로 가득 찼다. 그는 저택 문의 열쇠구멍에 침착하게 열쇠를 꽂아넣었다.

 대운하에 면해 있는 이층 객실은 운하 맞은편을 가득 메우고 있는 집들 벽에 비친 햇빛이 반사되어, 직접 햇살을 받지 않아도 충분히 밝고 따뜻했다.
 거지는 이 방에 들어와서야 비로소 검은 두건을 벗었다. 하지만 마르코는 거지가 두건을 다 벗기도 전에 말을 걸고 있었다.
 "알비제, 베네치아에는 언제 돌아왔나?"
 검은 두건 밑에서 드러난 얼굴이 웃고 있었다. 잊을 수 없는 어릴 적 친구인 알비제 그리티의 얼굴이었다.
 친구의 대답을 기다리지도 않고, 마르코는 다시 어이없다는 투로 말했다.
 "게다가 그 꼴은 또 뭔가? 통령의 아들이……."
 알비제는 쾌활한 웃음소리로 답한 뒤에 말했다.
 "무릎을 굽히고 등을 구부리고 불쌍해 보이게 구는 것도 쉽진 않군. 아니, 이젠 질렸어. 손들었다구."
 알비제는 검은 옷까지 벗어던지고 셔츠와 타이츠 차림으로 두 팔을 들어올려 기지개를 켜면서 말했다. 그러고는 아직도 우두커니 서 있는 마르코에게 장난스러운 눈길을 던지면서 말을 이었다.
 "산 마르코 광장에서 자네를 보았지. 그렇다고 금방 말을 걸기도 곤란한 꼴을 하고 있어서 집까지 따라온 거야."
 두 사람은 늙은 하녀가 요리하고 그 하녀의 남편이 시중을 들어주는 점심식사를 10년 전과 조금도 다름없는 식욕으로 먹어치웠다.

그런 다음, 알비제는 마르코의 방에 놓여 있는 투르크식 낮은 장의자에 큰 키를 쭉 뻗고 드러누웠다. 마르코도 투르크식 의자에 깊숙이 몸을 묻었다. 10년 전에도 두 사람은 자주 이런 모습으로 오후 시간을 함께 보내곤 했다.

마르코 단돌로와 알비제 그리티는 여덟 살 때부터 친구 사이였다.

그해에 문법이며 부기며 라틴어를 배우기 위해 마르코가 다니던 학교에 알비제가 도중에 들어왔다. 알비제는 투르크 제국 수도인 콘스탄티노플에서 태어나 어린 시절도 거기서 보냈지만, 베네치아 시민인 아버지의 뜻에 따라 교육은 베네치아에서 받게 되었기 때문이다.

한마디로 말해서 남다른 소년이었다. 그리스어와 투르크어도 물론 할 수 있었지만 이탈리아어도 충분히 할 수 있었기 때문에, 도중에 입학해도 별문제는 없었다. 그러나 소년의 주위에 감도는 분위기가 여느 베네치아 소년들과는 달랐다.

그의 부친은 당시에는 아직 통령이 아니었다. 그래도 그 무렵부터 눈부신 활약으로 알려져 있었기 때문에, 그 인물의 아들이라는 이유만으로도 교사나 급우들은 처음부터 그에게 한수 접고 들어갔다. 학업에서는 우등생이라고 말할 수 없었지만, 이따금 독자적인 의견을 내놓아 모든 사람을 깜짝 놀라게 했다.

다만 오리엔트에서 온 이 소년은 급우들과의 천진난만한 놀이에 열중하는 일이 없었다. 그렇다고 리더가 되어 다른 급우들을 마음대로 끌고다니는 것도 아니다. 이 소년의 주위에는 항상 명예로운 고립이라고 해도 좋은 분위기가 감돌고 있었다. 처음에 교사나 급우들이 그에게 한수 접고 들어간 것은 그가 '베네치아에는 안드레아 그리티가 있다'는 말을 들을 만큼 명성이 높은 인물의 아들이기 때문이었지만, 나중에는 오리엔트의 피가 절반 흐르고 있는 이 소년이 자아내는 이국적이고 신비한 분위기 때문이었는지도 모른다.

마르코와 알비제가 친구 사이가 된 것은 둘 다 볼이 통통했던 소년 시절이지만, 성장함에 따라 얼굴 윤곽이 각진 모습으로 변해가도 머리나 눈 색깔은 변치 않는 것과 마찬가지로 두 사람의 우정도 변함없이 지속되었다.

알비제 그리티는 숱많은 검은 고수머리에 그리스인처럼 콧날이 우뚝한 단정한 얼굴을 갖고 있었다. 눈은 남의 이야기에 귀를 기울일 때는 남옥(藍玉) 같은 담청색을 띠고, 무언가를 주장할 때는 에메랄드빛으로 반짝인다. 피부색은 이탈리아인들이 올리브색이라고 말하는 다갈색으로, 햇볕에 타지 않아도 까무잡잡했다. 키는 소년 시절부터 큰 편이었다.

마르코 단돌로도 키가 훤칠한 것은 비슷했지만, 아마빛의 부드러운 머리카락이 완만한 곡선을 이루며 목덜미까지 흐르고 있었다. 갈색 눈은 차분하면서도 생기가 있었다. 학교에서는 우등생이었고, 착실한 기질을 갖고 있다는 걸 한눈에 알 수 있었기 때문에, 나이든 사람들한테는 늘 평판이 좋았다.

아직 볼이 통통했던 시절부터 알비제는 자주 마르코의 집을 드나들었다. 식사를 함께하는 것만으로 끝나지 않고 잠까지 함께 잔 밤도 헤아릴 수 없이 많다.

알비제의 어머니는 콘스탄티노플에 남아 있었기 때문에, 알비제는 상냥한 마르코의 어머니가 자기 어머니라도 되는 양 어리광을 부렸다. 아버지인 안드레아 그리티는 그 당시 베네치아 해군제독의 지위에 있어서 늘 해외에 나가 있었다. 마르코의 아버지는 마르코가 네 살 때 투르크와의 전쟁에 참가했다가 전사했다. 마르코는 외아들이기도 했다.

"옛날에 먹은 것과 같은 요리였지만, 어머니가 해주시던 것과는 맛이 다르더군."

"요리사는 어머니가 살아계실 때부터 있던 하녀지만, 어머니는 조리가 거의 다 끝날 즈음에는 반드시 직접 맛을 보았으니까."

"어머니가 돌아가셨다는 소식은 들었네만, 언제 돌아가셨나?"

"1년 전에…… 내가 아직 원로원에 들어가기 전이었어."

"아아, 그래. 자네는 이제 베네치아 공화국의 원로원 의원님이지."

두 사람은 또 유쾌한 듯 웃음소리를 냈다. 식후에 마시는 술이 10년 만에 재회한 두 사람을 더욱 다정하게 만들어주었다.

열네 살이 되던 해, 두 사람은 베네치아 상류층 집안의 자제들이 흔히 택하는 길을 선택했다. 그것은 상선의 석궁병(石弓兵)이었다.

상선에도 의무적으로 승선하도록 되어 있는 전투원이 되어, 전투나 항해에 필요한 기술을 배우는 것이다. 그리고 선장을 비롯한 승무원이라면 누구나 물품을 가져가 목적지에서 팔 수 있는 권리를 가지는데, 이를 통해 배우는 장사술도 이 현장 교육의 중요한 과목이었다.

하지만 베네치아 공화국이 국가의 동량인 이들 젊은이들에게 진정 기대하는 것은 외국의 실정을 보는 안목을 키우는 것이었으리라. 석궁병 제도는 이렇게 상당히 깊은 의미를 가진 제도로 정착되어 있었다.

따라서 석궁병을 지원한 젊은이들은 같은 항로의 배를 계속해서 타는 일이 거의 없었다. 경제적인 이유로 상선의 항로는 일정한 경우가 많았기 때문이다. 이집트의 알렉산드리아 항로를 다니는 배는 전쟁 같은 불가피한 사정이 일어나지 않는 한, 해마다 알렉산드리아로 가게 마련이었다.

마르코와 알비제는 서로 의논하여 언제나 함께 배를 탔지만, 이런 이유로 행선지는 다양한 나라에 걸쳐 있었다.

베네치아가 대규모 상관(商館)을 두고 오리엔트 교역의 거점으로 삼았던 알렉산드리아에 두 사람이 간 것은 물론이다.

역시 투르크 영토가 되어 있는 시리아도 빠뜨릴 수 없다. 다마스쿠스도 방문했고, 베네치아의 상관이 있는 알레포까지 갔다.

북아프리카에서는 튀니스에서도 알제에서도 해적과 별차이없는 아랍인들과 거래했다.

에스파냐 각지에 기항한 뒤, 더욱 서쪽으로 나아가 지브롤터 해협을 지나 대서양으로 빠져서 영국의 사우샘프턴까지 간 적도 있었다. 이때 베네치아에서 가져간 상품은 키프로스산 고급 포도주와 그리스 잔테 섬의 특산물인 건포도, 베네치아산 고급 직물이었다. 런던까지 가서 그것을 팔고, 그 대신 모직물의 원료인 털실을 사서 돌아왔는데, 이 털실은 베네치아나 피렌체에서 산뜻한 색깔의 직물로 탈바꿈한다.

4년에 걸친 이 경험은 마르코한테도 책상머리에 앉아 있는 학교 수업과는 비교할 수 없을 만큼 즐겁고 유익한 공부가 되었다. 알비제라는 좋은 벗이 있었기 때문인지도 모른다. 이 실습 학교에서의 우등생은 마르코가 아니라 알비제였다.

서른 살의 장년기에 접어든 두 남자에게 석궁병 시절의 추억은 아무리 이야기해도 끝이 없는 즐거운 추억이었다. 어쨌든 가족과 떨어져 독립한 첫경험이다. 경험은 모두 다 신선했고, 아무리 고생스러워도 그것과 맞서나갈 기개가 부족할 나이는 아니었다.

문득 마르코가 무언가를 생각해냈다.

"그 투르크 소년은 어떻게 됐나?"

"내가 콘스탄티노플로 돌아간 지 얼마 후에 찾아왔더군. 그후 줄곧 내 집에서 일하고 있다네."

두 사람이 탄 베네치아 상선이 에스파냐의 알리칸테에 기항했을 때의 일이다. 그 근처 바다에서 투르크 배가 난파했는데, 그 배에서 소년 하나가 해안으로 헤엄쳐나와 혼자 살아남았다. 하지만 해안에서 주민에게 붙잡혀, 이슬람교도라는 이유만으로 화형당할 처지에 놓였다. 이 소년을 구해준 것이 알비제였다.

방금 번 돈을 몽땅 털어서 소년을 다시 산 것이다.

소년은 그것을 은혜로 여기고, 알비제의 노예가 되어 평생 동안 섬기고 싶다고 말했지만, 알비제는 필요없다면서 때마침 출항하려는 투르크 배에 태워 고국으로 돌려보내버렸다. 그런데 알비제가 콘스탄티노플로 돌아왔다는 이야기를 전해듣고 그 소년이 알비제를 찾아왔고, 그가 소망했던 대로 알비제의 하인 노릇을 하고 있는 모양이었다.

알비제 그리티는 이처럼 끝없는 자상함을 지니고 있었다. 하지만 냉혹할 때는 더없이 냉혹하다는 것을 마르코는 생각해냈다.

선원들 사이에서 '단짝 도련님'이라고 불린 이 두 사람은 배에서 내려 대학에 진학한 뒤에도 늘 함께 있었다. 둘 다 파도바 대학 법학부를 선택했기 때문이다. 대학에 다니기 위해 빌린 집에서도 함께 살았다.

학업에서는 단연 마르코가 우위를 차지했지만, 캠퍼스 밖으로만 나오면 마르코는 알비제의 적수가 아니었다. 당시 대학생들의 양대 관심사라면 도박과 여자였지만, 이 두 가지 분야에서는 마르코만이 아니라 어느 누구도 알비제와 대항할 수 없었다. 친구가 성공하는 현장을 목격할 때마다 마르코는 놀라움보다는 감탄을 금치 못했다.

 하지만 학업도 끝난 스무 살 때, 두 사람의 진로는 완전히 갈라진다. 그해에 마르코를 기다리고 있었던 것은 공화국 국회의 의석이었지만, 알비제는 그렇지 않았다.

 오늘 두 사람은 그때 헤어진 뒤 처음으로 재회한 것이다. 그동안 10년 세월이 흘렀다.

 문득 생각났다는 듯이 알비제가 입을 열었다.

 "보니까 자네는 오늘 아침에 산 마르코 광장을 이따금 종루를 쳐다보면서 아주 오랫동안 돌아다니고 있던데, 오늘 아침에 일어난 사건이 자살이라고 생각지 않나?"

 마르코는 갑자기 현실로 끌려 돌아온 듯한 기분으로 친구의 얼굴을 쳐다보았다.

그리티 통령

친구한테서는 어딘지 모르게 어두운 그늘이 느껴진다.
내면에서 어두운 빛을 내뿜는 듯한 무언가가 느껴진다.

 마르코 단돌로는 성격이 신중한 사내였다. 남들도 그렇게 말하고, 자신도 그렇게 여기고 있었다. 하지만 이 둘도 없는 친구한테만은 자신의 생각을 털어놓지 않을 수 없었다.

 "아무리 생각해도 투신 자살이라고는 생각되지 않아. 그 사내를 잘 알고 있는데, 절대로 자살할 사람이 아니야. 게다가 그 화려한 자살 방법은 또 어떤가. 그런 방법을 선택한 것부터가 예사롭지 않네. 죽은 방법으로 보아도 이 사건에는 이해할 수 없는 점이 너무나 많아."

 알비제의 눈은 짙은 초록색으로 변해 있었다. 이윽고 알비제는 뿌리치듯이 말했다.

 "하지만 '밤의 신사들'은 자살로 처리했어. 수사도 하지 않고 말야. 시체도 무연고 묘지에 매장되는 것으로 끝났어."

 이렇게 말하면 마르코는 대꾸할 말이 없다. 마르코도 확실한 증거가 있어서 그런 말을 한 것은 아니다. 다만 자살로 처리해버리기에는 아무래도 석연치 않았다.

그렇게 생각하고 있는 마르코에게 친구는 다시 옛날과 같은 친밀한 말투로 마르코를 감싸안듯 말을 이었다.

"이제 그 일은 생각지 않는 게 좋아. 자네는 앞으로 원로원의 중요한 인물이 될 몸이야. 할 일은 얼마든지 있어. 아니, 자네가 해주어야 할 일이 산더미 같다구."

마르코는 입을 다물 수밖에 없었다.

이 사건에 대한 이야기는 이것으로 끝나버렸지만, 오랜만에 재회한 두 사람 사이에는 이야기할 거리가 얼마든지 있었다. 결국 두 사람은 이날 집에서 나가지 않았다. 저녁식사도 집에서 끝냈고, 알비제는 10년 전과 마찬가지로 마르코의 옆방에서 잠을 잤다. 두 사람은 자정이 지나도록 이야기꽃을 피운 뒤에야 각자의 방으로 헤어졌다.

하지만 이튿날 아침에 마르코가 잠에서 깨어났을 때, 알비제의 모습이 보이지 않았다. 늙은 하인이 전하기를, 또 들르겠다는 말을 남기고 나갔다고 한다. 어제의 거지 행색으로 갈아입고 떠났다고, 늙은 하녀가 어이없다는 투로 덧붙였다.

마르코는 한동안 침대에 멍하니 앉아 있었다. 어제 그토록 많은 이야기를 나누었는데도, 알비제가 그의 질문에 하나도 대답하지 않은 것이 문득 생각났다.

마르코는 친구가 언제 베네치아로 돌아왔는지도 아직 몰랐다. 왜 '부끄러워하는 거지'로 변장했는지도 의문이었다.

그리고 10년 만에 만난 알비제는 그 인상이 옛날과는 어딘지 모르게 달랐다.

귀밑에서 턱에 이르는 짙은 구레나룻이 얼굴 윤곽을 애매하게 얼버무리고 있었다. 게다가 10년 만에 재회한 친구는 투르크식 콧수염까지 기르고 있었다. 인상이 달라진 것은 그 탓인지도 모른다. 더구나 서로 만나지 못한 10년 동안, 두 남자의 육체는 풋내나는 젊은이에서 늠름한 장년으로 변모했다.

나도 베네치아식 턱수염을 길렀고 체격도 늠름해졌지 하고 생각하자, 잠시나마 알비제에게 품고 있던 의심이 어처구니없게 여겨졌다.

하지만 역시 무언가가 달라져 있었다. 아무리 유쾌한 웃음소리를 내고 있어도, 알비제한테서는 어딘지 모르게 어두운 그늘이 느껴진다. 내면에서 어두운 빛을 내뿜는 듯한 무언가가 느껴진다.

그것은 어쩌면 지금의 마르코가 알비제의 아버지와 가까이 접하고 있기 때문인지도 모른다. 그래서 그만 저도 모르게 아버지와 아들을 비교해버리는지도 모른다.

알비제의 아버지 역시 빛을 내뿜고 있지만, 그것은 어디까지나 밝은 빛이었다.

16세기 전반. 베네치아는 유럽 제일의 경제력을 자랑하고 있었다. 그런 베네치아를 안드레아 그리티 통령만큼 잘 구현하고 있는 인물은 없다고 마르코는 생각했다. 아니, 마르코만이 아니라 베네치아의 지배계급에 속하는 남자들 대부분, 그리고 신성로마제국 황제이며 에스파냐 왕이기도 한 카를로스와 투르크 제국의 술탄도 그렇게 생각하고 있을 게 분명하다.

그리티 통령은 칠순이 넘은 나이인데도 체구가 여전히 훤칠하고 당당해서, 노쇠함과는 인연이 없는 듯이 보였다. 그리고 그 체구를 더욱 돋보이게 해주는 것이 베네치아 공화국에서는 통령한테만 허용되는 현란한 의상이었다.

전임 통령들이 그럴 만한 경제력을 갖고 있지 않았던 것은 아니다. 아마 그들은 화려함에 대한 감수성과 그것을 충분히 살릴 수 있는 육체를 갖고 있지 않았을 것이다. 때와 장소에 따라 그리티 통령이 몸에 걸치고 나타나는 아름다운 의상을 볼 때마다 사람들은 눈을 크게 뜨지 않을 수 없었다. 마르코는 하마터면 감탄의 소리를 지를 뻔할 정도였다.

금실로 무늬를 수놓은 화려한 비단이든, 하얀 비단에 은빛 자수를 놓은 옷감이든, 빛이 닿는 상태에 따라 여러 색깔로 변하는 일곱 빛깔 능직이든, 그리티 통령의 몸에 걸쳐지면 당장 옷감이 살아난다. 여기에 대해서는 어느 누구보다도 통령 자신이 충분히 알고 있는 듯했다. 통령은 아무리 값비싼 옷감도 아름답기만 하면 돈을 아끼지 않는 것으로도 유명했다.

베네치아 귀족 특유의 길쭉한 얼굴은 새하얗게 빛나는 텁수룩한 턱수염으로 덮여 있다. 약간 매부리코에 가까운 커다란 코가 그 얼굴에 강한 의지를 실어주고 있었다. 눈빛은 날카롭다기보다는 사람을 꿰뚫어보는 듯한 강렬함을 갖고 있었다. 하지만 웃으면 눈빛은 단번에 달라져, 상대의 마음에까지 스며드는 듯한 상냥함을 띤다.

베네치아 공화국에서는 국회에도 원로원에도 연단이 따로 없다. 의견을 말하고 싶은 사람은 의석 사이의 통로를 오락가락하면서 연설한다. 한 단 높은 곳에 자리를 잡는 통령이나 통령 보좌관들도 마찬가지였다.

의석 사이를 오락가락하면서 연설할 때면, 그리티 통령은 황홀한 힘과 아름다움으로 충만해 있었다.

걸음걸이는 힘차고, 그 움직임에 따라 화려한 망토가 허공에서 춤을 춘다. 2천 명을 수용할 수 있는 국회의사당 한구석에서 젊은 마르코는 벅찬 감개에 젖어 그리티 통령의 움직임을 눈으로 좇곤 했다. 원로원은 의석이 200개도 채 안되니까 무대도 훨씬 좁아진다. 연설하는 그리티 통령의 옷무늬까지도 또렷이 알아볼 수 있을 만큼 가까워지는 것이다.

마르코는 주위에 빛을 뿌리는 듯한 그리티 통령에게, 친구의 아버지라는 사실과는 관계없는 존경심을 품고 있었다. 아니, 통령을 동경하기까지 했다.

안드레아 그리티는 1455년에 베네치아의 귀족인 그리티 가문의 적자로 태어났다.

마르코가 태어난 단돌로 가문만큼 유서깊은 집안은 아니지만, 그리티 가문도 베네치아의 지배계급을 이루는 명문가에 속한다. 안드레아는 아버지를 일찍 여의었기 때문에 할아버지가 교육을 맡았다.

안드레아가 중등교육을 마치자, 할아버지는 손자를 자신의 임지로 데려가 현장 교육을 시키려 했던 모양이다. 대사를 지낸 할아버지의 임지가 영국, 프랑스, 에스파냐로 바뀔 때마다 젊은 안드레아는 다른 나라를 보고, 다른 민족을 알게 되었다. 게다가 할아버지는 손자의 식견을 신뢰한 듯, 안드레아에게 정무를 의논하기까지 했다. 안드레아는 사실상 대사 부관까지 경험한 셈이다. 그것이 끝나자 파도바 대학에서 철학을 공부했다.

또한 젊은 그리티는 어학에도 뛰어난 재능을 갖고 있었다. 이탈리아어를 잘하는 것은 당연하지만, 당시 유럽인의 공용어였던 라틴어에다 프랑스어, 영어, 에스파냐어, 그리스어, 투르크어까지 구사할 수 있었다.

게다가 그는 잘생긴 용모와 늠름한 체격에 지칠 줄 모르는 체력까지 갖추고 있었다. 평생 질병에 시달려본 적이 없다.

하지만 장점이 이것뿐이라면 그만한 성공까지는 바랄 수 없었을 것이다. 이 헌헌장부는 왠지 그를 상대하는 사람의 마음을 당장 사로잡아버리는 보기 드문 재능도 갖고 있었다.

전투를 지휘하다가 트리불치오 장군(프랑스의 육군 원수. 1508년 10월 베네치아가 로마 교황령에 대한 야욕을 드러내자, 교황 율리우스 2세는 프랑스 왕 루이 12세와 독일[신성로마제국] 황제 막시밀리안 1세 등과 캉브레 동맹을 결성하고 베네치아에 대해 선전포고를 했다. 그리하여 이듬해 4월에 프랑스 군대는 이탈리아 국경을 넘었고, 5월에 베네치아 군대는 참패를 당했다—옮긴이)에게 사로잡힌 그는 얼마 지나지 않아 이 적장과 식사를 같이하는 사이가 되었고, 결국에는 감쪽같이 탈출에 성공한다. 트리불치오는 추적조차 하지 않았다.

프랑스 왕 프랑수아 1세의 포로가 되었을 때도 왕의 호감을 사서 석방되었을 뿐 아니라, 갓 태어난 공주의 대부가 되어달라는 부탁까지 받았다. 투르크에 머물고 있을 때도 술탄이나 재상들과 절친한 사이였다.

당시 베네치아 공화국의 외교가 그리티의 개인적인 매력에 얼마나 큰 덕을 보았는지는 헤아릴 수 없다.

에스파냐와 프랑스 사이에 일어난 전쟁에서 프랑스 왕 프랑수아 1세가 포로가 되었을 때의 일이다(에스파냐 왕 카를로스 1세가 조부 막시밀리안의 뒤를 이어 독일 황제[카를 5세]에 오르자, 여기에 위협을 느낀 프랑수아 1세는 당시 에스파냐 영토였던 나폴리를 선제 공격했다가, 1525년 파비아 전투에서 참패를 당하고 포로가 된다-옮긴이). 베네치아에 온 에스파냐 왕의 특사는 이제 천하무적이 된 에스파냐의 힘을 역설하면서, 베네치아도 이제는 프랑스와 손을 끊고 에스파냐 편에 서야 한다고 강요했다. 그러자 그리티 통령은 이렇게 대답했다.

"두 군주가 모두 친구이기 때문에 내 심정은 더없이 착잡하오. 승리를 축하하는 왕과는 함께 기뻐하고, 불행을 탄식하는 왕과는 함께 울기로 하겠소."

외교적 언사도 이쯤 되면 걸작이라고 말할 수밖에 없다. 베네치아 공화국의 독립은 유지되었다.

하지만 그리티 같은 사람은 보통 사람들의 이해까지는 얻기 어려운 법이다. 그의 귀족적 풍모와 행동거지 때문에도 일반 시민에게 인기있는 통령이라고는 도저히 말할 수 없었다. 통령으로 선출될 때도 대립 후보와 표가 갈라져, 세 번이나 투표를 되풀이한 끝에 겨우 선출되었을 정도다. 하지만 그리티 자신은 개의치 않았다. 통령으로 선출된 직후에 그는 이렇게 말했다.

"갈채를 받으며 등장하기보다는 퇴장한 뒤에 모든 사람이 아쉬워하는 군주가 되고 싶다."

얼핏 오만해 보이는 이 태도가 실은 조국에 대한 강한 위기의식에서 나왔다는 사실을 소수의 사람들만은 이해하고 있었다. 마르코도 그런 사람들 가운데 하나였다.

안드레아 그리티만큼 베네치아 공화국의 위기 시기와 생애가 겹치는 사람도 없다.

그리티가 태어나기 2년 전인 1453년에 콘스탄티노플이 함락되었다. 천 년 동안 유럽을 오리엔트로부터 지켜온 동로마 제국이 멸망하고, 오리엔트의 신흥 민족인 오스만 투르크가 융성하기 시작한 것이다. 지중해의 여왕이라 불리며 번영을 구가하던 베네치아에는 지금까지와는 비교할 수도 없는 위험한 적이 등장했음을 의미했다.

1470년, 그리티가 열다섯 살 때 그리스 동쪽 끝에 있는 네그로폰테 반도가 투르크의 손아귀에 들어간다. 이곳은 200년이 넘도록 베네치아의 중요한 군사기지이자 무역기지였다. 이때 벌어진 전투는 투르크가 처음으로 지중해에 대한 야심을 노골적으로 드러낸 전쟁이기도 했다. 9년 뒤에 맺어진 강화조약에 따라 베네치아 공화국은 교역의 자유를 얻는 대신 해외 식민지 하나를 잃어 버렸다.

이 강화조약이 맺어진 직후, 안드레아 그리티는 투르크의 수도 콘스탄티노플로 간다. 스물네 살 되던 해다. 맏아들을 낳자마자 세상을 떠난 아내는 베네치아 귀족인 벤드라민 가문 출신이었는데, 그 가문의 한 사람과 공동경영자로서 무역업을 시작한 것이다.

신은 이 사나이에게 뛰어난 상재(商才)도 부여한 듯, 콘스탄티노플에서 시작한 사업은 대성공을 거두었다. 투르크어를 완전히 배운 것도 이 시기였다. 다른 사람을 매료시키는 능력은 이교도 사이에서도 발휘되어, 술탄인 바예지드도 재상인 아메드도 상인 그리티를 마치 친구처럼 대했다. 이런 재능은 이성한테도 발휘되어, 그는 그리스 여자와 관계하여 세 아들을 낳았다. 알비제는 그 중 막내였다.

하지만 투르크에 온 지 20년째를 맞이한 1499년, 베네치아와 투르크 사이에 두번째 전쟁이 시작되었다. 이번에는 그리스의 펠로폰네소스 반도 남쪽 끝에 있는 베네치아 기지를 투르크가 탐낸 것이 전쟁의 원인이었다.

이런 경우 적국에 체류하는 꼴이 된 민간인의 안전은 무방비 상태나 마찬가지지만, 가만히 몸을 숨기고 태풍이 지나가기를 기다리는 동포들 가운데 유독 안드레아 그리티는 행동적이었다. 콘스탄티노플에 있는 국영 조선소에 화재를 일으킨 것은 아무래도 안드레아 그리티를 우두머리로 하는 조직인 듯싶었고, 그는 체포되어 사형선고를 받았다.

하지만 술탄도 재상도 그에게 호감을 품고 있었다. 게다가 투르크 궁정 전체가 왠지 이 적국인을 좋아했다. 광범위한 구명운동이 효과를 발휘하여, 그는 사형을 면할 수 있었다. 뿐만 아니라 술탄은 그를 석방하고, 벌써 교섭이 시작된 강화를 위해 그리티를 베네치아로 돌려보냈다.

그후 3년 동안 그리티는 베네치아와 콘스탄티노플을 여러 차례 오가면서 베네치아와 투르크의 강화조약을 이끌어냈다. 그리티가 마흔여덟 살 되던 해였다. 하지만 그리티는 베네치아 시민에게 다시 평화의 땅이 된 콘스탄티노플로 돌아가지 않았다. 베네치아 정부가 그를 놓아주지 않았기 때문이다.

베네치아는 다시 평화를 회복했지만, 해외 식민지를 잃어버렸다. 지난 200년 동안 '베네치아의 두 눈'으로 불리던 펠로폰네소스 반도 남쪽 끝의 두 기지를 잃은 것은 그 일대의 제해권도 잃었다는 의미다. 이제 투르크 제국은 지중해에서 공세로 나왔으며 해운입국 베네치아는 수세에 몰릴 수밖에 없었다.

안드레아 그리티는 자기가 매듭지은 탓도 있어서, 투르크와 맺은 강화조약의 실상을 누구보다도 잘 이해하고 있었다. 그는 장사를 그만두고 국정에 전념하기로 결정했다. 콘스탄티노플에 확실한 기반을 쌓은 무역업은 이제 어른이 된 맏아들과 둘째아들에게 맡기면 되었다.

하지만 기질도 용모도 아버지를 닮은 알비제만은 곁으로 불러들여 베네치아에서 교육을 시키기로 했다. 그런데 곁으로 불러다놓기는 했지만, 두 사람은 함께 지낼 수 있는 시간이 거의 없었다. 베네치아 정부가 그리티를 여러 요직에 차례로 앉혔기 때문이다.

그는 육상 전투에서 참모장을 맡는가 하면, 그 싸움이 끝난 뒤에는 제독이 되어 군함을 타고 바다로 나갔다. 이 임무를 끝내자마자 해군 총사령관의 지위에 오르는 식이었다. 그 사이에도 짬짬이 중요한 정부 관직을 역임했다.

이제 더 이상 무슨 일을 시켜야 좋을지 모르겠다는 분위기 속에서 통령으로 선출된 것은 1523년, 그가 예순여덟 살이 되던 해였다.

이 안드레아 그리티에게 정치 신조라고 부를 만한 것이 있다면 그것은 단 하나, 베네치아 공화국의 독립과 평화였다. 양지바른 길만 걸어온 이 사나이는 그 때문에 오히려 조국에 가장 중요한 것이 무엇인지를 꿰뚫어보았다. 영토를 넓히는 방식으로 번영하는 나라가 아닌 베네치아가 번영을 확보하는 길은 외국과 전쟁을 일으키지 않는 것뿐이었다.

원로원 의원이 된 지 얼마 되지는 않았지만, 마르코도 이 생각에 전적으로 동감이었다.

로마에서 온 여자

그녀의 이름은 올림피아. 그러나 성은 아무도 모른다.
하지만 이름만으로도 누구나 알고 있는 여자였다.

알비제 그리티가 마르코 앞에 다시 나타난 것은 그로부터 사흘 뒤 저물녘이었다. 이날은 '부끄러워하는 거지'로 변장하지 않았다. 평상복이라 해도 좋은 수수한 차림이다. '부끄러워하는 거지'로 변장했을 때와 같은 검정 일색의 옷차림이긴 하지만, 이날의 검은색에는 화려함이 있었다.

여름철에 맞게, 그러면서도 서늘한 바닷바람까지 고려하여 상반신을 완전히 감싼 윗옷은 얇은 고급 공단으로 지어진 것이었다. 품이 낙낙한 윗옷의 칼라와 소맷부리에서 섬세한 무늬를 넣은 하얀 레이스가 엿보인다. 최근에는 하얀 비단 셔츠의 칼라와 소맷부리에 레이스를 다는 것이 유행이었다.

아랫도리는 다리에 찰싹 달라붙듯 딱 맞게 지은 검정 타이츠다. 윗옷의 허리께에 졸라맨 허리띠도 검은 공단에 검은 비단실로 수놓은 물건이다. 구두도 무두질한 검정 가죽이고, 바닥은 가죽 한 장으로 덧대어서 걸어도 소리가 나지 않는다.

장신구는 가슴까지 닿는 금사슬뿐이다. 세공이 놀랄 만큼 섬세한 것을 보면, 비잔틴 시대의 골동품이 아닐까 여겨졌다. 품위 있고 정교하기 이를 데 없는데다가 사람의 눈길을 끌지 않을 수 없는 화려함을 갖추고 있었다.

이런 면에서도 아버지의 피를 이어받았구나 생각하면 놀랄 것도 없지만, 마르코는 알비제가 무엇을 걸쳐도 독자적인 스타일을 만들어내는 데 언제나 감탄하곤 했다.

마르코는 국정에 참여하게 되어 1년 내내 검은 망토만 입고 지낼 수 있어서 마음이 편하다고 생각할 만큼, 옷차림에는 신경을 쓰지 않는 성격이었다. 단골 양복장이가 적당한 것으로 골라서 만들어주는 것을 깊이 생각지도 않고 몸에 걸치고 다닌다. 다행히도 이 양복장이가 성실한 사내여서 마르코의 신분과 나이와 체격에 걸맞은 옷을 지어주는 덕분에, 마르코도 보기 흉한 꼴을 하고 다니지는 않는다. 장식품으로는 집안 대대로 내려오는 것들을 어쩔 수 없다는 생각으로 골라서 몸에 걸치고 있을 뿐이었다.

장난기 어린 웃음을 지으며 나타난 알비제는 방에 들어오자마자 말했다.

"오늘밤에는 밖으로 나가세."

밖으로 나가자고 말하면, 두 사람 사이에는 설명이 필요없다. 10년 전에도 그랬으니까 지금도 마찬가지겠지 하고 생각하면서, 마르코는 웃으면서 대꾸했다.

"누구한테?"

"누구긴? 자네 애인한테 가는 거지. 그게 누군지쯤은 알고 있어."

저녁식사는 집에서 끝내고 가기로 했다. 창녀의 애인이 되어도 창녀의 집에서는 저녁식사를 하지 않는 게 베네치아의 관습이었다.

저녁을 먹으면서 마르코는 지난 사흘 동안 가슴에 담아둔 의문을 드디어 풀 수가 있었다.

알비제 그리티가 베네치아에 도착한 것은 7월 중순, 아버지의 부름을 받고 왔다고 한다. 얼마 뒤에 통령의 손녀가 결혼식을 올리기 때문에 거기에 참석하기 위해서라는 것이다.

그리티 통령의 정실 부인이 낳은 외아들은 21년 전에 죽었다. 그 아들이 남긴 딸이 베네치아의 명문 귀족인 콘타리니 집안의 맏아들과 결혼하게 되었다.

연로한 아버지가 오랜만에 아들을 만날 수 있는 기회라고 생각하여 일부러 아들을 불러들였다니, 이 설명은 의심할 여지가 없다. 하지만 마르코는 한 가닥 의문을 완전히 버릴 수는 없었다. 왜 알비제 혼자 부름을 받았을까. 왜 알비제의 형들은 부름을 받지 않았을까.

하지만 그것까지 친구한테 따져 물을 수는 없었다. 두 형은 수수한 성격이라 콘스탄티노플에서 견실하게 장사를 하는 것만으로 만족하고 있고, 알비제는 그런 두 형에 대해 형제로서의 애정을 갖고 이야기한 적이 없었기 때문이다. 알비제는 옛날부터 마르코와 마찬가지로 외아들인 것처럼 행동할 때가 많았다.

로마에서 온 여자 **63**

'부끄러워하는 거지'로 변장한 것은 무엇 때문이냐는 질문에도 친구는 간단히 대답했다.

"변덕이지 뭐. 하지만 그 차림은 남을 관찰하는 데는 안성맞춤이야. 이 차림으로 가까이 다가가면 사람들은 눈을 다른 데로 돌리지만, 이쪽에서는 얼마든지 관찰할 수 있거든. 그리고 어디에 들어가도 의심받지 않아서 좋아. 남이 말을 걸어올 위험도 없고, 이쪽에서 정체를 눈치채일 염려도 없으니까."

마르코는 쓴웃음을 지을 수밖에 없었다. 그 차림을 하려면 정부 위원회의 허가가 필요할 거라고 생각했지만, 그 말은 입밖에 내지 않았다.

알비제는 수단이 좋으니까 어떤 방법으로든 조달했을 것이다. 그리고 관찰을 즐겼던 게 분명하다고 생각했기 때문이다. 변장은 대학 시절부터 알비제가 즐긴 장난이기도 했다.

저녁식사를 끝내고 나가려 할 때, 친구는 마르코가 입고 갈 옷을 자기가 고르겠다고 말했다. 이것도 대학 시절로 돌아간 것 같았다. 대학 시절에 알비제는 게으른 마르코를 몰아대어 자기가 고른 옷을 걸치게 했다. 마르코도 그런 친구의 배려를 즐거운 기분으로 받아들였다.

이날 밤에 알비제가 옷장에서 골라낸 옷을 보았을 때는 어지간한 마르코도 소리를 지르고 말았다. 한 번도 입어본 적이 없는 옷이었기 때문이다.

산뜻한 초록색 옷감 전체에 가느다란 금실로 수가 놓여 있고,

타이츠는 그보다 짙은 초록색이었다. 양복장이는 더없이 어울린다고 장담했지만, 마르코는 너무 화려한 느낌이 들어서 이제껏 한 번도 입지 않았다.

하지만 10년 만에 재회한 친구는 10년 전과 마찬가지로 고집스러웠다.

"자네 머리색과도 아주 잘 어울려."

친구는 이렇게 말하면서 요지부동이었고, 결국 마르코는 그 옷을 입을 수밖에 없었다. 큰 거울에 비친 모습이 보면 볼수록 나쁘지 않았다.

그녀의 이름은 올림피아. 그러나 성은 아무도 모른다. 하지만 이름만으로도 누구나 알고 있는 여자였다. 1년 전에 로마에서 옮겨왔는데, 그 방식이 사람들 입에 오르내리지 않을 수 없었다.

처음 베네치아에 와서 여관 생활을 하던 무렵에 그녀가 맨 먼저 한 일은 화가 티치아노에게 자신의 초상화를 주문한 것이었다. 티치아노는 아직 마흔 살도 안 된 나이였지만, 그의 명성은 베네치아를 넘어 외국에까지 알려져 있었다. 그리고 티치아노는 올림피아의 풍만한 나체를 치렁치렁한 금발만으로 살짝 가린 포즈로 훌륭한 초상화를 그렸기 때문에, 이 그림은 완성되었을 당시부터 평판이 자자했다.

그런 후 올림피아는 손님의 범위를 제한했다. 손님의 신분이 '상급'인 것은 두말할 나위도 없다. 그런데도 올림피아는 도저히 그녀의 손님이 될 수 없는 서민들 사이에서도 인기가 높았다. 그녀가 아름답게 차려입은 흑인 노예들이 젓는 자가용 곤돌라를 타고 대운하로 나가기라도 하면, 리알토 다리 위에는 수많은 인파가 몰려들곤 했다.

올림피아와 마르코가 관계를 맺게 된 것은 그녀가 빌린 집이 마르코의 소유였기 때문이다. 올림피아는 직업의 성질상 베네치아에서는 경제의 중심지인 리알토 다리 근처에 살고 싶어했고, 마르코는 그 일대에 마침 적당한 집을 갖고 있었다.

베네치아 공화국의 국정을 담당하는 이들은 무보수로 일한다. 체면 유지나 그밖의 경비를 무시할 수 없는 통령이나 각국 주재 대사들한테는 경비를 포함한 봉급이 지급되지만, 나머지는 모두 국내에 있는 한 무보수다.

국정을 담당할 권리를 갖는 것이 '귀족'이라고 불리는 사람들이지만, 이들에게는 무보수로 정사나 군사에 종사하는 의무가 부과되었다.

이 권리와 의무를 순조롭게 완수하려면 당연히 어느 정도 이상의 경제적 기반이 필요하다. 마르코의 경우는 그가 살고 있는 저택 이외에 집을 두 채 갖고 있었는데, 그 중 한 채는 여관으로 빌려주었고 또 한 채는 셋집이었다. 그런데 그 두 채가 모두 베네치아에서 가장 집세가 비싼 리알토 다리 근처에 있어서, 수는 적어도 집세 수입은 상당했다. 그밖에 숙부들이 맡고 있는 무역사업에도 투자하여 상당한 이윤을 올리고 있었다. 베네치아 귀족으로서는 지극히 평범한 생활방식이었다.

공화국 국회에는 정식 결혼에서 태어난 남자라면 누구나 의석을 가질 수 있지만, 원로원에는 한 집안에 한 명만 의석을 가질 수 있도록 정해져 있었다. 한 집안에 권력이 집중되는 것을 막기 위한 목적도 있지만, 그뿐만 아니라 정치를 하기에 가장 적당한 한 사람만 국정에 전념하고 다른 이들은 경제활동에 힘을 쏟으라는 배려에서 나온 제도이기도 했다.

따라서 마르코는 단돌로 가문의 대표인 셈이다. 1204년에 통령을 배출한 이래 지난 300년 동안 세 사람이나 통령을 낸 명문귀족 단돌로 가문이 베네치아 공화국에 얼마나 공헌하느냐는 젊은 마르코의 재능에 달린 셈이었다. 분업제도에 따른 것이므로, 그것은 이 분야를 맡은 그의 책임이기도 했다.

마르코의 집에 세든 올림피아와 집주인 마르코는 곧바로 가까운 관계가 되었다. 마르코 단돌로가 '상급' 손님에 속했기 때문만은 아니다. 두 사람은 왠지 마음이 맞았다. 나이도 비슷했다.

그래도 세든 사람은 꼬박꼬박 집세를 냈고, 집주인도 손님으로 올림피아를 찾아갈 때는 지켜야 할 것을 지키는 데 소홀히 하지 않았다. 이것이 두 사람의 성격이기도 했다. 오늘밤에도 올림피아의 집에 가기로 결정했을 때, 마르코는 늙은 하인을 미리 보내 찾아가겠다는 뜻을 전하게 했다.

두 사람이 안내된 곳은 너무 넓지도 너무 좁지도 않은, 운하에 면한 이층방이었다. 촛대를 가득 메운 작은 양초에 모두 불이 켜져 있어서, 벽지의 무늬까지 또렷이 알아볼 수 있을 만큼 환했다.

운하를 향해 열린 두 창문 사이의 벽에는 티치아노가 그린 여주인의 초상화가 금빛으로 칠한 당초무늬 액자에 넣어져 걸려 있었다. 벌거벗은 상반신을 등신대로 그린 그림이다.

그 반대쪽 벽에는 색깔과 크기가 같은 액자에 넣어진 거울이 걸려 있었다. 나머지 두 개의 벽도 같은 모양의 거울이 차지하고 있어서, 이 방에 들어서면 어디에 있든지 티치아노의 그림이 눈 속으로 뛰어드는 듯한 느낌이 들었다.

잠시 기다리고 나니, 드디어 여주인이 모습을 나타냈다. 다른 창녀라면 젖꼭지까지 드러낸 옷을 걸치겠지만, 올림피아는 다르다. 귀부인이라도 되는 것처럼 목 언저리까지 단정하게 여미어, 호화로우면서도 남자의 노골적인 시선을 거부하는 듯한 옷을 걸치고 등장한다. 이런 올림피아를 볼 때마다 마르코는 폭소까지는 아니지만 웃음을 참을 수가 없었다.

풍만한 느낌의 나체를 그림으로나마 실컷 과시해놓고, 본인은 맨살을 전혀 엿볼 수 없는 옷차림을 하고 나타나다니. 한 마디 면박이라도 해주고 싶어지는 것이다.

이것이 올림피아의 영악한 수법이라는 걸 알고 익숙해진 마르코조차도 감쪽같이 걸려들어버리니, 프랑스나 독일에서 온 장사꾼들이 올림피아의 집에 뻔질나게 드나드는 것도 당연했다.

방으로 들어온 올림피아는 마르코한테는 가볍게 고개만 숙이고, 마르코 옆에 서 있는 알비제한테 넘칠 듯한 웃음을 지으며 다가왔다. 알비제도 막상막하의 우아한 몸짓으로 허리를 굽혔다. 이럴 때 시선만은 상대한테서 떼지 않는 알비제의 눈은 자못 유쾌한 듯한 담청색으로 반짝인다. 그런 알비제에게 손을 내밀어 입을 맞추게 하면서, 올림피아는 마르코를 돌아보며 로마 사투리가 약간 섞인 어조로 말했다.

"친구분이군요. 금방 알았어요. 그것도 아주 친한 사이겠죠?"

마르코는 죽마고우라고 설명하면서 알비제의 이름을 소개했다. 올림피아는 아주 잠깐 알비제를 바라보았지만, 이내 화사한 목소리로 두 사람을 재촉했다.

"저쪽 방으로 가요. 이 방은 너무 어마어마해요."

누구한테나 이런 식이다. 티치아노가 그린 그림이 있는 방에서 벗어나는 것이 손님에 대한 올림피아의 두번째 전술이다. 다른 방으로 안내되어도 남자들의 눈 속에는 풍만한 나체가 달라붙어 떠나지 않는다는 것을 충분히 아는 것이다.

눈 속에는 풍만한 나체가 달라붙어 있는데 눈앞에 있는 본인은 살색이라고는 엿보이지 않는 옷차림으로 몸을 단단히 감싸고 있다. 사내라면 누구나 눈 앞의 올림피아를 눈 속의 초상과 똑같은 모습으로 만들어보고 싶어지는 게 당연하다.

두 사람이 안내된 곳은 이 집 여주인이 장난삼아 음악실이라고 부르는 방이었다. 클라비쳄발로(피아노의 전신인 하프시코드)가 있고, 류트(기타 비슷한 현악기)가 벽에 세워져 있고, 만돌린도 놓여 있다. 올림피아는 악기 연주가 장기다. 노래도 잘했다.

이날 밤 세 사람만의 음악회가 열렸다. 마르코는 클라비쳄발로를 맡았고, 류트를 타는 것은 알비제의 몫이었다. 올림피아는 뭐든지 할 수 있기 때문에 만돌린을 켜거나 노래를 부르거나 류트 독주를 하거나 클라비쳄발로를 치느라 바쁘다. 서늘한 바닷바람이 말바시아(달콤한 백포도주)로 발갛게 달아오른 뺨을 기분좋게 식혀준다. 쾌락만 맛보면 되는 베네치아의 밤이 깊어갔다.

음악을 연주하는 틈틈이 오간 대화에서는 올림피아가 얼마 전까지 살았던 로마가 화제의 중심이었다. 마르코도 알비제도 그만큼 외국을 잘 알고 있으면서도 로마는 아직 가본 적이 없다. 그래도 올림피아의 이야기 솜씨가 너무나 생생하고 훌륭해서, 두 사람이 배우고 들어서 알고 있는 '영원한 도시'가 눈앞에 선히 떠오르는 듯했다.

세 사람의 대화는 불과 석 달 전에 일어난 '로마 약탈'로 옮겨갔다. 에스파냐 왕 카를로스의 군대가 1527년 5월에 로마를 공격해 파괴하고 약탈한 끝에 많은 주민을 살해했다.

이 소식이 알려졌을 때 베네치아 시민들이 받은 충격을 마르코는 어제 일처럼 생각해내고 있었다. 이로써 에스파냐는 이탈리아 반도의 대부분을 손아귀에 넣은 셈이다. 에스파냐에 대항할 수 있는 나라는 이제 베네치아밖에 남지 않았다.

하지만 '로마 약탈'은 일어날 만했기에 일어났다고 해도 좋은 불행이다. 교황청은 대책을 세우는 것을 게을리했다. 그렇게 되리라는 것을 미리 알아차리고, 침몰하려는 배에서 재빨리 도망친 쥐새끼들도 적지 않다. 창녀 올림피아도 그 중 한 사람이었다.

즐겁고 쾌활한 밤의 음악회도 우울한 분위기 속에서 끝날 것 같았지만, 그것을 구해준 사람은 올림피아였다. 남의 기분을 북돋워주는 게 직업이라고는 하지만, 그녀의 솜씨는 일급이었다. 로마의 추기경들을 흉내내는 올림피아를 보면서 두 사람은 저도 모르게 웃음을 터뜨렸다. 마르코는 이날 밤 친구의 눈빛에서 어두운 그늘이 완전히 사라진 것에 놀랐다.

무도회

베네치아에서는 머리를 햇볕에 쬐면서까지 머리를
금발 비슷하게 만들려는 여자가 많았지만
그녀의 머리카락은 드물게도 흑갈색 그대로였다.

이튿날은 일요일이었다. 공화국 국회는 매주 일요일 오전에 열리도록 되어 있다. 거기에 출석하고 집에 돌아온 마르코를 뜻밖의 손님이 기다리고 있었다.

올림피아는 교회에서 집으로 돌아가는 길에 들렀다고 한다. 과연 검은색의 수수한 옷을 입고 있다. 얼핏 보아서는 베네치아의 중류계급에 해당하는 조선소 기술자나 유리공장 주인의 아내라 해도 곧이 들을 차림이다. 하지만 어떤 차림을 하고 있든 마르코에게 올림피아는 올림피아일 뿐이었다.

이날은 남의 시선에 스스러워할 필요도 없어서 두 사람은 거리낌없이 서로 끌어안았다. 하인 부부가 노골적으로 눈살을 찌푸리는데도 아랑곳하지 않고, 마르코는 여자를 침실로 질질 끌 듯이 데려갔다.

앞가슴에 한 줄로 늘어선 작은 단추가 단단히 닫혀 있었다. 그 단추를 풀어 앞가슴을 여는 것조차도 지루할 지경이었다. 원로원 의원의 검은 망토가 거칠게 벗겨져 바닥에 내동댕이쳐진다.

목덜미에서 금발을 단정하게 묶고 있던 머리장식을 푼 것은 여자 쪽이었다. 풍성한 머리카락이 금실을 흩뿌린 것처럼 흘러내린다. 이 여자는 정말로 모든 것이 풍만하다. 크고 팽팽한 젖가슴은 남자의 손길을 기다리며 바르르 떨고, 장밋빛 젖꼭지는 벌써 단단하게 여물어 있었다.

올림피아의 풍만함은 더 이상 풍만해지면 허물어져버릴 것 같은 아슬아슬한 한계점에 이르러 있었다. 그렇게 풍만하면서도 속을 흐르는 새빨간 피를 느끼게 하는 올림피아의 새하얀 나체가 눈앞에 있었다. 여자의 몸이 파도쳤다. 서른 살 남자의 건강한 몸이 행복을 구가하기만을 기다리듯.

마르코가 올림피아를 좋아하는 것은 짐승처럼 얽히고 난 직후에도 지극히 자연스럽게 이야기를 시작할 수 있기 때문이었다. 무방비 상태로 평온한 표정을 지은 채 여자가 말했다.

"어젯밤에 함께 온 친구는 정말 멋진 분이세요."

마르코는 조금 불쾌해져서 그래 하고 대답했을 뿐이다. 그런 마르코를 여자는 웃음을 머금은 눈으로 바라보면서 말을 잇는다.

"하지만 걱정할 필요는 없어요. 그분한테는 숨겨둔 사랑스러운 여자가 있으니까요."

"그게 누군데?"

마르코에게는 뜻밖이었다. 알비제한테 여자가 없을 리 없다고 생각했지만, 숨겨둔 애인이라면 이야기가 다르다. 하지만 올림피아는 즐거운 듯한 웃음소리를 내면서도 이렇게 대답할 뿐이다.

"제가 사는 세계에서는 뭐든지 다 알면서도 전혀 모르는 척하는 게 살아남는 비결이에요. 그걸 지키지 않으면 산 마르코 종루에서 뛰어내리게 될지도 모르니까요."

마르코는 문자 그대로 눈을 공처럼 똥그랗게 뜨고 애인을 바라보았다. 화제를 바꾸려 했는지, 올림피아는 오늘밤에 열릴 야회에 대해 이야기하기 시작했다.

통령 손녀의 결혼을 축하하여 두칼레 궁전(통령 관저)에서 열리는 무도회다. 올림피아의 말투에는 역시 조금쯤은 부러워하는 듯한 기색이 감돌았다. 아무리 유명한 여자라도, 창녀는 그런 야회에 초대받지 못한다. 외국에서 온 손님들이 소문을 전해듣고 찾아올 정도의 고급 창녀인 올림피아도 이런 연회에는 끼어들 자리가 없었다.

물론 마르코는 초대를 받았다. 하지만 올림피아가 마르코와 동행하는 것은 생각조차 할 수 없는 일이다. 화제를 바꾼 것은 이번에는 마르코 쪽이었다.

"연회에 가면 알비제는 만날 수 있겠군."

"그분은 당연히 참석하시겠죠. 통령의 아드님이니까. 하지만 그분은 어떤 기분으로 가실까."

화제를 바꾸는 방법이 서툴렀구나 하고 상냥한 마르코는 반성했다. 그와 동시에 어젯밤 올림피아의 집에서 나와 헤어질 때 알비제가 당연히 아버지가 사는 두칼레 궁전으로 돌아갈 줄 알았는데 반대 방향으로 가버린 게 생각났다. 마르코는 그런 친구에게 아무 말도 하지 못했다. 알비제는 통령 관저에 없다. 통령의 손녀는 통령과 함께 살고 있는데, 아들인 알비제는 통령의 사저에 머물고 있었다.

현직 통령의 손녀 결혼식은 그렇게 자주 있는 게 아니다. 게다가 신랑은 십자군 전쟁이 시작된 11세기에 이미 최초의 통령을 배출한 베네치아의 명문 중에서도 명문 집안의 도련님이다. 시민들 사이에서도 소문이 자자했지만, 연대기 작가인 사누도는 『일지』에서 이렇게 말하고 있다.

25일 통령 손녀의 결혼식이 거행되었다. 양가의 일가 친척을 비롯하여 초대받은 부인들만도 백 명이 넘었다. 신부는 관례에 따라 풀어내린 머리에 장밋빛 옷자락을 길게 늘어뜨리고, 행렬은 통령 전용 악대가 선도한다.

신부를 뒤따르는 부인들의 옷은 모두 무거운 금사슬이나 각양각색의 수많은 보석으로 장식되어 있어서 호화롭고 아름답다. 특히 커다란 구슬을 꿴 진주 목걸이를 걸고 있는 부인이 많다.

남자들도 화려함에서는 조금도 뒤지지 않는다. 특히 코르넬님의, 많은 보석이 아로새겨진 가슴 장식은 훌륭했다. 그것은 키프로스 왕의 소유물이었다고 한다. 통령은 물론이고 통령 보좌관부터 정부 고관들까지 모두 산 마르코 성당에서 열린 결혼식에 참석했다.

다만 신랑의 들러리를 맡은 콘타리니 집안 남자들이 신랑과 함께 검은 옷을 입은 것은 적당치 않았던 것 같다. 이런 경사스러운 자리에서는 적어도 진홍 비단옷 정도는 걸쳐야 하지 않았을까.

마르코는 원로원 의원으로서 초대받은 게 아니라, 콘타리니 집안과 맞먹는 명문 단돌로 집안의 대표로 초대받았기 때문에, 산 마르코 성당에서 열린 결혼식 뒤에 두칼레 궁전으로 장소를 옮겨 열린 축하연에도 참석했다.

이날 밤 마르코는 하늘색 비단옷을 입고 있었다. 군데군데 은실로 선을 두른 화려한 옷이지만, 아마빛 머리털과 조화를 이루어 생기발랄해 보인다.

야회가 열린 곳은 '투표장'이었다. 외국에서 온 손님들을 위한 축하연에도 자주 쓰이는 넓은 방이다. 넓긴 하지만 악단 자리를 마련하고 식탁을 늘어놓으면, 3백 명을 헤아리는 손님들을 겨우 수용할 수 있을 정도였다. 저녁식사를 할 때 마르코와 알비제의 자리는 많이 떨어져 있었다. 알비제가 일가 친척이 모인 식탁에 있었기 때문이다.

오늘밤 알비제는 맑게 갠 밤하늘을 연상시키는 산뜻한 감색 비단옷을 입고, 하늘색 리본이 몇 갈래로 갈라진 소맷부리를 장식하고, 그 틈새로 하얀 비단 셔츠가 엿보이는 최신 유행의 차림을 하고 있었다. 20대 젊은이라도 되는 듯 화려한 차림이지만, 검은 머리의 그를 참으로 돋보이게 해주었다.

소맷부리를 몇 갈래로 갈라서 그 틈새로 속에 입은 하얀 셔츠를 엿보이게 하는 것은 원래 여자들 사이에 유행했다. 그것을 남성복에 응용하기 시작한 것은 베네치아의 젊은 귀족들이었지만 당장 선풍적인 인기를 얻어 널리 유행했고, 외국에서도 흉내를 내었다.

여자들도 좋다 싶으면 누구의 옷차림이든 거리낌없이 흉내를 냈다. 미혼 여자는 공식 석상에 나올 수 없기 때문에 이날 밤 야회에 참석한 부인들은 모두 기혼 부인뿐이었는데, 모두 각양각색의 호화로운 의상으로 몸을 감싸고 있었지만, 앞가슴만은 젖꼭지가 거의 드러나 보일 만큼 훤히 트였다.

이것은 베네치아에서는 창녀의 차림새다. 사내들 사이에 동성애가 퍼지는 것을 걱정한 정부가 창녀들에게 젖가슴을 드러내는 것을 장려했기 때문이다. 물론 사내의 마음을 끌기 위해서지만, 사내의 마음을 끄는 효과에 주목한 것은 기혼의 귀족 부인들이었다. 아무리 정부가 강력하게 비난해도 이 유행은 수그러들 것 같지 않았다.

식사가 끝나자 재빨리 식탁이 치워지고, 넓은 방은 순식간에 무도장으로 바뀌었다. 금실로 화려한 무늬를 수놓은 비단 망토를 걸친 그리티 통령이 그 큰 키로 몸집이 작은 신부를 덮어씌우듯 옆에 끼고, 손님들에게 인사를 하며 돌아다녔다. 긴장과 흥분으로 얼굴이 상기된 신랑도 함께였다. 이 순서가 끝나자 기다렸다는 듯이 음악이 연주되기 시작했다.

우선 신랑과 신부가 짝을 지었고, 이어서 콘타리니 집안의 남자들은 그리티 집안의 부인들과, 그리티 집안의 남자들은 콘타리니 집안의 부인들과 짝을 짓는 식으로, 여기저기서 함께 춤을 추는 짝들이 생겨났다.

느릿느릿한 발라드 가락이 방을 가득 채워간다. 남자와 여자로 갈린 줄이 음악소리에 맞추어 가까워졌다 멀어졌다 하고, 때로는 손을 잡고 빙글빙글 돈다. 그럴 때마다 그 줄에 끼지 않은 사람들까지 가슴이 두근거리는 것이 무도회가 갖는 저항할 수 없는 매력이다. 줄은 어느새 셋으로 늘어난다. 곡이 하나 끝날 때마다 줄에 낀 얼굴도 바뀐다. 줄에서 빠져나온 알비제가 어느새 등뒤에 와 있는 것을 마르코는 별안간 알아차렸다.

친구는 뒤를 돌아본 마르코의 어깨를 가볍게 쳤을 뿐 아무 말도 하지 않았다. 하지만 마르코는 친구의 눈빛이 지금 이 자리에 어울리지 않는 우수를 띠고 있는 데 놀랐다. 무심코 친구의 시선을 뒤쫓다가 마르코는 저편에 서 있는 한 부인의 모습을 보았다.

프리울리 부인이었다. 그녀의 남편은 그리티가 통령으로 선출되었을 때 마지막까지 표를 다툰 인물이다. 풍채로 보나 뭘로 보나 남보다 뛰어나다는 게 너무나도 분명한 그리티에 비해, 프리울리는 키도 작고 남에게 주는 인상이 부드러워서 인기가 높았다. 나이도 그리티보다는 젊지만 예순 살이 넘었다.

베네치아 귀족들 중에는 나이 차이가 많은 부부가 드물지 않았지만, 이 부부의 나이 차이는 결혼했을 당시부터 화제가 되었다. 부인은 베네치아의 귀족 코르넬 가문 출신이지만, 남편보다 서른 살이나 젊었다. 하지만 베네치아의 상류계급에서 결혼은 집안끼리의 결합인 것이 상식이었다.

프리울리 부인이라면 미인이라는 말이 먼저 떠오를 만큼 그녀는 아름다웠다. 하지만 다른 부인들과는 달랐다. 베네치아에는 머리를 햇볕에 쬐면서까지 필사적으로 머리를 금발 비슷하게 만들려는 여자가 많았지만, 그녀의 머리카락은 드물게도 흑갈색 그대로였다. 그리고 화장도 거의 하지 않는다. 앞가슴도 젖가슴이 넘쳐나올 만큼 트여 있지 않았다. 그래도 머리 모양에는 유행을 받아들여, 검고 풍성한 머리카락을 세 가닥으로 땋아 귀언저리에서 위로 틀어올렸다.

몸매도 날씬해서, 뚱뚱하다고 말하는 편이 적당할 만큼 풍만한 다른 부인들에게 둘러싸여 있으면 금방이라도 부러질 것처럼 호리호리하게 뻗어 있다. 베네치아에서는 풍만한 육체를 좋아하지만, 피렌체나 밀라노에 가면 날씬한 여자가 더 인기가 있다.

이날 밤 프리울리 부인이 몸에 걸치고 있는 것은 진줏빛 비단옷이었다. 세 가닥으로 땋아 양쪽에서 틀어올린 머리 타래가 만나는 이마에서는 물방울 모양의 커다란 진주가 흔들거렸다. 목걸이도 감탄스러울 만큼 알이 큰 것만 모은 진주 목걸이였다. 그 목걸이를 목에서 가슴까지 느슨하게 감고, 가슴 한가운데에서 브로치로 고정시켰다.

그 브로치의 만듦새가 또 훌륭해서, 에메랄드와 루비를 박은 정교한 금세공은 사방 5센티미터나 되고, 그 밑에서는 이마에 걸려 있는 것과 같은 모양의 물방울 진주가 흔들거렸다.

검정색과 진줏빛만으로 꾸민 프리울리 부인은 아름답긴 했지만, 쉽사리 범접하기 어려운 아름다움이었다. 자식은 없지만 정숙한 것으로도 평판이 난 부인이다. 주위에 얼마든지 여자들이 있는데 어째서 하필이면 그렇게 어려운 여자한테 마음을 주느냐고 마르코는 생각했다.

하인들이 은쟁반에 얹은 방울을 나누어주기 시작했다. 금방울은 두 개씩 빨간 리본으로 묶여 있다. 어느 결에 다가온 그리티 통령이 아들에게 속삭이는 말이 그 곁에 있는 마르코의 귀에도 들렸다.

"알비제, 모레카는 네 거야."

아버지에게 미소로 답한 알비제는 은쟁반 위에서 방울을 집어 들었다. 그의 발길은 곧장 프리울리 부인 쪽으로 향했다.

모레카는 아랍풍 리듬을 받아들인 춤인데, 원래는 전투 무용이다. 두 사람이 한 조가 되어 서로 두 손에 방울을 들고 발을 구르며 강하고 격렬한 춤을 춘다. 무도회에서 "모레카!" 하는 외침이 나오면 젊은 남녀들의 눈빛이 달라진다고 할 만큼, 16세기의 이탈리아에서 크게 유행한 춤이다.

마르코가 눈을 똥그랗게 뜬 것은 알비제가 춤을 잘 추어서가 아니다. 이 친구가 모레카의 명수라는 것은 대학 시절에 실컷 보아서 잘 알았다. 그가 놀란 것은 프리울리 부인의 변모 때문이었다.

차가운 미모의 밑바닥에서 불길이 활활 타오르는 듯했다. 검은 눈은 반짝반짝 빛나고 방울을 쥔 손이 생물처럼 움직인다. 진줏빛 의상 전체가 넓은 방에 켜져 있는 불빛을 한몸에 받은 것처럼, 몸을 움직일 때마다 색깔을 바꾸었다.

프리울리 부인이 춤추는 것을 마르코는 이제껏 몇 번이나 보았지만, 오늘밤처럼 격렬하게 타오르는 모습을 본 것은 처음이다. 춤추는 두 사람의 눈은 도저히 풀릴 수 없을 만큼 단단히 묶여서, 이들 두 사람 외에는 아무도 존재하지 않는 듯했다.

모레카가 끝난 뒤에는 이른바 촛대춤으로 무도회를 끝내는 것이 관습이다. 불켜진 양초가 한 자루씩 꽂힌 촛대를 손에 들고 추는 우아한 춤인데, 이 춤을 출 때만은 여자가 파트너를 고를 수 있었다.

하인들이 건네준 촛대를 손에 든 여자들은 속으로 점찍어둔 남자에게 다가간다. 그리고 여자가 내미는 촛대를 받아든 남자와 함께 무도장 중앙으로 춤을 추며 나간다. 무도회에서는 모레카와 더불어 사람들이 무엇보다도 기다리고 기대하는 춤이었다.

넓은 방의 불이 모두 꺼졌다. 여자들 손에 들린 촛대의 촛불만이 여기저기서 반짝인다. 모레카를 추고 돌아온 알비제 옆에는 몇 개나 되는 촛대가 다가와 있었다. 알비제는 여자들의 요구에 금방 응하지 않고 옆에 있는 마르코에게 속삭였다.

"눈가리개를 해주게."

마르코는 소맷부리에 끼워둔 하늘색 비단 손수건을 꺼내 그것으로 친구의 눈을 가렸다. 알비제는 손으로 더듬어, 맨 처음 촛대에서 손을 멈추었다. 요란하게 환성을 지른 것은 포스카리 부인이었다. 그제서야 눈가리개를 푼 알비제는 왼손으로 부인의 포동포동한 팔을 잡고, 오른손에는 촛대를 들고 무도장 중앙으로 나갔다.

  수십 쌍의 남녀가 촛불빛을 반짝거리면서 느릿느릿한 발라드 곡에 맞춰 빙글빙글 돌면서 춤추기 시작했다. 언제나 그렇지만, 각양각색의 리본을 뒤섞어 던진 듯한 색채의 홍수에 부드러운 불빛이 비치는 광경은 참으로 아름다웠다.
  마르코는 별로 신경쓸 필요가 없는 상대와 함께 춤을 추었다. 그러다가 문득, 촛대를 들고 알비제에게 다가온 부인들 가운데 프리울리 부인의 모습이 없었다는 것을 생각해냈다.

출항

*사랑하는 여자와 결혼할 수 없는 원통함이
나를 베네치아에서 떠나게 한 것이지.*

베네치아에서는 내리쬐는 햇빛이 좀더 부드러워지면 가을이 시작된 것을 알 수 있다. 운하의 물빛도, 수면과 그대로 이어진 듯 서 있는 건물들의 벽 색깔도 차분하게 깊은 맛을 띠기 시작하는 게 이 계절이다. 거리는 반대로 활기로 가득 찬다. 오가는 배들이 부쩍 많아지고, 선착장의 얼굴들이 매일처럼 바뀌는 것도 가을이다.

나침반을 비롯한 항해기술의 발달로 겨울철에도 원양항해를 할 수 있는 시대가 되었지만, 지중해의 겨울은 때로는 평온하고 쾌적한 여름의 지중해가 거짓말로 여겨질 만큼 혹독하다.

겨울 바다가 거칠게 날뛰는 것은 인어들이 바다 밑바닥 동굴에 틀어박혀 나오지 않기 때문에 바다의 신 포세이돈이 성질을 부리기 때문이라고 베네치아의 선원들은 믿었다. 가능하면 겨울 항해를 피해야 한다는 데는 아무도 이의가 없었다. 봄부터 가을까지가 항해에 적합한 계절인 것은 기술이 진보했다고 해서 단번에 달라질 일은 아니었다.

알비제 그리티에게도 항해를 떠날 날이 다가오고 있었다. 그가 선택한 것은 식료품과 정보를 얻기 위해 필요한 경우 외에는 어느 항구에도 기항하지 않고 콘스탄티노플로 직행하는 선단이었다. 이 상선단은 돛대가 세 개인 대형 갤리선 다섯 척으로 이루어져 있었다. 그 중 두 척에는 알비제가 베네치아에서 사들인 상품이 가득 실렸다.

베네치아와 피렌체에서 생산되는 고급 견직물. 플랑드르산 모직물. 독일에서 제작된 무기와 총포. 베네치아 특산인 유리 공예품. 파엔차의 도자기. 북이탈리아에서 주로 생산되는 종이. 그리고 다량의 베네치아산 비누.

이런 물품을 한 달 동안의 항해에 견딜 수 있을 만큼 싣는 것만도 큰일이지만, 베네치아의 항만 일꾼들은 능숙했다. 솜씨좋게 쌓아올리는 짐으로 선창이 가득 차는 데는 열흘도 채 걸리지 않았다. 알비제도 화물 주인인 이상 때로는 작업의 진척 상황을 보러 선착장까지 나간다. 마르코도 한 번 동행한 적이 있었다.

"많이도 사들였군."

"베네치아에 올 때도 이 정도는 가져왔어."

알비제가 콘스탄티노플에서 타고온 배도 선창을 가득 채운 채 베네치아에 도착했다. 다만 짐의 내용은 완전히 달랐다. 흑해 연안에서 나는 밀. 역시 흑해 지방에서 많이 나는 모피와 피혁. 하지만 가공기술은 이탈리아가 더 발전했기 때문에 모피나 피혁은 무두질하기 전 상태로 수입된다. 그밖에 그리스산 벌꿀과 밀랍. 밀랍은 직물 염색에 필요하고, 염료도 오리엔트에서 수입하는 물품들 중에서 중요한 품목이었다. 그리고 이윤의 비율로 따지면 고급 견직물보다 수지가 더 남는 후추를 비롯한 향신료. 투르크의 수도 콘스탄티노플은 이집트의 알렉산드리아와 더불어 동양에서 운송되어오는 이런 향신료의 집결지였다.

알비제가 콘스탄티노플에서 대규모로 장사를 하고 있다는 소식은 이 친구를 만나지 못한 지난 10년 동안에도 마르코의 귀에 들려왔다. 석궁병 시절에 친구가 보여준 재능을 생각하면 놀랄 일도 아니다. 그리고 콘스탄티노플에는 아버지가 투르크에 머무는 동안 쌓아놓은 실적이 있다. 알비제라면 그것을 기반으로 더욱 사업 규모를 키울 수 있었을 거라고 마르코는 생각한다.

"형님 두 분과는 공동으로 하고 있나?"

"아니. 10년 전에 투르크로 돌아가기로 결정했을 때, 장사는 혼자 하기로 결심했어. 나 혼자라면 성공하든 실패하든 자유니까."

과연 알비제답다고 생각했다. 이 친구는 단독로 가문의 기수처럼 여겨져 집안의 다른 남자들에게 옹립되어 있는 느낌이 드는 마르코와는 처지가 달랐다.

마르코와 알비제는 둘 다 이름만 들어도 베네치아 사람이라는 것을 알 수 있을 만큼 베네치아적인 이름이다. 이것은 베네치아 남자들 중에서는 수위를 다툴 만큼 흔해빠진 이름이라는 뜻이다. 마르코라는 이름은 베네치아의 수호성인인 성 마르코에서 유래했으니, 이 이름이 많은 것은 당연하다.

베네치아에서 가장 중요한 교회는 산(성) 마르코 성당이다. 그 앞에 펼쳐진 광장의 이름도 산 마르코다. 그 광장에 서 있는 종루도 산 마르코 종루라고 불린다. 또한 베네치아 공화국의 현관이라 해도 좋은 선착장, 외국의 왕족들이 도착하고 베네치아 함대가 떠나는 선착장도 산 마르코 선착장이다.

뿐만 아니라 베네치아의 해군과 육군이 싸움터에서 사기를 올리기 위해 외치는 구호도 "마르코! 마르코!"였다. 외국인들에게도 산 마르코는 곧 베네치아 공화국이었다.

알비제라는 이름은 수호성인과는 관계가 없다. 알비제라고 명명된 교회도 광장도 선착장도 없다. 하지만 그래도 외국인들은 알비제라는 이름을 들으면 당장 베네치아와 연결시킨다. 알비제가 베네치아 사람한테만 있는 이름이기 때문이다. 발음이 다를 뿐이지만, 같은 이름이 이탈리아의 다른 지방에서는 루이지가 되고, 조금 격식을 차리면 루도비코라고 불리기도 한다. 그런데 루이지나 루도비코는 프랑스 사람이 부르면 루이가 되어버리지만, 알비제만은 마르코와 마찬가지로 어디에서든 한결같이 그 이름으로 불렸다. 다른 식으로 바꿀 수도 없기 때문일 것이다.

마르코가 조국 베네치아에 대해 강한 귀속감을 갖는 것은 이름 때문이 아니라, 단돌로라는 성을 가진 몸이었기 때문이다.

단돌로 가문에서 처음 배출한 통령은 엔리코 단돌로였다. 1204년에 이 사람이 이끈 제4차 십자군 덕택에 베네치아는 레반트(동지중해) 해역에 수많은 거점을 구축할 수 있었다. 베네치아 공화국은 오리엔트와의 교역이 국가 번영의 기둥인데, 이는 엔리코 단돌로가 기초를 닦은 것이었다. 그후에도 단돌로 가문은 세 명의 통령을 비롯하여 수많은 고관을 배출했다. 마르코 단돌로가 집안의 대표로 국정에 종사하기로 결정했을 때도 마르코 자신에게는 전혀 위화감이 없었다. 베네치아의 국익을 생각하고 나라를 위해 일하는 것은 그에게 몸 속을 흐르는 피와 마찬가지로 자연스러웠다.

하지만 알비제는 어떻게 생각할까. 물론 그가 받은 이름은 베네치아 사람한테만 있다. 따라서 그는 아버지의 나라 베네치아에 귀속감을 갖고 있을까. 아니면 어머니의 나라인 투르크 제국에 귀속되어 있다는 생각이 더 강할까.

이런 것은 일찍이 마르코가 생각해본 적도 없는 일이었다. 그런데 10년 만에 만난 것을 계기로 이런 의문이 고개를 쳐든 것이다. 한 번 흉금을 터놓고 이야기해볼까 하고 마르코는 생각했다.

자기가 태어나 자란 나라에 귀속되어 있다는 생각을 지극히 자연스럽게 가질 수 있는 마르코는 그것이 친구에게 얼마나 잔인한 질문인지 미처 깨닫지 못했지만, 왠지 모르게 따져 묻기가 망설여졌다. 만나서 대화를 나눌 때도 이 이야기만은 좀처럼 꺼내지 못했다. 하지만 그것은 마르코가 묻지 않아도 친구가 스스로 대답해주었다.

그날은 마르코가 알비제의 집을 찾아가기로 되어 있었다. 약속 시간까지는 아직 여유가 있었지만, 볼일이 일찍 끝났기 때문에 마르코는 곧장 그리티의 저택으로 가기로 했다.

그리티의 집도 대운하에 면해 있지만, 마르코의 집보다는 훨씬 상류에 있었다. 리알토 다리보다 더 상류에 있기 때문에, 일단 자기 집에 돌아갔다가 다시 나오기도 귀찮았다.

"집에 돌아와 있지 않으면 좀 기다리지, 뭐."

마르코는 가벼운 마음으로 방향을 결정했다. 알비제가 투르크에서 데려온 하인만 데리고 혼자 살고 있다는 것은 알고 있었다. 아버지는 통령에 취임한 이후 관저로 거처를 옮겼기 때문에, 늙은 하인 한 사람만 남고 하인들도 모두 관저에서 살았다.

문을 열어준 투르크 젊은이는 조금 놀란 표정을 지었지만, 잠시 기다리라고 말하고 마르코를 대문 바로 옆에 있는 작은 문간방으로 안내했다. 곧장 이층으로 안내하지 않는 걸 보면 먼저 온 손님이 있는 모양이라고 마르코는 생각했다. 애초부터 기다릴 작정이었으므로 깊이 생각하지도 않았다.

그리티의 집도 대문을 들어서면 바로 안뜰이 나온다. 안뜰 한 모퉁이에 있는 층계가 이층부터 시작되는 주거 공간으로 이어져 있었다. 일층에 있는 문간방에서는 그 돌층계가 한눈에 바라다보인다. 층계 난간을 온통 뒤덮은 담쟁이 잎은 가을을 맞아 색깔이 변해 있었다. 그 가운데 몇 잎이 팔랑팔랑 떨어지는 것을 멍하니 바라보던 마르코의 시야에 별안간 남자와 여자가 뛰어들어 왔다.

두 사람은 층계 위로 나와서 힘껏 끌어안았다. 남자는 하얀 비단으로 낙낙하게 지은 셔츠와 회색 타이츠 차림이지만, 여자는 수수한 포도빛 옷에 검정 레이스숄을 머리에 썼다. 여자의 얼굴은 입을 맞추는 남자에 가려 보이지 않았다. 마르코는 먼저 와 있던 손님이 여자였나 하고 생각했을 뿐이다.

여자는 소리도 내지 않고 층계를 내려왔다. 하지만 대문 앞까지 오자 고개를 돌려 층계 위를 쳐다보았다. 그 바람에 머리에 쓰고 있던 레이스숄이 미끄러져 내렸다. 비로소 여자가 누구인지 안 마르코는 소스라치게 놀랐다.

눈길을 돌리지 못하는 마르코를 알아차리지 못한 것은 여자만이 아니었다. 층계를 달려 내려온 알비제는 떠나지 못하는 프리울리 부인을 다시 두 팔로 힘껏 끌어안았다. 말없는 포옹이 한동안 계속되었다.

그래도 문은 언젠가 열지 않으면 안된다. 애인이 떠난 뒤, 철문에 기댄 채 방심한 듯 서 있는 친구의 모습을 보고 마르코는 가슴이 아팠다. 조심스럽게 다가온 하인의 말을 듣고 비로소 마르코가 와 있음을 안 알비제는 친구가 모든 광경을 보아버린 것도 깨달은 모양이었다.

이층으로 올라간 두 사람은 여느 때처럼 객실에 마주앉았다. 그리고 알비제는 짙은 녹색으로 가라앉은 침울한 눈을 마르코에게 똑바로 돌린 채 이야기하기 시작했다.

"그 여자의 명예를 위해서라도 자네한테만은 이야기해야겠네."

마르코는 말없이 고개를 끄덕였다.

"그 여자를 지난번 무도회에서 처음 본 게 아니야. 처음 만난 건 내가 파도바 대학에 다니고 있을 때였지."

이 말에 마르코는 속으로 눈이 휘둥그래졌다. 같은 집에 살면서 함께 행동할 때가 많았는데도 그런 일이 있었다는 걸 전혀 눈치채지 못했기 때문이다.

"그 여자는 아직 결혼하기 전이었어. 내가 대학을 마치면 투르크로 돌아가겠다고 하자, 그 여자는 투르크든 어디든 따라가겠다고 말했다네. 베네치아 귀족의 딸이라도 투르크에 갈 수 없는 건 아니야. 하지만 그것은 베네치아 귀족과 결혼해야만 가능하지.

그리고 베네치아에서 귀족으로 태어난 남자는 상대가 조선공의 딸이든 유리공의 딸이든 자유롭게 결혼할 수 있지만, 귀족으로 태어난 여자는 아무리 사랑하는 남자라도 평민과는 결혼할 수 없어. 법률로 정해져 있는 건 아닐세. 관습이 허락하지 않을 뿐이지. 평민에게 시집을 가면 당장 귀족의 신분을 잃어버리게 돼. 유리공의 딸이 귀족과 결혼하면 귀부인이 되는 것과는 정반대로 말이야.

그런데 나는 베네치아 귀족의 적자가 아닐세. 이곳 베네치아에서 첩의 자식은 평민이야. 그 여자는 그래도 좋다고 말했지. 하지만 그 여자네 집안이 허락할 리가 없네. 그 여자한테도 많은 혼담이 들어왔는데, 그 여자의 부모가 몹시 탐내는 자리가 하나 있었지.

프리울리는 한 번 결혼한 몸이었지만, 전처가 남기고 간 자식들은 모두 어른이 되어 문제가 없었네. 그리고 무엇보다도 프리울리라면 베네치아에서 수위를 다투는 재산가일세. 남편이 될 사람과의 나이 차이 따위는 문제도 되지 않았지. 내가 뭘 어떻게 할 수 있었겠나.

스무 살이 될까말까 한 나이에다 서자의 몸일세. 아버지는 나를 인정해주셨지만, 내가 당신의 아들임을 인정한 것일 뿐 적자는 아니야. 그리고 베네치아의 법률은 서자를 적자로 삼는 것을 금지하고 있네.

아버지는 당신 자신한테도 남들한테도 엄격한 사람일세. 아무리 나를 사랑한다 해도, 당신이 반평생을 바친 베네치아 공화국의 바탕을 이루고 있는 제도를 무너뜨릴 사람은 결코 아니지. 아버지도 어쩔 도리가 없었어.

첩의 자식이 나 한 사람만이 아니라는 건 알고 있네. 첩의 자식은 이곳 베네치아에서는 사무관료가 되거나, 아니면 의사나 변호사의 길로 나가거나, 아니면 장사꾼이 되는 길밖에 없어. 나는 사무관료도 의사도 변호사도 할 마음이 없었네. 무역업에 종사한다면, 반드시 이곳 베네치아에서 해야 할 필요는 없지. 오히려 콘스탄티노플에서 하는 편이 더 유리할지도 몰라. 내 경우는 특히 어머니와의 관계로 투르크 국적도 갖고 있다네.

베네치아에 머무르는 한, 자네들 같은 적자 출신 귀족들한테 머리를 짓눌릴 수밖에 없어. 이것도 남보다 훨씬 뛰어난 베네치아 귀족이라고 자타가 인정하는 아버지를 둔 나로서는 참을 수 없는 일이었네.

그래서 투르크로 돌아가기로 결정한 걸세. 이류 계급에 속해야 하는 굴욕, 그리고 사랑하는 여자와 결혼할 수 없는 원통함이 나를 베네치아에서 떠나게 한 것이지.

그런데 이제 자네와 재회했듯이, 아버지의 나라와도 관계가 또다시 깊어지고 있네. 기쁨과 함께 슬픔도 떨쳐버릴 수 없는 불가사의한 기분을 주체하지 못하고 있는 듯한 느낌이야.

옛날에 자네가 자주 말했지. 나라는 남자는 모든 것을 갖고 태어났다고. 그런데 실은 반대야. 뭐든지 다 갖고 있는 건 자네 쪽일세. 나한테는 한 가지가 부족해. 재능에 자신이 있는 베네치아 사람이라면 절대로 무관심할 수 없는 가장 중요한 것이 부족해."

마르코는 할말이 없었다.

이틀 뒤, 알비제가 탄 배가 출항했다. 배웅하러 간 마르코는 배가 떠난 뒤에도 오랫동안 이른 아침의 선착장에 우두커니 서 있었다.

항구는 동쪽을 향해 열려 있었다. 배가 떠나간 동쪽 하늘과 바다가 동트기 직전의 장밋빛으로 물들기 시작했다.

'빛은 오리엔트로부터'라는 구절이 문득 마르코의 머리에 떠올랐다. 알비제는 빛이 오는 방향을 향해 떠나갔다. 마르코는 이런 생각을 했다.

일주일 뒤, 마르코 단돌로는 '10인 위원회' 위원으로 선출되었다. 이것은 마르코의 '출항'이기도 했다.

10인 위원회

*마르코는 10인 위원회가 되었을 때는 흥분으로 몸이 떨렸지만
이번에는 긴장으로 몸이 옥죄는 듯했다.*

뱃머리에 내걸린 칸델라 불빛을 받아 떠오른 옆구리에 하얀 글씨로 'CDX'라고 적힌 검은색 곤돌라. 밤의 운하를 미끄러지듯 소리도 없이 나아가는 이 곤돌라를 본 사람은 누구나 순간적으로 무어라 말할 수 없는 공포감에 사로잡혔을 게 분명하다.

검은색 곤돌라의 중간쯤에 마련된 작은 선실도 검은색이다. 그 앞뒤에 깊이 드리워져 있는 커튼도 검은색 모직물로 만들어져 있다. 곤돌라의 뱃머리와 고물에 서 있는 사공도 둘 다 검정 일색의 옷을 입고 있다. 베네치아에 있는 1만 척이 넘는 곤돌라들이 저마다 화려한 색깔로 치장하고, 금실로 짠 비단을 선실 덮개로 사용한 곤돌라까지 등장한 16세기 초에, 검정 일색의 곤돌라는 그것만으로도 이상했다. 죄를 지은 적이 없는 사람도 순간적으로나마 불안에 사로잡히지 않을 수 없었다.

두 사람이 겨우 들어갈 수 있는 작은 선실에는, 어제까지만 해도 베네치아에서 최고 부자로 알려져 있어 산 마르코 광장을 어깻바람을 일으키며 기세등등하게 걸어다니던 대귀족이 얼어붙

은 듯 창백한 얼굴로 앉아 있을지도 모른다. 베네치아 정부의 CDX는 반역죄를 지은 사람에 대해서는 한밤중이라도 현직 통령까지 소환할 수 있는 막강한 권한을 갖고 있었다.

CDX는 'Consiglio dei X'(콘실리로 데이 디에치. X는 로마 숫자로 10을 뜻한다—옮긴이)의 약자로, '10인 위원회'를 뜻한다. 마르코 단돌로가 위원으로 선출된 것이 바로 10인 위원회였다.

국정에 각별한 관심을 갖지 않은 일반 서민들이 CDX를 비밀경찰로 생각했다 해도 무리는 아니다. 10인 위원회가 창설된 것은 200년 전인 14세기 초인데, 당시만 해도 국가에 대한 반역이나 음모의 움직임만 살피면 되었기 때문이다. 게다가 이 기관은 티에폴로 일당의 반역사건을 계기로 창설되었다.

하지만 국가에 대한 음모를 사전에 막는 일은 당연히 국가의 안전보장을 담당하는 일과 연결된다. 그것은 이 '10인 위원회'에 모든 최고 기밀, 모든 최신 정보가 모여든다는 뜻이기도 하다.

극비 정보가 모이게 되면, 극비 지령을 내리게 되는 것도 자연스러운 흐름이다. 모든 것은 베네치아 공화국의 안전보장과 관련되기 때문이다. 16세기 베네치아의 CDX가 20세기 미국의 CIA를 연상시키는 조직으로 변해간 것도 이런 기관의 숙명이었다.

하지만 CDX는 CIA보다 훨씬 강력한 권력을 쥐고 있었다. 그것은 16세기 초라는 시대의 요구에 부응하지 않을 수 없었던 까닭이다.

1453년 콘스탄티노플 함락을 계기로 역사의 전면에 등장하기 시작한 오스만 투르크를 비롯하여 오리엔트와 유럽은 강대국 시대로 돌입했다. 동쪽에 투르크 제국이 우뚝 솟아 있었다면, 서쪽에서는 프랑스와 에스파냐, 영국 같은 군주국이 부상한다. 상공업으로 번영한 이탈리아의 도시국가들은 존망의 위기에 직면한 셈이다.

어쨌든 시대는 질이 아니라 양이 지배하는 시대로 바뀌었다. 일인당 생산성이 높다는 것을 아무리 자랑해도, 피렌체나 베네치아로 대표되는 이탈리아 도시국가의 인구는 이런 근대국가의 10분의 1도 안되었다. 베네치아나 피렌체 인구와 맞먹는 수의 병력을 왕의 한마디로 소집할 수 있는 국가들이 주변을 에워싸고 있는 상황에서는 두뇌집약형 문명이니 어쩌니 하며 우쭐대고 있을 수도 없었다.

도시형, 두뇌집약형, 중상주의, 공화정 등의 특색을 갖고 있었던 르네상스 문명은 16세기 초에 위기에 직면했다. 점차 부상하는 강대국들이 모두 영명하고 젊은 군주의 영도를 받고 있다는 것도 이탈리아 도시국가에 불리했다. 1527년을 기준으로 삼아도, 투르크의 술탄인 쉴레이만은 서른세 살, 에스파냐 왕이자 독일(신성로마제국) 황제이기도 한 카를로스는 스물일곱 살, 프랑스 왕 프랑수아 1세는 서른세 살, 신흥국가 영국 왕 헨리 8세는 서른여섯 살이었다.

16세기 전반을 지배한 이들 지도자들이 중세 봉건시대의 제후와 다른 점은 모두 전제군주이고, 자신의 의지를 아래로 전하는 데 관료기구를 활용했다는 점이다. 원래 풍부한 재능을 타고난 데다 강대한 권력을 가졌고, 게다가 젊은 나이에 왕위에 올랐기 때문에 왕권의 생명도 길다. 그 왕이 결정한 사항은 당장 관료기구를 통해 하부로 전달되니까, 모든 사람의 뜻을 존중하면서 합의로 이끌어가는 공화정보다 훨씬 능률적으로 나라를 통치할 수 있었다. 공화제를 채택하고 있던 이탈리아 도시국가들은 통치능력이라는 면에서도 벽에 부딪혀버린 것이다.

먼저 제노바 공화국이 프랑스 왕과 에스파냐 왕 사이에서 뺏고 빼앗기는 대상으로 전락한다. 피렌체 공화국의 운명도 1527년 당시에는 바람 앞의 등불이었다. 심각한 선택을 강요받고 있었다는 점에서는 베네치아 공화국도 다를 게 없었다.

다만 베네치아는 건국 이후 줄곧 지켜온 공화제를 버리지 않았다. 공화제를 유지하면서 군주와 관료기구의 조합이라는, 당시에는 가장 효율적인 정치체제에 대항하기로 한 것이다. 그 막중한 임무를 맡은 것이 바로 10인 위원회였다.

물론 일반 서민은 이런 사정을 이해할 리가 없다. 또한 이해하지 못하는 편이 국익에는 도움이 된다. 그래서 CDX는 오랫동안 CIA와 마찬가지로 꺼림칙한 인상을 주는 기관으로 존재했다.

베네치아 공화국의 정부청사에는 투서함이 마련되어 있어서, 시민은 누구나 불만을 투서할 수 있었다. 이 투서는 담당 위원회로 넘어가, 타당하다고 여겨지는 것은 재정이 허락하는 범위 안에서 개선된다. 하지만 무기명 투서는 허용되지 않았다. 투서를 해도 무시되었다.

다만 무기명 투서라도 국가 안보와 관계가 있는 경우에는 받아들여지는 사례도 있었다. 물론 무턱대고 채택된 것은 아니다. 인권을 존중해야 하기 때문이다. 따라서 검토할 필요가 있다는 판단이 내려지면, 엄밀한 추적 조사가 이루어진다. 이것도 10인 위원회의 진정한 존재이유를 일반 서민에게 숨기는 데 도움이 되었다. 적을 속이고 싶으면 우선 자기편을 속이는 데 성공해야 한다.

하지만 통찰력이 뛰어난 사람은 어느 세상에나 있는 법. 동시대 사람인 니콜로 마키아벨리는 『군주론』과 더불어 그의 주요 저서로 꼽히는 『정략론』에서 다음과 같이 말하고 있다.

공화국에서 이루어지고 있는 정치적 절차는 참으로 완만한 것이 보통이다. 입법에서나 행정에서나 무엇이든 한 사람이 결정하는 것은 허용되지 않고, 대개의 일은 다른 몇 사람과 공동으로 하는 구조로 되어 있다. 그래서 이들의 의사를 통일시키는 데는 상당한 시간이 필요하다. 이처럼 완만한 방법은 한시의 유예도 허용되지 않는 경우에는 대단히 위험해진다. 따라서 공화국은 이런 경우를 위해 (고대 로마의) 임시 독재집정관 같은 제도를 반드시 만들어두어야 한다.

베네치아 공화국은 요즘의 공화국치고는 강력한 공화국이다. 이 나라에서는 비상시에는 공화국 국회나 원로원에서의 일반 토의를 거치지 않고 권한을 위임받은 소수 위원들의 토의만으로 정책을 결정하는 방식을 택해왔다. 이런 제도의 필요성을 깨달지 못한 공화국의 경우, 종래와 같은 정치체제를 지키려들면 나라가 망해버릴 테고, 국가의 멸망을 피하려면 정치체제 자체를 무너뜨려야 하는 진퇴양난의 벽에 부딪히게 마련이다.

16세기 베네치아의 10인 위원회가 갖고 있던 진짜 얼굴은 바로 '권한을 위임받은 소수 위원들의 토의만으로 정책을 결정하는 기관'이었다.

마키아벨리는 피렌체 공화국 사람이었지만, 베네치아의 한 귀족도 이런 글을 남기고 있다. 10인 위원회의 본질이 일반 서민의 생각을 초월한 데 있음을 알았던 원로원 의원의 말이다.

"나는 한 번도 10인 위원회에 속한 적이 없다. 따라서 우리나라의 중추에 이르렀다고는 말할 수 없다."

서른 살의 젊은 나이에 10인 위원회에 속하게 된 마르코가 몸이 떨리는 흥분을 느낀 것도 무리는 아니었다.

10인 위원회의 일원이 되어 무엇보다도 크게 달라진 점은 눈으로 볼 수 있는 정보의 질과 양이었다. 알비제 그리티가 지난 10년 동안 무려 여섯 번이나 베네치아에 돌아온 것도 10인 위원회에 들어가서야 비로소 알게 된 사실이다. 그리고 그 어릴 적 친구가 실제로 어떤 일에 깊이 관여하고 있었는지도 처음으로 이해할 수 있었다.

마르코가 위원으로 처음 등청한 날, 10인 위원회 전속 비서관 한 사람이 서류 뭉치를 들고 오더니 책상 위에 털썩 내려놓고는 이렇게 말했다.

"위원장님 말씀이 이걸 훑어봐달라고 하셨습니다."

그 서류들은 모두 투르크와 관련된 것이었다. 그 중 절반이 넘는 서류에 알비제가 관여하고 있었다. 그가 직접 쓴 편지도 있었다. 암호를 사용한 서류에는 10인 위원회가 만든 해독문이 첨부되어 있었다. 그 대부분은 투르크 군대의 이동을 보고한 것이었다. 거기에는 마치 상인의 시장조사 같은 투르크 국내의 물류 일람표까지 포함되어 있었다. 산더미처럼 쌓인 극비 문서 속에서 알비제 그리티에게 '부끄러워하는 거지' 차림을 특별히 허락한다고 씌어진 문서를 발견했을 때는 어지간한 마르코도 한동안 벌린 입을 다물지 못했다.

여섯 차례나 베네치아에 돌아올 때마다 알비제는 검은 옷차림의 거지로 변장하여 시내를 돌아다녔던 것이다. 그가 말한 변덕 따위는 전혀 아니었다. 일곱번째에 해당하는 이번 귀국은 통령 손녀의 결혼식과 그후에 이어진 무도회가 있었기 때문에, 비록 서자라 해도 통령의 아들인 알비제는 표면에 나설 수밖에 없었을 것이다.

아무리 그렇다 해도 친구가 10년 동안 자기를 한 번도 찾아오지 않은 것을 알고는 섭섭한 기분도 들었다. 하지만 사랑하는 그 여자와는 만났을 거라고 생각하면, 용서해주어도 좋다는 생각이 들었다.

어쨌든 알비제는 투르크에 간 뒤 베네치아에 발길을 끊은 것은 아니었다. 아버지의 나라 베네치아를 잊은 것은 아니었다. 마르코는 그것만으로도 기뻤다. 따라서 자기가 10인 위원회에 들어온 것이 세부까지 깊이 고려된 계략의 일부임을 알고도 기꺼이 받아들였고, 거부감은 전혀 들지 않았다.

10인 위원회 위원의 임기는 1년으로 정해져 있다. 또한 유일한 종신직인 통령 이외의 모든 관직과 마찬가지로 임기와 같은 1년 간의 휴직 기간을 두지 않고는 위원에 재선될 수 없다.

게다가 어떤 이유로든 결원이 생긴 경우에도 그 빈자리를 충원하기 위해 선출된 위원의 임기는 선출된 시점부터 1년이 아니라, 자리를 넘긴 위원의 잔여 임기가 보결 위원의 임기가 된다. 이것도 고대 로마의 집정관 제도와 같다. 그래서 마르코에게 주어진 임기는 석 달뿐이었다.

마르코에게 기회를 준 인물은 그리마니라는 귀족인데, 얼마 전 교황에 의해 추기경으로 임명되었다. 베네치아 공화국은 공직과 성직의 겸임을 인정하지 않기 때문에, 그리마니는 10인 위원회를 사임할 수밖에 없었다. 마르코는 그 대신 선출되었기 때문에, 그의 등용도 공연히 사람들의 주목을 끌지 않고 실현될 수 있었다.

보통 마흔 살은 넘겨야 위원으로 선출되는 것이 불문율인 10인 위원회에 서른 살의 마르코가 들어간 것은 이례적인 일이었지만, 잔여 임기가 3개월이라면 선출권을 가진 원로원 의원들의 거부감도 상당히 줄어든다. 마르코를 천거한 사람이 통령과 통령 보좌관들이라는 사실조차 누구의 의심도 받지 않고 넘어간 모양이다. 그렇긴 하지만, 석 달이 지나면 마르코는 10인 위원회를 떠나야 한다. 하지만 이것도 미리 계산된 일이었다.

10인 위원회에 속하게 된 뒤 마르코의 일상은 갑자기 바빠졌다. 우선 공화국 국회의원으로서 매주 일요일에 열리는 회의에 참석할 의무가 있다. 게다가 원로원 의원이기도 하니까, 적어도 일주일에 이틀은 원로원 회의장에 꼼짝없이 붙잡혀 있어야 한다. 또한 원로원이 소집되지 않는 날은 모두 10인 위원회가 열리도록 정해져 있다. 그야말로 단 하루도 쉬지 않고 두칼레 궁전에 출근하게 된 셈이다. 다만 긴급 소집이 아닐 경우에는 회의가 밤늦게까지 계속되는 일이 없기 때문에, 밤에는 올림피아의 집에서 지낼 수 있었다.

올림피아의 집도 북적거리게 되었다. 피에트로 아레티노(이탈리아의 시인·극작가로, 왕족이나 귀족들의 생활을 통렬하게 풍자했으며, 줄리오 로마노의 동판화를 삽화로 곁들인 『16가지 교접 체위』라는 제목의 시집을 발표하여 1527년에 로마에서 추방되었다-옮긴이)라는 문인이 베네치아로 이주했고, 그와 친구 사이인 화가 티치아노도 자주 드나들게 되어, 올림피아의 집은 마치 예술가들의 살롱 같았다. 올림피아는 이 사내들한테는 돈을 받지 않았다. 돈은 돈많은 남자한테 받으면 된다는 것이다.

"선전이에요."

이렇게 말하면서 올림피아는 쾌활하게 웃었다. 게다가 아레티노도 티치아노에게 부탁하여 초상화를 그렸으니까 당신도 초상화를 주문해라, 지금은 값도 싼 편이라고 말했다. 이 말에 마르코는 큰 소리로 웃었지만, 이 영리한 애인의 집은 그에게는 안성맞춤인 쉼터이기도 했다.

마르코 단돌로가 10인 위원회 위원으로 선출된 이유를 그에게 설명해준 사람은 아무도 없었다. 그리티 통령도 그를 특별히 친밀하게 대하지 않았고, 통령과 함께 추천인이 되어준 통령 보좌관들도 거기에 대해서는 한마디도 언급하지 않았다.

하지만 마르코는 알고 있었다. 그에게 보내져 오는 극비 문서의 종류는 그가 '알비제 담당'이라 해도 좋은 일을 맡았음을 보여주었다.

아마 알비제가 직접 추천했을 것이다. 그것을 통령이 받아들였고, 통령 보좌관들도 동의하여 이런 결과가 나온 게 분명했다. 10인 위원회의 다른 위원들도 알고 있는 게 분명하지만, 아무도 귀띔해주지 않았다. 10인 위원회의 그런 분위기에 마르코도 모르는 사이에 익숙해져가는 듯했다.

10인 위원회 위원들은 임기가 끝나면 대개 다른 위원회로 자리를 옮기지만, 석 달의 임기가 끝났을 때 마르코를 기다리고 있었던 것은 다른 위원회의 위원 자리가 아니라 투르크 제국의 수도 콘스탄티노플에 주재하는 베네치아 대사의 부관 자리였다.

마르코는 더 이상 놀라지 않았다. 드디어 올 것이 왔구나 하고 생각했을 뿐이다. 10인 위원회 위원이 되었을 때는 흥분으로 몸이 떨렸지만, 이번에는 긴장으로 몸이 옥죄는 듯한 기분이었다. 투르크 땅에서 해야 할 임무는 마르코가 대학에서도 '밤의 신사들'에서도 경험하지 못한 임무인 것만은 확실했기 때문이다.

 마르코는 겨울이 끝난 뒤 맨 처음 출항하는 배를 타고 베네치아를 떠나게 되었다.

지중해

선장의 목소리가 마르코를 현실로 불러냈다.
"콘스탄티노플이 보이기 시작했습니다."

16세기 전반, 베네치아에서 콘스탄티노플로 가는 데는 크게 보아 다음 세 가지 길이 있었다.

첫째, 베네치아에서 아드리아 해 연안의 항구도시 라구사(오늘날의 크로아티아의 두브로브니크)까지는 해로로 간다. 그런 다음 육로를 따라, 오늘날에는 유고슬라비아와 불가리아 및 투르크로 나뉘어 있는 지방을 동쪽으로 나아가 투르크의 고도(古都) 아드리아노폴리스(오늘날의 에디르네)를 지나서 콘스탄티노플(오늘날의 이스탄불)에 이르는 길이다.

둘째, 베네치아에서 배를 타고 해로를 따라가는 점은 첫번째와 마찬가지지만, 라구사를 지나 둘치노(오늘날의 울치니)까지 이른다. 여기서 육로를 따라 오늘날의 알바니아 국내로 들어갔다가 유고슬라비아 영토를 지나고 그리스 북부를 동쪽으로 가로질러 투르크에 들어간 뒤, 계속 동진하여 콘스탄티노플에 이른다.

오늘날에는 발칸 반도가 여러 나라로 나뉘어 있지만, 당시에는 모두 투르크 영토였다.

셋째, 그야말로 끝까지 바다로만 가는 길인데, 당시에는 이것이 가장 안전하게 여겨졌고 그래서 자주 활용된 길이었다. 이 경우 베네치아를 떠난 배는 바로 맞은편에 있는 이스트리아 반도의 항구도시 파렌초(오늘날의 크로아티아의 포레츠)에 기항한다. 이곳은 오늘날 크로아티아 영토가 되어 있지만, 당시에는 베네치아 영토였다. 이곳에 들르는 것은 신선한 물과 식료품을 싣기 위해서였다.

여기서 아드리아 해의 동쪽 연안을 따라 남하한다. 그 당시 아드리아 해는 베네치아 공화국의 수중에 들어 있었고, '베네치아 만'이라고 불렸다. 기항지인 차라(오늘날의 크로아티아의 자다르)나 카타로(오늘날의 유고슬라비아의 코토르)도 모두 베네치아 영토였다. 그 중 어느 항구에 들러 물과 식료품을 실은 뒤에는 남쪽으로 계속 항해하여 코르푸(오늘날의 그리스의 케르키라) 섬에 도착한다. 아드리아 해의 출입구를 지키고 있는 이 섬은 베네치아의 가장 중요한 기지 가운데 하나였다. 오늘날에는 그리스 영토지만, 베네치아와 마지막까지 운명을 같이한 이 코르푸 섬에서 필요한 물자를 싣고 점검을 마친 배는 쪽빛의 아드리아 해를 뒤로하고 사파이어를 연상시키는 짙푸른 이오니아 해로 들어간다.

이오니아 해를 남하한 배는 펠로폰네소스 반도 남단을 돌아 베네치아 영토인 체리고(오늘날의 그리스의 키테론 또는 키티라) 섬에 기항한 뒤, 에게 해를 북상한다. 북쪽으로 올라갈수록 제해권은 베네치아의 손을 떠나고, 배는 투르크의 영해로 깊이 들어가게 된다. 오랜 옛날 트로이 전쟁이 벌어졌던 싸움터를 오른쪽으로 바라보면서 다르다넬스 해협을 지나 마르마라 해로 들어가면, 그 일대에는 이미 투르크의 조선소가 빽빽이 늘어서 있고, 투르크 세관의 눈을 피할 수도 없다. 여기서 콘스탄티노플까지는 네댓새가 걸릴 뿐이다.

육로를 택하든 해로만 택하든, 여행에 필요한 날짜는 한 달 내지 한 달 반으로 별차이가 없다. 다만 바다로만 가는 여행은 목적지에 도착할 때까지 자국 선박 안에 머물 수 있다는 이점이 있다. 투르크와의 관계는 비교적 좋았지만, 육로를 이용하는 비율이 늘어날수록 산적의 습격을 받을 확률도 높아진다. 바다에서도 해적의 습격을 받을 위험은 있지만, 해운국 베네치아의 선원들은 상대가 해적이라면 얼마든지 싸워 이길 자신이 있었다.

1528년 봄, 마르코 단돌로가 택한 길도 이 세번째 길이었다. 공식적으로는 원로원에서 선출되었지만 실제로는 10인 위원회에서 파견된 마르코는, 장사나 사적인 여행을 목적으로 콘스탄티노플에 가는 베네치아 사람들과는 다른 여행 방법을 택한 것이다. 말하자면 속달우편으로 보내진 거나 마찬가지였다.

무역입국인 베네치아 공화국에서는 교역상의 필요 때문에 통신이 활발하게 이루어졌고, 그래서 당시에는 우편제도가 가장 잘 정비되어 있었지만, 보통우편과 속달우편의 차이는 있었다.

보통우편의 경우에는 우편물이 투함된 곳에서 목적지까지 줄곧 같은 배로 운반된다.

속달우편인 경우에는 기항지에 도착하자마자 거기서 가장 일찍 출항하는 베네치아 선박으로 옮겨져 다음 기항지까지 운반된다. 이것을 기항지마다 되풀이하기 때문에, 기항에 필요한 날짜를 절약할 수 있었다.

마르코도 '속달우편'인 격이었다. 그래서 여행 기간은 20일 정도로 단축되었지만, 많은 하인을 데려갈 수도 없었고 가져가는 짐도 제한되었다. 늙은 하인은 자기가 따라가서 일상사를 돌봐 주겠다고 말했지만, 마르코는 그 대신 노부부의 조카를 데려가기로 했다. 임무의 성질상 화려하게 부임하는 것도 삼가야 했다.

마르코가 갤리선을 타고 여행하는 것은 무려 13년 만의 일이었다. 덕분에 '뱃사람의 발'을 완전히 잃어버렸다. 어디를 가려 해도 배를 타야 하는 베네치아에 살고 있으면, 작은 배는 늘상 타게 마련이다. 하지만 제방으로 막혀 있는 호수나 강을 다니는 것과 바다 위를 가는 것은 전혀 다르다. 파도에 흔들리는 배 위에서도 육지에서와 마찬가지로 행동하려면 '뱃사람의 발'이 필요했다.

지브롤터 해협을 지나 영국의 사우샘프턴까지 간 적이 있는 마르코였다. 그런 그가 그후 10여 년의 공백이 있었을 뿐인데 베네치아 남자의 자랑이기도 한 '뱃사람의 발'을 잃어버렸다는 것은 마르코의 자긍심에 큰 상처를 주었다.

그래서 코르푸 섬에 도착할 때까지 일주일 동안, 마르코는 '뱃사람의 발'을 되찾는 것밖에는 생각지 않았다. 되도록이면 앉거나 눕지 않고 선상에 나가 갑판을 돌아다녔다. 그런 마르코를 선원들은 웃으면서 바라보았지만, 그 웃음이 비웃음이 되지는 않았다. 대사의 부관으로 부임하는 원로원 의원님은 금세 뱃사람과 같은 '발'을 다시금 찾았기 때문이다.

그런데 그러고 난 뒤에는 할일이 없어져버렸다. 그리고 다행인지 불행인지, 코르푸 섬을 떠난 뒤에는 계속 순풍을 만났다. 펠로폰네소스 반도 남단에 도착할 때까지는 마에스트랄레(북서풍)가 얌전하게 불어주었고, 남단을 돌자 이번에는 포넨테(서풍)가 뒤를 밀어준다. 그리고 에게 해로 들어가자, 이번에는 리베초(남서풍)가 다르다넬스 해협 입구까지 데려다주는 것이다. 이렇게 되면 누구보다도 할일이 없어져버린 것은 노잡이들이었다.

갤리선이라 해도, 노만 저어서 나아가는 것은 아니다. 역풍이 불어도 지그재그로 전진할 수 있도록 돛은 삼각돛이 주류를 이룬다. 대형 선박인 경우에는 삼각돛이 매달린 돛대가 적어도 세 개는 있었다. 돛대가 세 개인 범선에 지네발처럼 좌우에서 수십 개나 되는 노가 튀어나와 있는 것이 갤리선이다.

노는 오늘날의 요트에 달려 있는 모터와 마찬가지여서, 돛이 바람을 잔뜩 받고 있는 상태에서는 드나들기 어려운 항구에 출입할 때, 또는 바다 위에서 바람이 멎어버려 물결이 잔잔해졌을 때 사용되는 것이 보통이었다.

돛에만 의존하는 범선은 바람이 멎어버리면 어찌할 도리가 없지만, '모터'를 장착한 갤리선은 그럴 염려가 없다. 항구를 드나들 때도 예인선을 필요로 하는 범선보다 행동이 훨씬 자유로웠다. 미풍이 불 때라도 '모터'를 완전히 가동시키면 시간을 벌 수 있었다.

노잡이의 일은 상당한 중노동이지만, 노예를 부리는 관습이 없는 베네치아에서는 노잡이도 봉급을 받는 어엿한 선원들이다. 쇠사슬이 맞부딪치는 소리나 채찍을 내리치는 소리 같은 불쾌한 소음은 노예를 부리는 것이 보통인 이슬람 국가들의 배에서나 들을 수 있었다.

하지만 베네치아의 배에도 소음은 있었다. 순풍이 불어 한가해진 노잡이들이 기다란 노를 갑판 위로 끌어올려 고정시키고는 갑판에 빙 둘러앉아 노름에 열중하면서 지르는 고함소리 말이다.

손이 빈 선원도, 승객으로 타고 있는 상인들도, 때로는 선장까지도 노름에 끼어든다. 양갓집 자제가 대부분인 석궁병도 예외는 아니다. 노름은 사람들이 선상에서 심심풀이로 가장 즐기는 오락이었지만, 마르코는 옛날부터 노름이라면 질색을 했다. 우연이라는 것에 내기를 걸 마음은 도저히 나지 않았다. 이런 심심풀이로 무료함을 달랠 수도 없는 마르코는 역시 생각하는 일로 돌아올 수밖에 없었다.

기밀문서는 한 통도 갖고 있지 않다. 하지만 10인 위원회의 기밀은 마르코의 머릿속에 들어가 콘스탄티노플로 운반되고 있었다. 그것을 이용하여 어떤 성과를 거두느냐 하는 것도 거의 다 그의 두 어깨에 달려 있었다. 마르코는 국제적인 규모로 전개되는 음모에 자신이 목까지 잠겨버린 것을 느꼈다.

지난해인 1527년 5월, 신성로마제국 황제이자 에스파냐 왕인 카를로스 5세의 군대가 로마를 점령하고 약탈과 파괴를 자행해서, 로마는 옛 모습을 찾아볼 수 없을 만큼 처참한 상태가 되어버렸다. 로마 교황도 포로나 다름없는 신세가 되어, 승자인 카를로스가 제시한 조건을 모두 받아들이고 겨우 죽음의 공포에서 벗어났을 정도다.

이미 나폴리 남쪽은 카를로스의 영토가 되었고, 밀라노나 제노바를 중심으로 하는 북서 이탈리아도 에스파냐 군대의 지배를 받고 있었다. 그리고 로마도 이제 카를로스의 것이다. 피렌체에도 에스파냐 군대가 다가오고 있었다. 이탈리아 전체를 뒤덮을 기세인 카를로스 5세와 대항할 수 있는 유일한 세력으로 여겨지고 있는 것이 베네치아 공화국이다.

그러나 베네치아도 카를로스와 맞서 싸우자는 데 의견이 일치해 있었던 것은 아니다. 프리울리를 중심으로 하는 그리티 반대파는 이제 카를로스와 동맹을 맺는 것이 베네치아에 이익이 된다고 공공연히 주장했다.

카를로스 5세는 합스부르크 왕가의 우두머리다. 그 자신은 에스파냐에 틀어박혀 있지만, 합스부르크 왕가의 발상지인 오스트리아는 그의 동생인 페르디난트가 다스렸다. 또한 네덜란드를 중심으로 하는 지방도 카를로스의 통치를 받았다. 그밖에 식민지화가 빠른 속도로 진행되고 있는 신대륙도 결국 카를로스의 영토라는 이야기가 된다. 강대한 권력을 손아귀에 넣은 이 젊은 군주가 가까운 장래에 죽을 가능성을 기대할 수도 없었다. 게다가 서른 살도 안된 카를로스는 제법 유능하기도 했다.

베네치아 정부에 있는 친(親)합스부르크파는 이런 점들을 내세워, 베네치아도 카를로스의 우산 밑에 들어가 그에게 의지하는 편이 안전하다고 주장했다. 피렌체처럼 에스파냐 군대의 위협을 받으면 이미 늦는다는 것이다.

하지만 그리티 통령은 다른 생각을 갖고 있었다. 그리티도 강대한 카를로스의 세력을 인정하지 않은 것은 아니다. 인정하긴 했지만, 일단 카를로스의 우산 밑에 들어가면 베네치아 공화국은 실질적으로 멸망할 수밖에 없다고 믿었다.

그것은 에스파냐인과 베네치아인의 기질 차이 때문이기도 했다. 베네치아는 외국과의 교역으로 번영을 누리고 있다. 그러나 에스파냐는 외국을 영유함으로써 번영하려하고 있다. 베네치아인은 교역관계만 성립되면 상대가 누구든, 설령 이교도라도 상관없다고 생각하지만, 일단 영유관계를 맺게 되면 처지가 대등하지 않게 된다. 에스파냐인은 기독교의 가톨릭 종파 중에서도 가장 보수적인, 그러니까 종교개혁에 반동적인 엄격한 종교를 고수하고 있기 때문에, 그것을 받아들이지 않는 이교도는 누구를 막론하고 '적'일 뿐이다.

당시 베네치아는 어느 나라보다도 종교의 자유가 존중되고 있던 나라다. 시내 서점에서는 로마 교황청에 반기를 든 루터의 논문집까지 팔리고 있었다. 이처럼 남의 존재를 존중하는 것을 전통으로 삼아온 베네치아 공화국이 에스파냐적인 광신과 양립할 수 있을 턱이 없다.

카를로스 개인은 광신적인 인물이 아니었지만, 그의 배후에는 에스파냐가 있다. 그 에스파냐는 이제 가장 강대한 군사력을 갖고 있다. 설령 카를로스라는 우산 밑에 들어가 의탁함으로써 외형상 국가는 유지할 수 있을지라도, 베네치아인의 혼을 잃어버리면 조만간 멸망할 수밖에 없었다. 그리티 통령은 이 위기를 타개하기 위한 방책으로 프랑스와 투르크를 이용하기로 마음먹었다.

프랑스로 눈길을 돌린 것은 당연한 선택이었다. 동쪽과 북쪽과 남서쪽 국경이 모두 합스부르크 세력으로 둘러싸여 있어서 카를로스의 대두를 누구보다도 불안하게 느끼는 것은 프랑스 왕이었기 때문이다. 이 프랑스가 움직여주면 카를로스의 군대를 동결시킬 수 있다고 그리티는 생각했다. 카를로스가 프랑스에 신경을 쓰지 않을 수 없게 되면, 이탈리아로 병력을 보낼 여유도 줄어든다.

실제로 이 생각은 2년 전에 시도되었다. 코냐크 동맹은 프랑스와 이탈리아 각국에 영국까지 가담한 대(對)카를로스 군사동맹이었지만, 이것은 '로마 약탈'이라는 무참한 결과밖에 낳지 못했다. 프랑스 왕이 적극적으로 움직이지 않았기 때문이다.

따라서 프랑스 한 나라만을 믿고 의지할 수는 없었다. 그래서 투르크를 주목하게 된 것인데, 베네치아가 투르크와 공식 동맹 관계를 맺는 것은 허용되지 않는다. 동맹을 맺으면 서유럽에서 고립되어버릴 게 뻔하다. 이슬람 국가인 투르크와 동맹을 맺으면, 가톨릭 세계 제일의 나라라고 믿고 있는 에스파냐에서 먼저 배신자라는 외침소리가 높이 울려퍼질 것이다. 베네치아와 교역하는 나라는 서유럽에도 있었다.

역시 가톨릭 국가인 프랑스는 당시 공공연히 투르크와 동맹을 맺고 있었지만, 프랑스는 원래 국토 전체가 경작지나 다름없는 나라다. 국경이 폐쇄되고 해안선을 봉쇄당해도 충분히 자급자족할 수 있을 만큼 풍요로운 나라였다.

사정이 전혀 다른 베네치아는 투르크와 강화조약도 맺을 수 있고, 우호통상조약도 경신할 수는 있지만, 정치적 의미를 가질 수밖에 없는 군사동맹은 맺을 수 없다.

이런 베네치아가 투르크를 '이용'하려고 마음먹었을 경우, 참으로 복잡하고 은밀한 비밀공작을 꾸밀 수밖에 없는 것도 당연했다.

결국 베네치아는 투르크가 오스트리아의 빈에 바싹 다가와 합스부르크 세력을 꼼짝 못하게 붙잡아두기를 바라고 있었다. 베네치아 공화국의 북쪽 국경선은 오스트리아와 맞닿아 있다. 지중해에 항구가 없는 오스트리아는 진작부터 베네치아를 침략할 기회만 노렸다.

하지만 이런 의도가 서유럽에 알려지면, 베네치아는 그야말로 고립무원의 상태가 되고, 카를로스의 군사적 공략에 대의명분을 제공하여 공화국은 멸망해버릴 것이다. 국내의 친합스부르크파가 알지 못하게, 또한 서유럽 국가들이 조금도 눈치채지 못하게 일을 추진하려면, 더 이상은 불가능할 만큼 세심한 주의가 필요했다.

투르크의 수도 콘스탄티노플에서 이 임무를 맡은 책임자가 통령의 아들인 알비제 그리티였다. 알비제는 투르크 쪽 정보만 베네치아에 보내는 것은 아니었다. 베네치아의 10인 위원회에서 보내오는 베네치아 쪽 정보는 물론 서유럽 각국의 동태까지도 상세히 파악하고 있었다. 그런 알비제와 현지에서 협력할 사람으로서, 오랜 친구라는 관계는 좋은 방패막이가 되어줄 터였다.

선실에 드리워진 장막이 갑자기 열리더니, 선장의 목소리가 마르코를 현실로 불러냈다.

"콘스탄티노플이 보이기 시작했습니다."

갑판으로 올라가자, 마르코에게는 낯선 시가지가 좌현에 모습을 드러내었다. 하늘을 찌를 듯이 솟아 있는 모스크(이슬람 성당)의 첨탑들은 그 끝에 매달린 반달이 황금빛으로 칠해져 있어서 마치 반짝이는 숲 같았다. 그 바깥쪽에는 비잔틴 제국 시대의 성벽이 길게 이어져 있었다.

마르코는 당당한 아름다운 풍경에 할말을 잊었다. 머릿속은 텅 비어버린 듯, 가까이 다가오는 투르크 제국의 수도에 그저 눈길만 주고 있을 뿐이었다.

콘스탄티노플

열린 철대문 안으로 들어간 마르코는 눈을 의심했다.
하지만 곧이어 그의 가슴은 아픔으로 가득 찼다.

바다에서 콘스탄티노플로 들어가는 것은 길이가 길고 폭도 넓은 오페라 무대를 향해 한 걸음 한 걸음 다가가는 것과 비슷하다.

처음에는 왼쪽부터 차례로 콘스탄티노플 지구, 골든혼 만(투르크에서는 할리치라고 부른다), 갈라타 지구, 중앙에 입을 벌리고 있는 보스포루스 해협, 오른쪽의 위스퀴다르 지구가 180도의 시야 가득 펼쳐진다. 배가 앞으로 나아갈수록 이 광경은 점점 가까이 다가와, 마지막에는 등뒤에 마르마라 해를 둔 채 360도의 한복판에 있는 자신을 갑자기 깨닫게 되는 듯한 느낌이다.

무릇 항구도시는 베네치아도 나폴리도 오페라 무대와 비슷한 법이지만, 특히 콘스탄티노플은 다른 항구도시를 압도할 만큼 규모가 크고 변화가 풍부했다.

그리고 흑해의 물이 마르마라 해를 지나 지중해로 흘러드는 통로인 보스포루스 해협이 왼쪽의 유럽과 오른쪽의 아시아를 가르고 있다. 유럽과 아시아는 여기서 맞닿아 있는 셈이다. 콘스탄티노플 시가지가 서양과 동양이 미묘하게 뒤섞인 성격을 갖는 것도 당연하다. 이 도시가 동로마 제국이라고도 불린 비잔틴 제국의 수도에서 투르크 제국의 수도로 바뀐 지 4분의 3세기가 지났지만, 오리엔트 최대의 제국 투르크의 수도인 탓도 있어서 국제 도시의 성격은 바뀌지 않았다.

마르코가 탄 배는 골든혼 만 어귀에 들어섰을 때 돛을 접었다. 여기서 갈라타 지구에 있는 선착장까지는 노를 저어 나아갔다.

서유럽 상선들이 북적거리는 선착장에는 두 남자가 마르코를 기다리고 있었다. 콘스탄티노플 항로를 자주 다녀 이곳 사정에 밝은 선장은 그 중 한 사람이 대사의 부관이라고 가르쳐주었다. 선착장에 내려선 마르코에게 그 사내는 선량한 성품이 그대로 드러나는 웃음을 지으며 다가왔다.

그가 기꺼워하는 것은 충분히 이해할 수 있었다. 임기가 벌써 넉 달 전에 끝났는데도, 후임자의 도착을 기다리느라 조국으로 돌아가지 못하고 있었기 때문이다. 베네치아 정부는 후임자를 아직 결정하지 못했다고 말할 뿐이어서, 계속 머물러 있을 수밖에 없었다. 그런데 이제야 후임자가 도착한 것이다. 긴 여행의 노고를 위로하는 목소리도 들떠 있었다.

부관 옆에 서 있는 또 한 사내가 누군지는 누가 가르쳐주지 않아도 알고 있었다. 선상에 있을 때부터 이미 알아차렸다. 투르크식 복장을 하고 있지만, '부끄러워하는 거지'로 변장했을 때와는 달리 마르코도 이제는 속지 않았다. 그렇긴 하지만 발치까지 내려오는 빨간 비단 도포에 새하얀 터번을 두른 건 친구를 마중나온 차림치고는 지나치게 화려하군. 마르코는 속으로 쓴웃음을 지었다. 뿐만 아니라 선상에 서 있는 마르코를 알아보자마자 손까지 흔들지 않는가. 게다가 "마르코!" 하고 큰 소리로 부르기까지 한다. 선착장에 있던 사람들이나 항만 인부들까지 발을 멈추고 돌아볼 정도였다. 알비제는 평소처럼 장난스러운 웃음을 지으며, 부관과 막 인사를 끝낸 마르코를 끌어안았다.

"불알친구가 온다는데, 마중을 안 나올 수는 없잖아?"

알비제는 무엇 때문인지 이 말을 투르크어로 했다. 이 말에 부관과 선장만이 아니라 가까이에 있던 투르크인까지 소리내어 웃었다.

"그동안 쌓인 이야기가 많겠지만, 대사께서 기다리고 계시니까……."

부관이 말하자, 알비제가 마르코에게 말했다.

"조만간 사람을 보내겠네."

그러고는 옆에서 기다리고 있던 말을 타고 가버렸다. 마르코는 그 말의 멋진 모습에 눈을 크게 떴다. 마르코도 부관과 말머리를 나란히 하고 선착장을 떠났다. 베네치아 대사관은 갈라타 지구의 고지대에 있었다. 말을 타고 비탈길을 천천히 올라가면서, 쉰 살이 다되어보이는 부관은 솔직한 목소리로 감탄한 듯이 말했다.

"알비제 그리티 씨와 그렇게 각별한 사이인 줄은 몰랐습니다."

마르코의 전임자인 이 사내는 아무것도 모르고 있었다. 그래서 대사관에 도착하여 대사 집무실로 마르코를 안내했을 때도

콘스탄티노플 *121*

자기가 느낀 것을 그대로 말했다.

"10인 위원회 위원까지 지내신 분이 콘스탄티노플 대사관 부관으로 취임하는 것도 드문 일입니다."

일흔다섯 살의 노련한 외교관인 피에트로 젠 대사는 이 말에 태연히 대꾸했다.

"젊을 때는 무슨 일이든 경험하는 게 제일이지. 나는 이제 늙었으니까 단돌로 씨가 일을 많이 해주시오. 이제야 나도 채소밭에서 포도나무 손질을 즐길 수 있겠군."

마르코는 미소와 함께 고개를 끄덕였지만, 이 늙은 외교관이 10인 위원회가 '골든혼 작전'이라고 명명한 비밀 작전의 중요한 임무를 맡고 있다는 것을 알았다. 그리티가 통령에 선출된 것과 동시에 투르크 대사로 선출된 피에트로 젠이 없었다면, '골든혼 작전'은 태어나지도 못했을지 모른다.

앞에서도 말했듯이 그리티 통령은 투르크어에 능통했고, 젠 대사도 능통하다고 말할 수 있을 정도는 아니지만 투르크어를 꽤 능숙하게 할 수 있었다.

언어에 대한 이해는 그 언어를 모국어로 삼는 민족에 대한 이해와 연결된다. 그리티나 젠에게 투르크는 이해가 상충되는 경우가 많다는 점에서는 적이었지만, 에스파냐인들이 생각하는 것처럼 절대적인 적은 아니었다. '골든혼 작전'도 투르크 제국과 베네치아 공화국 사이에 평화가 존속해야만 효력을 발휘할 수 있다. 평화는 오리엔트와의 교역이 국가 경제의 기둥인 베네치아가 전력을 다해서라도 유지할 가치가 있는 것이었다.

마르코 단돌로는 다른 대사관 직원들과 마찬가지로 대사관 안에 숙소를 배정받아 살게 되었다. 베네치아 공화국 대사관은 각국 대사관과 영사관이 몰려 있는 갈라타 지구에서도 가장 전망이 좋은 고지대에 서 있었다. 높은 담장에 둘러싸인 넓은 부지 안에는 포도나무와 야채를 심은 채소밭까지 있었다. 유럽 양식의 건물도 널찍했다. 어쨌든 대사관 직원과 고용인을 합해 50명이 넘는 사람들의 직장 겸 거처이기 때문이다.

우선 영사를 겸한 대사가 있다. 대사를 뜻하는 이탈리아어는 '암바시아토레'지만, 베네치아 공화국에서는 콘스탄티노플 주재 대사만은 특별히 '바일로'라고 불렀다.

그 밑에는 대사와 마찬가지로 귀족계급 출신인 부관이 있다. 부관은 대사에게 변고가 일어났을 때는 당장 대리를 맡을 수 있는 권한을 갖는다.

그 밑에는 서기관 몇 명과 재무담당관 한 명과 서기들이 있다. 이들과는 별도로 어학 연수생이 몇 명 있었다. 이들이 연수하는 언어는 물론 투르크어다.

여기까지가 본국에서 파견된 '대사관 직원'이다. 귀족 출신은 대사와 부관뿐이고, 나머지는 모두 베네치아에서 '치타디노'라고 부르는 시민계급에 속한 남자들이었다.

그밖에 현지에서 채용된 직원들도 있는데, 이들은 모두 통역으로 고용된 그리스인과 유대인이다. 이들은 대사관 안에 살지 않고, 그리스인 거주구역이나 유대인 거주구역에서 출퇴근하고 있었다.

대사만은 가족을 데려가는 것이 허용되었지만, 실제로는 혼자 부임하는 경우가 많았다. 베네치아는 투르크를 첫번째 가상 적국으로 보고 있는 만큼, 이 나라에는 프랑스나 에스파냐, 영국, 로마 교황청 대사를 지낸 노련한 외교관을 파견하기 때문이다. 그래서 자연히 고령자가 많고 아내를 잃은 사람도 많다. 아내가 있어도 투르크까지 오고 싶어하지 않는다. 하지만 아들이나 동생을 동반하는 대사는 적지 않았다.

대사관 직원과 고용인 외에 두 명의 투르크 병사가 대사관 경비병으로 상주해 있었다. 이들의 급료는 그들이 소속되어 있는 술탄 친위대인 예니첼리 군단이 지급하는 게 아니라, 대사관이 지불했다.

같은 돈을 낼 바에는 술탄에게 충성하는 투르크 병사보다 베네치아인 석궁병을 고용하는 편이 믿을 수 있어서 좋지 않을까 싶지만, 이것은 투르크측이 허용하지 않았다.

하지만 대사관을 자국의 무력으로 지켜도 별차이는 없다. 베네치아 공화국과는 달리 외교관 특권을 거리낌없이 무시하는 투르크에서는, 전쟁이라도 일어나면 대사관이 봉쇄되고, 대사관 직원만이 아니라 고용인까지도 감옥에 갇히는 게 예사였기 때문이다. 이것도 베네치아 대사관에 여자가 없는 이유의 하나였다.

그래도 17세기에 접어들 때까지는 베네치아 대사관이 콘스탄티노플에 주재해 있는 외국 대사관들 중에서는 가장 규모가 크고 조직이 잘 갖추어진 재외 공관이었다. 국가 차원의 외교 이외에 투르크 국내에서 경제활동에 종사하는 베네치아 무역상도 많앉다. 이들의 신변 안전을 보장하는 것도 콘스탄티노플 주재 대사의 임무였다. 물론 경제활동이 순조롭게 이루어지도록 애쓰는 것도 대사관의 임무에 속했다.

베네치아 대사관에 버금가는 것은 프랑스 대사관이었지만, 오리엔트에서의 경제활동에서 프랑스 상인이 차지하는 지위는 낮았다. 1453년에 비잔틴 제국이 멸망할 때까지는 제노바가 갈라타 지구를 독점하고 있었지만, 본국의 쇠퇴와 더불어 이곳 오리엔트에서도 옛 모습을 찾아볼 수가 없게 되었다. 영국이나 네덜란드가 투르크에 대사관을 두게 된 것은 17세기에 접어든 뒤였다.

콘스탄티노플에 거주하는 유럽인들 중에서 베네치아인의 수가 가장 많고 힘도 가장 세다면, 투르크인들이 '이교도 지구'라고 부르는 갈라타에서 가장 경치좋은 위치에 가장 넓은 대사관을 두고 있는 것도 당연한 일이었다.

과거의 베네치아 대사관은 오늘날에는 이탈리아 공사관으로 쓰이고 있지만, 그동안 거듭된 개축과 부지 축소로 옛 모습은 상상하기조차 어렵다.

사흘 뒤에 알비제가 사람을 보내왔다. 이튿날 저녁에 안내인을 보내겠다고 한다. 마르코는 젠 대사한테 곧바로 보고했다. 늙은 대사는 "그래요?" 하고 말할 뿐이었다.

마르코를 데리러 온 사람은 언젠가 에스파냐에서 화형당할 뻔하다가 알비제에게 구출된 남자였다. 마르코도 그를 어렴풋이 기억하고 있었다. 당시에는 어린 소년이었는데, 이제는 의젓한

콘스탄티노플 **125**

젊은이로 성장해 있었다.

이 투르크 젊은이는 마르코가 나를 기억하느냐고 묻자 "예" 하고 짤막하게 대답했을 뿐, 말없이 마르코가 탈 말의 고삐를 잡았다. 아무에게도 마음을 터놓지 않는 느낌이다. 알비제한테만은 마음을 주고 있을까 하고 생각했지만, 마르코도 그 이야기는 입 밖에 내지 않았다.

베네치아에 있을 때 이미 10인 위원회의 극비 자료를 보고 알비제 그리티에 대해 많은 사실을 새롭게 알게 되었지만, 콘스탄티노플에 도착한 지 사흘밖에 안되었는데도 마르코의 귀에는 현지에서만 얻을 수 있는 정보들이 들어오기 시작했다. 그래서 행선지가 어디인지는 구태여 묻지 않아도 알고 있었다.

콘스탄티노플은 서기 330년에 당시 로마 황제인 콘스탄티누스 대제가 건설한 도시다. 서기 5세기에 로마 제국이 멸망한 뒤로는 동로마 제국의 수도였던 이 도시가 유럽과 오리엔트를 아울러 세계에서 가장 큰 도시가 되었다.

비잔틴 제국이라고도 불린 동로마 제국 시대는 서기 1453년까지 계속된다. 1453년에 16만 대군을 거느린 투르크의 술탄 메메드(또는 무하마드) 2세는 50일 남짓한 공방전 끝에 함락한 이 도시를 투르크 제국의 수도로 삼았다.

그후 500년 가까이 투르크의 수도였지만, 1923년에 케말 아타튀르크가 투르크 제국을 공화국으로 바꾸었을 때 수도를 앙카라로 옮겼다. 하지만 실질적으로는 콘스탄티노플이 이 나라의 으

뜸 도시인 것은 오늘날에도 변함이 없다.

공화국이 된 이후, 이스탄불이라는 투르크식 이름이 이 도시의 공식 명칭이 되었다. 지금은 누구나 이스탄불이라고 부르지만, 1923년 이전에는 동로마 제국이 이미 오래 전에 멸망했는데도 '콘스탄티누스 황제의 도시'라는 뜻의 그리스식 이름인 콘스탄티노폴리스가 더 널리 쓰였다.

유럽에서도 오리엔트에서도 사람들은 이 그리스식 이름을 제 나라 방식으로 발음하여 불렀다. 영국인은 콘스탄티노플, 이 도시와 역사적으로 인연이 깊은 이탈리아인은 콘스탄티노폴리라고 부른다. 이스탄불도 콘스탄티노폴리스를 투르크식으로 발음한 것에 불과하다.

오늘날의 이스탄불은 골든혼 만과 보스포루스 해협에 다리가 놓여 그야말로 유럽과 아시아를 잇는 도시가 되었지만, 이 다리는 20세기에 들어와서야 만들어졌다. 그때까지는 유럽 쪽의 콘스탄티노플 지구, 골든혼 만과 보스포루스 해협 사이에 끼여 있는 갈라타 지구, 그리고 아시아 쪽에 있는 위스퀴다르 지구는 같은 콘스탄티노플이라는 도시에 속해 있으면서도 제각기 다른 성격을 갖고 있었다.

이 세 지구 중에서도 늘상 중요한 지위를 차지한 것은 마르마라 해와 골든혼 만 사이에 끼여 있는 콘스탄티노플 지구였다. 바다로 밀려나간 듯이 보이는 이 광대한 지구에는 지중해 세계에서 가장 견고하다는 평을 들었고 1453년 당시 격전이 벌어진 것으로도 유명한 삼중 성벽이 있는데, 이것은 육지 쪽에서 쳐들어오는 적에 대비하여 세워진 것이다.

이 지구에는 비잔틴 시대에는 황제의 궁전이 있었고, 종교의 중심이라고도 말할 수 있는 성 소피아 대성당도 있었다. 투르크 제국의 수도로 바뀐 뒤에도 술탄의 성채인 동시에 정치의 중심이기도 한 톱카피 궁전, 종교와 교육의 중심인 수많은 모스크, 그리고 경제활동의 중심인 바자르(시장)까지 모두 이 지구에 집중해 있다.

이에 비해 갈라타 지구는 이 도시의 주인이 투르크인으로 바뀐 뒤로는 외국인 거류지라고 불러도 좋은 구역으로 변해 있었다. 그리스인, 유대인, 아르메니아인, 카프카스인, 특히 서유럽인은 한 사람의 예외도 없이 모두 이 지구에 살고 있다. 투르크인도 없지는 않았지만, 이 지구에 사는 투르크인은 항구에서 일하는 하층민과 이 지구에 별장을 갖고 있는 부유층으로 나뉜다. 갈라타 지구는 전망이 좋아서 별장이 계속 늘어나고 있었다. 고지대라면 오른쪽으로는 골든혼 만 저편에 가로놓인 콘스탄티노플 지구, 왼쪽으로는 보스포루스 해협을 바라볼 수 있었다.

마르코를 태운 말이 베요글루(투르크식으로 읽으면 베이올루)라고 불리는 지역에 들어선 지 얼마 후였다. 그때까지 길 오른쪽을 따라 이어지던 높은 담장이 끊기고, 무장병이 양쪽에 서 있는 철대문이 나타났다. 마르코가 탄 말을 이끌던 투르크 젊은이가 뭐라고 말하자, 그 문이 양쪽으로 활짝 열렸다.

열린 철대문 안으로 들어간 마르코는 눈을 의심했다. 하지만 곧이어 그의 가슴은 아픔으로 가득 찼다. 넓은 정원 저편에 의심할 여지없는 베네치아 양식의 저택이 서 있었기 때문이다. 베네치아 귀족들이 본토에 세우는 별장과 똑같았다. 수양버들이 강변을 가득 메우고 있는 브렌타 강이 없을 뿐이었다.

군주의 아들

"우리는 뭐든지 다 털어놓을 수 있는 사이가 된 것 같군."
마르코도 친구의 눈을 들여다보면서 고개를 끄덕였다.

오늘날은 번화가이면서도 너저분한 지역이 되어버렸지만, '베이올루'라는 지명만은 450년 전과 다름이 없다. 갈라타 지구에서도 가장 고지대인 이 일대는 고도를 그대로 유지하면서 북쪽으로 한동안 이어진다. 그래서 오늘날의 이스탄불에서 힐튼 호텔을 비롯한 고급 호텔들은 베이올루의 번화가를 피해, 거기서 조금 북쪽으로 올라간 곳에 모이게 되었을 것이다.

이 일대가 투르크어로 '군주의 아들'을 뜻하는 베이올루로 불리게 된 것은 알비제 그리티가 거기에 드넓은 저택을 짓고 살았기 때문이다.

5년 전인 1523년에 안드레아 그리티가 베네치아 공화국 통령에 선출되었을 때부터 그의 아들 알비제는 투르크인들에게 '군주의 아들'(베이올루)로 불리게 되었고, 그런 알비제가 사는 곳까지도 '베이올루'라고 불리게 된 것이다.

이 투르크 말의 의미를 알았을 때, 마르코는 저도 모르게 서류를 뒤적이던 손을 멈추고 창 밖을 내다보는 채 한동안 말이 없었다. 가슴 속에 치밀어오른 감정을 그대로 억누르고자 했기 때문이다. 베네치아에서는 알비제를 어떻게 부르는지, 마르코는 알고 있었다. 알비제의 아버지인 통령이 없는 자리에서는 귀족들까지도 '우리 통령의 첩의 자식'이라고 불렀다.

정식 아내를 네 명까지 둘 수 있는 이슬람 세계에서는, 또한 지위가 높은 사람인 경우 하렘을 갖는 것이 예사인 투르크에서는, 정실의 아들이든 첩의 아들이든 문제삼지 않는다.

따라서 안드레아 그리티가 베네치아 공화국 통령이 되었을 때부터 그의 아들 알비제 그리티를 '군주의 아들'이라고 부른 것은 이슬람 세계에서는 지극히 자연스러운 일이었다.

이와는 반대로 베네치아는 이교도와의 공존에는 찬성하지만, 어디까지나 기독교도의 나라다. 기독교는 일부일처밖에 인정하지 않는다. 정실 부인이 낳은 자식은 적자이고 그밖의 여자가 낳은 자식은 서자다. 이탈리아어로 '바스타르도'(서자, 사생아)라면 모욕일 뿐이다.

알비제의 저택은 베네치아 대사관조차도 훨씬 미치지 못할 만큼 넓고 호화로웠다. 대문을 들어서면 길이 세 갈래로 나뉜다. 한가운데 길은 정면에 서 있는 저택 현관으로 곧장 뻗어 있다. 좌우의 두 길은 각각 마구간과 고용인들의 거처로 통하는 모양이다. 정면에 보이는 저택을 좌우에서 호위하듯, 오른쪽에는 마구간이 길게 이어져 있고 왼쪽에는 이층 건물이 길게 이어져 있었다.

"아랍산 준마만 해도 백 마리가 넘고, 낙타는 150마리에 가깝고, 짐을 나르는 당나귀가 예순 마리 있습니다."

이제껏 침묵을 지키고 있던 젊은 하인이 별안간 말이 많아진 듯했다. 자랑스러운 울림이 감도는 그 목소리를 듣고, 마르코는 속으로 미소를 지었다. 마르코가 탄 말은 한가운데 길을 걸어가고 있었다.

"노예는 3백 명. 주인 나리가 소유하고 계신 배에서 일하는 선원과 노잡이는 포함하지 않고도 그렇습니다."

저택은 이층까지 치솟은 하얀 대리석 원기둥이 늘어선 현관을 중심으로 양쪽에 삼층 건물이 있는 전형적인 베네치아 양식의 저택이었다. 그 뒤쪽에는 역시 베네치아의 저택처럼 넓은 정원이 펼쳐져 있을 것이다.

"정원은 아주 넓고 나무도 울창해서, 주인 나리께서는 자주 손님을 초대해서 사냥을 즐기십니다."

젊은 투르크 하인이 이렇게 말했을 때, 마르코는 현관문 앞에 알비제가 서 있는 것을 보았다. 마르코가 말에서 내린 것과 알비제가 발을 내디딘 것은 거의 동시였다. 서로 달려간 두 친구는 현관 앞 계단에서 힘껏 끌어안았다. 선착장에서 만났을 때와는 달리, 알비제의 입에서는 화려한 환영의 말은 한마디도 나오지 않았다.

알비제 그리티는 선착장으로 마중나온 날과 마찬가지로 기다란 투르크식 도포를 걸치고 있었지만, 오늘은 모래빛 비단으로 지은 옷이었고, 머리에는 터번이 아니라 검은색 담비 털가죽으로 만든 투르크식 모자를 쓰고 있었다. 그 털모자 테에는 작은 루비와 에메랄드와 사파이어를 아로새긴 브로치가 장식되었고, 그밖의 장신구라고는 반지뿐이었다. 에메랄드를 박은 금반지였는데, 초록빛 보석 표면에는 그리티 가문의 문장이 새겨져 있었다.

넓은 객실을 여럿 지나 도착한 방은 정원을 향해 널찍한 테라스가 뻗어나가 있었다. 알비제의 거실인 모양이었다. 넓지는 않았지만 연못도 있었다. 연못가에 수양버들이 서 있는 것을 보고, 마르코는 웃으면서 친구를 돌아보았다.
"완벽하군. 정말로 베네치아에 있는 기분이야."
"천만에. 정원수 저쪽의 풍경을 보게."
정원수 너머로 보이는 것은 분명 콘스탄티노플 시가지였다. 이 방은 남쪽을 향해 있는지, 첨탑들이 황금빛으로 반짝이는 콘스탄티노플 지구가 정면에 가로놓여 있었다.
"이 정도면 베네치아 별장들보다 훨씬 나아."
마르코는 진심으로 그렇게 생각하며 말했다. 그런 마르코의 팔을 알비제가 잡았다. 그러고는 옆에 있는 베네치아풍 의자에 앉히면서, 마르코의 눈을 들여다보며 말했다.
"우리는 뭐든지 다 털어놓을 수 있는 사이가 된 것 같군."
마르코도 친구의 눈을 들여다보면서 고개를 끄덕였다. 둘 다 눈은 웃고 있지 않았다.

그로부터 일주일 동안 마르코는 알비제의 저택에 손님으로 머물렀다. 알비제는 대사관에 편지를 보내, 죽마고우를 환대할 수 있도록 허락해달라고 요청했다. 대사는 둘이서 마음껏 회포를 풀도록 하라는 답장을 보내왔다.

일주일 동안 마르코와 알비제는 늘 함께 지냈다. 잠만 다른 방에서 잤을 뿐, 그야말로 언제나 함께였다. 투르크인의 손님 접대는 유명하다. 그래서 투르크인들은 알비제의 극진한 환대를 따뜻한 미소로 바라볼 뿐이었고, 필요하다면 자진해서 거들었다. 이렇게 노예들에게 멀리서, 때로는 가까이에서 시중을 받으며 보낸 일주일은 마르코가 이제껏 맛본 적이 없는 유쾌한 날들이었다.

알비제가 일 때문에 외출할 때도 친구로서 동행했다. 콘스탄티노플에서 알비제가 벌이고 있는 장사의 규모가 얼마나 큰지는 10인 위원회의 극비 자료를 통해 이미 알고 있었지만, 실제로 보는 것과는 역시 다르다.

서유럽 상인들이 출입할 수 없는 흑해 연안과의 교역은 문자 그대로 알비제가 독점하고 있다 해도 좋았다. 투르크가 팔고 싶어하고 베네치아가 필요로 하는 밀은 알비제가 혼자 취급했다. 모피나 피혁도 흑해에서 콘스탄티노플까지는 알비제가 소유한 배로 운반하고, 거기서부터는 서유럽의 상선에 실려나간다.

그밖에 아랍인이 오리엔트에서 가져오는 향신료, 비단실, 고급품은 보석만큼이나 값비쌌고, 페르시아 융단과 역시 오리엔트 특산품인 온갖 보석들도 취급했다. 특히 진주는 투르크인과 베네치아인이 모두 좋아하는 보석이었다.

술탄 쉴레이만의 장식용 보석을 대는 일도 알비제가 도맡았고, 알비제가 취급하는 물품 중에서 또 한 가지 중요한 것은 그리스의 섬들이나 투르크에서 생산되는 포도주였는데, 이것은 투르크 재상인 이브라힘에게 납품된다고 한다.

하지만 이런 것들보다 훨씬 이익이 많고 게다가 확실한 이익을 가져다주는 것은 투르크 군대에 필요한 물품을 조달하는 일이었다. 투르크는 군대로 지탱되는 거나 다름없는 나라다. 일단 전쟁이 벌어지면 병사가 적어도 10만 명은 움직인다. 이들에게 필요한 물품은 방대했다.

군수물자를 조달하는 일은 대규모로 무역업을 했던 알비제의 아버지조차도 얻지 못한 특권이었다. 안드레아 그리티도 당시 술탄이던 바예지드와 친구 같은 사이였다. 그런데도 그가 얻지 못했던 특권을 그의 아들 알비제는 손에 넣었다. 이 알비제가 콘스탄티노플에 거주하는 외국인들 중에서는 자타가 인정하는 제일인자라는 것을 마르코는 눈으로 직접 보고서야 비로소 납득할 수 있었다.

상담(商談)은 그란 바자르(큰 시장)에 즐비한 점포들의 내실에서 이루어지는 것이 보통이다. 그곳으로 나가는 알비제를 마르코도 따라나섰다. 골든혼 만을 건넌 것도 그때가 처음이었다.

자가용 보트를 젓는 것은 언제나 투르크 젊은이다. 갈라타의 선착장에서 콘스탄티노플 지구로 가는 배 위에서 알비제는 소년 시절로 돌아간 듯한 짓궂은 눈으로 마르코에게 말했다.

"이 만을 왜 골든혼(황금뿔)이라고 부르는지 알고 있나?"

"석양을 받으면 황금빛으로 물들기 때문이겠지."

"그것도 있지만, 이 뿔 모양의 만에는 오리엔트에서도 유럽에서도 물자가 들어왔다가 나가지. 요컨대 막대한 돈이 움직이고 있어. 골든혼의 '골든'은 석양의 황금빛이라기보다는 금화의 황금빛이야."

두 사람의 웃음소리가 바닷바람에 실려 사라져갔다. 갈매기들도 사람을 무서워하지 않는지, 한 마리는 콘스탄티노플 지구의 선착장에 도착할 때까지 뱃머리에서 날개를 쉬고 있었다.

유럽에서도 이 시대에는 미리 정해진 날 장이 서는 데 사람들이 더 익숙해져 있었다. 하지만 콘스탄티노플의 그란 바자르는 큰 시장이라고 부르기가 망설여진다. 상설 점포들이 한 군데 모여 있는 대규모 상업지구라고 부르는 편이 더 어울린다. 입구도 여러 곳에 있고, 게다가 내부가 복잡하게 얽혀 있어서, 길눈이 어두운 사람은 당장 길을 잃어버린다. 사람과 상품이 너무 많은 데 놀라 눈이 휘둥그래진 마르코에게 알비제가 말했다.

"통로는 예순 개가 넘고, 기도를 드리기 위한 모스크는 다섯 개나 되고, 분수는 일곱 군데에 있고, 해가 지면 닫히는 출입구가 열여덟 개라네. 이 안에 있는 가게는 3천 개가 넘는데, 장식품과 직물, 금은, 융단, 모피, 중국산 도자기를 파는 가게까지 있지."

후추를 비롯한 향신료를 파는 바자르는 다른 곳에 있었다. 그쪽 시장은 비잔틴 제국 시대에 베네치아 상인의 본거지였기 때문에 통칭 '베네치아인의 바자르'라고 불렸다. 투르크 제국 시대가 된 뒤에도 이 호칭은 그대로 이어지다가, 20세기에 이르러서야 '이집트인의 바자르'로 이름이 바뀌었다.

없는 물건이 없다고 할 만큼 규모가 큰 그란 바자르는 마르코가 아연해질 만큼 활기에 가득 차 있었지만, 건물 자체는 서유럽인인 그의 눈에는 너무 허술해 보였다.

지붕은 천막을 몇 개나 겹쳐놓은 것 같았는데, 이것은 콘스탄티노플 항구에 들어올 때 왼쪽에 보인 톱카피 궁전의 지붕도 마찬가지였다. 원래 유목민인 투르크인은 이리저리 떠돌아다니는 게 민족의 본성이었기 때문에, 항구성을 제일로 여기는 유럽의 건물은 그들의 관념과는 맞지 않았을 것이다.

집도 목조 건물이 대부분이고, 길도 포장되어 있는 것은 간선도로뿐이었다. 다른 길들은 흙바닥을 단단하게 다졌을 뿐이어서, 비라도 내리면 지독한 진창길로 변한다. 말이 필요한 사정도 이해할 수 있을 것 같았다.

알비제와 함께 바자르에 다니면서 마르코는 투르크 제국의 수도인 콘스탄티노플이라는 도시는 멀리서 바라보는 편이 훨씬 아름답지 않을까 생각했다. 알비제에게 그 말을 했더니, 이 도시에서 태어난 친구는 기분이 상하기는커녕 그의 말에 기꺼이 동의했다.

"이 도시에 있는 중요한 석조 건축물은 모두 비잔틴 시대의 유물이야. 성벽도 그렇고, 수로며 지하 저수지도 그렇고, 모스크도 그리스정교의 교회를 개조한 게 대부분이지. 내부를 조금 바꾸고 첨탑만 덧붙였을 뿐이야. 하지만 이 도시는 지금 다른 어디보다도 활기에 넘쳐흐르고 있어. 투르크 제국의 장래에는 구름 한 점 끼여 있지 않아. 도시가 지저분한 건 이곳 사람들이 발산하는 활기의 결과라고 생각해."

여기에는 마르코도 동감이었다. 처음에는 콘스탄티노플의 지저분하고 소란한 분위기에 눈살을 찌푸리곤 했지만, 날이 갈수록 그런 데 신경을 쓰지 않게 되었다. 투르크에는 얼굴 생김새가 극단적으로 다른 잡다한 민족이 모여 있었다. 이 민족의 도가니 속에서 마르코는 왠지 유쾌한 기분마저 느끼게 되었다. 가부좌를 틀고 앉는 데도 익숙해졌고, 걸핏하면 나오는 뜨거운 차에 섣불리 입을 댔다가 입천장을 데는 일도 없어졌다.

두 친구가 골든혼 만을 오가는 것만으로 일주일을 보낸 것은 아니다. 어쨌든 잠을 잘 때만 헤어지는 상태에서는 대화를 나눌 시간도 충분했다. 베네치아 본국에서의 '적'과 이곳 콘스탄티노플에서의 '적'에 대해 정보와 의견을 교환하는 일은 이제 단짝이 된 두 사람에게 꼭 필요한 일이었다.

베네치아 내부의 '적'은 프리울리를 우두머리로 하는 친합스부르크파지만, 지금 상태로는 남의 눈을 끌지 않는 교묘한 방법으로 그 일당을 배제하는 데 성공하고 있었다. 10인 위원회는 그 명칭과는 달리, 원로원 의원들 중에서 뽑히는 열 명의 위원과 통령, 여섯 명의 통령 보좌관을 합하여 모두 열일곱 명으로 구성되었다. 위원의 임기는 1년, 휴직 기간도 1년이다. 국회에서 뽑히는 통령 보좌관의 임기는 1년, 휴직 기간은 2년으로 정해져 있었다. 그런데 베네치아 법에는 휴직 기간을 두어야 한다는 조항은 있지만, 그동안 다른 관직에 선출될 수 없다는 조항은 없다. 그래서 1년 동안 10인 위원회 위원을 지낸 사람이 임기가 끝나자마자 통령 보좌관으로 선출되어 10인 위원회 위원의 신분을 계속 유지할 수도 있었다.

선거로 뽑히는 것이니까, 이런 식으로 편리하게 되어가지는 않을 거라고 생각할지도 모르지만, 그리티 통령이 추진하는 외교노선은 암묵리에 상당수 원로원 의원의 지지를 얻고 있었다. 또한 통령과 통령 보좌관들은 후보자 명단을 작성할 권한도 갖고 있었다. 선거제에서는 굳은 의지만 있으면 의외로 결과를 좌우할 수 있는 법이다. 마르코도 베네치아로 돌아가면 10인 위원회에 복귀하도록 예정되어 있었다.

문제는 투르크 국내의 '적'이다. 마르코가 콘스탄티노플에 파견된 것은 알비제와 함께 이 '적'에 대한 대책을 세우기 위해서였다.

"자네가 이 집에서 지내는 마지막 밤에 자네를 주빈으로 해서 조촐한 파티를 열기로 했네. 아니 뭐, 그렇게 거창한 파티는 아니야. 마음 맞는 친구들만 모일 거야. 하지만 재상인 이브라힘이 참석할 걸세."

노예에서 재상이 된 사나이

*말투는 명쾌하고 빈틈이 없어서 머리가 좋다는 것을
당장 알 수 있게 하는 타입의 남자였다.*

그날 마르코는 무엇 때문인지 콘스탄티노플 지구로 나가는 알비제와 동행하지 않았다. 수양버들 밑에 의자를 갖다놓고, 거기서 눈 아래 가득 펼쳐진 콘스탄티노플 시가지를 물끄러미 바라보며 한가롭게 오후 시간을 보냈다. 친구네 집에서 손님으로 보내는 마지막 날을 혼자 즐기고 싶은 기분도 있었다.

무려 1200년 동안이나 지중해 세계에서는 로마에 버금가는 도시였던 콘스탄티노플의 시가지를 석양이 부드러운 황금빛으로 물들였다. 이제 곧 저녁 예배 시간을 알리는 소리가 골든혼 만을 건너 들려올 것이다. 그것도 끝나면, 첨탑 끝에 매달린 황금빛 반달이 떨어지기 직전의 석양을 받아 번쩍 빛나는 것을 끝으로 시가지는 밤의 어둠 속에 잠길 것이다.

로마인의 도시에서 그리스인의 도시로, 그리고 지금은 투르크인의 도시가 된 콘스탄티노플. 도시는 여인과 비슷해서, 주인이 바뀌어도 아무 일도 없었던 양 계속 살아가는 것일까. '영원한 도시' 로마도 황제에서 교황으로 주인이 바뀌었지만 살아남았다. 새 지배자가 된 주인의 취향을 받아들여, 위에 걸치는 옷은 갈아입었지만······.

마르코는 베네치아 시가지를 생각했다. 베네치아 역시 주인이 바뀌어도 계속 살아갈 수 있을까. 아니다. 그는 고개를 저었다. 황금빛 첨탑들이 숲속의 나무들처럼 늘어선 베네치아는 상상할 수도 없었다. 그렇다고 해서 하늘을 찌를 듯 치솟은 북유럽풍의 종루가 늘어선 베네치아도 상상할 수 없다. 베네치아는 베네치아인이 없어지면 죽는 도시일 것이다. 그렇게 생각하자 마르코는 왠지 안심이 되었다. 그때 다급한 발소리가 나더니, 노예의 목소리가 날아왔다.

"주인 나리의 방으로 빨리 오시랍니다."

마르코는 아무것도 묻지 않고 서둘렀다. 노예에 둘러싸인 생활에서 맨 먼저 배운 것은 그들에게는 질문을 해도 소용이 없다는 사실이었다.

알비제가 쓰고 있는 방들 가운데 넓은 닫집을 씌운 침대가 놓인 방이 있다. 베네치아식으로 장식한 침실이 따로 있기 때문에, 알비제는 이 방을 휴게실로 사용했다. 그 방으로 들어선 마르코는 깜짝 놀랐다. 침대 위에는 예상과 달리 알비제가 아니라 다른 사람이 누워 있었다. 투르크풍의 터번을 두른 남자였다. 그리고 알비제는 침대 옆에 서 있었다.

마르코가 다가가자 노예들은 밖으로 나갔다. 의사인 듯한 유대인도 방에서 나갔다. 알비제는 이상하게도 창백하고 굳은 얼굴을 하고 있었다. 그가 침대에 누운 남자의 귀에 대고 투르크어로 뭐라고 말했다. 마르코는 자기가 소개된 것을 알았다. 남자가 고개를 끄덕이며 뜻밖에 건강해 보이는 얼굴로 그를 바라보았기 때문이다. 알비제는 이번에는 마르코에게 이탈리아어로 말했다.

"이브라힘 파샤 재상 각하일세."

그러고는 낮은 소리로 말을 이었다.

"이 근처까지 모시고 왔을 때 자객의 습격을 받았다네. 습격한 건 두 놈인데, 행색으로 보아 둘 다 아나톨리아 출신인 게 분명해. 상처를 입으신 재상 각하께 정신을 빼앗긴 사이에 놈들은 달아나버렸다네."

흥분한 알비제를 달래듯 이브라힘은 쾌활하게 들리는 목소리로 말했다. 그것도 거의 완벽한 이탈리아어로.

"조금 긁혔을 뿐이니까 걱정하지 마시오. 지위가 높아진다는 건 신변의 위험도 그만큼 늘어난다는 뜻이오. 다만 오늘 저녁 사건은 극비로 해주시오. 내 호위병들은 걱정없지만, 당신의 의사와 하인들은 괜찮겠소?"

알비제에게 던진 마지막 질문은 역시 한 국가의 재상다운 무게를 갖고 있었다. 자음으로 끝나는 낱말이 많은 베네치아 사투리를 듣고 저도 모르게 조금 느슨해졌던 마르코의 마음은 마지막 말에 다시금 바싹 긴장했다.

투르크 재상 이브라힘에게는 투르크인의 피가 흐르지 않는다. 부모는 그리스인이고, 그리스정교를 믿는 기독교도였다. 이브라힘은 지금은 '파샤'(총리)라는 존칭으로 불리지만, 불과 20년 전만 해도 베네치아 식민지였던 이오니아 해 연안의 항구도시 파르가에서 태어났다. 베네치아가 쌓은 성벽이 지금도 온전하게 남아 있는 도시다. 베네치아 공화국의 군사와 통상의 주요 거점인 코르푸 섬에서 남동쪽으로 몇 시간만 가면 닿을 수 있는 거리에 있다. 300년 동안 베네치아 식민지였기 때문에, 주민들은 그리스인이라도 이탈리아어를 모국어처럼 말할 수 있었다.

이 도시에서 태어난 이브라힘은 어릴 적에 쳐들어온 사라센 해적에게 납치당한다. 갤리선 노잡이로 부리기에는 너무 어렸기 때문에, 해적들은 그를 콘스탄티노플 노예시장에 내놓았다. 소년을 산 것은 얼마 전에 과부가 된 투르크의 상류층 부인이었다. 이 부인은 소년을 자기가 사는 투르크 제2의 도시 아드리아노폴리스(에디르네)로 데려갔다.

얼마 후 부인은 소년의 영리함을 알아차리고 교육을 시켜줄 마음이 든 모양이다. 부인에게는 자식이 없었다. 이리하여 소년은 노예 신분이면서, 철학을 공부하고 음악을 익히고 그리스어 외에도 투르크어와 페르시아어, 아랍어, 이탈리아어까지 배울 수 있었다.

이브라힘을 투르크의 술탄 쉴레이만이 언제 어떻게 알게 되었는지는 사료에도 분명히 밝혀져 있지 않다. 하지만 동년배(정확하게는 이브라힘이 쉴레이만보다 한 살 많다)인 두 사람은 십대 말에 만났고, 쉴레이만이 왕세자 시절 아드리아노폴리스에 머물던 시기가 아닐까 여겨진다.

어쨌든 쉴레이만과 이브라힘은 감수성이 예민한 십대 말에 알게 되어 서로에게 끌리는 게 있었는지, 왕세자와 노예라는 신분상의 차이를 뛰어넘어 절친한 친구가 되었다. 어릴 적부터 이브라힘을 키워준 부인이 이브라힘을 왕세자에게 바친 것은 물론이다.

쉴레이만이 스물여섯 살 되던 해에 부왕인 셀림이 사망했다. 술탄에 즉위한 쉴레이만이 수도 콘스탄티노플의 톱카피 궁전으로 거처를 옮길 때, 이브라힘도 당연한 일처럼 술탄의 궁전으로 들어가 살게 되었다.

처음에 그가 맡은 일은 하찮은 것이었지만, 매사냥에 쓰이는 날짐승을 맡아 기르는 매부리로 시작하여 시동들을 가르치는 일을 맡았고, 그후에도 출세를 거듭해서 얼마 후에는 각의에까지 참석하게 된다. 네 명의 장관들 가운데 가장 지위가 높은 재상에 임명된 것은 1523년, 이브라힘이 서른 살 되던 해였다.

3년 만에 이렇게 출세한 것은, 서유럽인들이 술탄 외에는 모두 노예라고 평가하던 당시의 투르크에서도 이례적인 일로 세간의 화제가 되었다.

하지만 베네치아의 10인 위원회가 이브라힘에게 주목한 것은 이례적으로 빠른 승진 때문만은 아니다. 쉴레이만과 이브라힘은 술탄과 재상이라는 지위를 뛰어넘는 특별한 관계를 갖고 있었기 때문이다. 이것만은 투르크 궁정에서도 전례가 없는 일이었다.

이들 두 사람은 국정에서 좋은 협력자일 뿐 아니라, 식사도 늘 함께하고 전쟁터에서는 같은 막사에서 잠을 잤다. 밤에 쉴레이만이 시를 읊으면, 이브라힘은 옆에서 음악을 연주했다. 베네치아 첩자가 두 사람이 동성애 관계에 있는 게 아닐까 하는 보고서까지 보냈을 정도였다. 동성애 관계를 의심한 것은 엉뚱한 억측이었지만, 두 사람의 친밀한 관계는 의심할 여지가 없었다. 쉴레이만은 가장 사랑하는 누이동생을 이브라힘의 아내로 주어 혈연을 맺기도 했다.

하지만 물샐틈없이 완벽해 보인 이 우정에 얼마 전부터 어떤 이질적인 요소가 끼어들었다. 베네치아의 10인 위원회가 알비제 그리티의 통보로 알게 된 이 새로운 사실에 신중히 대처할 필요성을 느낀 것도 당연하다. 보통은 남녀 사이의 문제로 끝나겠지만, 대제국의 전제군주가 관련되면 생각지도 않은 여파를 불러일으킬 수도 있기 때문이다.

이브라힘이 입은 상처는 그의 말마따나 가볍게 긁힌 정도로 끝난 모양이다. 자객이 휘두른 칼은 이브라힘의 왼손을 살짝 스친 듯 이제는 출혈도 완전히 멎었고, 붕대를 소매로 가리면 부상 당한 사람으로 보이지도 않았다. 침대에서 일어난 이브라힘은 예정대로 파티를 열자고 알비제에게 말했다. 다른 손님들은 별실에서 기다리고 있었다. 그들에게는 이브라힘이 자객에게 습격당한 사건을 비밀로 했다.

만찬을 위해 준비된 방은 온통 베네치아 양식으로 설계된 이 저택에 특별히 마련된 투르크 양식의 방이었다. 천장은 중심부를 향해 얇은 비단을 몇 겹으로 늘어뜨려 주름을 잡은, 굳이 말하자면 비단제 천장이다. 벽은 페르시아 무늬를 넣은 타일로 덮여 있다. 타일의 무늬는 풀이나 나무나 꽃이기 때문에, 마치 정원에 있는 듯한 느낌이 든다. 게다가 한쪽 벽에는 작지만 우아하게 물줄기를 뿜어올리는 분수까지 있다.

바닥은 알렉산드리아산 깔개로 덮여 있다. 바닥 여기저기에 작지만 섬세한 무늬의 비단 융단을 놓아서, 사람이 앉을 자리를 표시해두었다. 융단 위에는 벨벳 바탕에 금실을 짜넣은 커다란 방석들이 놓여 있었다. 그 위에 가부좌를 틀고 앉는 것이 투르크의 관습이다.

열 명 가량의 남자들만 참석한 만찬은 여자 노예들의 시중을 받으며 화기애애하게 진행되었다. 여자 노예들에 신경쓰는 사람은 아무도 없었다. 마르코는 네댓 사람 건너에 앉은 이브라힘 재상을 자연히 관찰하게 되었다.

이브라힘이 알비제나 자신보다 네 살 위라는 것은 알고 있었다. 그런데 자세히 보니 실제 나이보다 조금 늙어 보이는 듯했다. 하지만 말투는 명쾌하고 빈틈이 없어서, 머리가 좋다는 것을 당장 알 수 있게 하는 타입의 남자였다.

그리고 익살을 부리고 싶은 기분도 왕성한 듯, 좌중을 이야기에 끌어들이는 솜씨가 능란했다. 그는 지나가는 말처럼 쉴레이만에 얽힌 에피소드를 이야기하고 있었지만, 이런 이야기들은 그와 술탄의 각별한 관계를 사람들에게 인식시키기에 충분했다.

높이 틀어올린 터번 위에 사발 모양의 투르크 모자까지 올려놓아서 키를 속이고 있지만, 몸집은 작은 편이라고 말하는 게 좋을 것이다. 얼굴도 형형한 눈빛을 제외하면 품격을 느끼게 하는 생김새는 아니다. 원래는 파르가의 어부 아들로 태어났나보다고 마르코는 생각했다.

하지만 마르코는 외모만 가지고 인격을 판단하는 사람이 아니다. 이브라힘은 자신의 이익과 합치되는 한 사리에 맞게 행동할 남자라고 마르코는 판단했다. 베네치아의 첫번째 가상 적국인 투르크의 재상으로서는 얻기 어려운 인물임이 분명했다.

이튿날 마르코는 대사관으로 돌아갔다. 대사에게 요청한 일주일의 휴가도 끝났고, 이틀 뒤에는 대사와 함께 술탄을 방문하기로 되어 있었다. 상례로 되어 있는 예방이지만, 부관이 빠질 수는 없다. 그리고 지중해 세계에서 가장 강력한 군주에 대한 호기심도 있었다. 그래서 알비제의 저택에서 누린 쾌적한 생활을 떠나는 것이 그렇게 유감스럽지도 않았다.

베네치아 대사와 부관이 톱카피 궁전의 알현실에 도착했을 때, 그 큰 방에는 투르크 고관들도 이미 모두 모여 있었다. 이제 남은 일은 술탄이 나타나기를 기다리는 것뿐이다.

이슬람교의 고위 성직자들이 적어도 열 명은 있었다. 길게 기른 하얀 턱수염, 찌부러질 듯 높이 틀어올린 터번, 어딘가에 반드시 초록색이 들어 있는 비단 옷차림을 보면 이슬람교 성직자라는 것을 금방 알 수 있다. 초록색은 이슬람교도에게는 성스러운 색깔이다. 그들 모두가 순수한 투르크인이라는 것도 다른 궁정인들과는 달랐다.

예니첼리 군단장도 있었다. 재무관도 있고, 장관들도 있었다. 투르크 궁정의 고위층 인사들이 모두 한자리에 모인 느낌이다. 물론 이브라힘도 있었다. 하지만 이 자리에서 그는 투르크 재상이다. 대사의 부관 나부랭이한테는 눈길도 보내오지 않았다.

알현실은 특별히 호화롭게 만들어진 방은 아니었다. 한복판에 있는 옥좌도 비단 닫집이 달려 있는 서유럽식 의자에 불과했다. 마르코의 눈길을 끈 것은 투르크 고관들의 다양한 모자였다. 옷차림은 색깔이야 조금씩 다르지만 모두 소매와 기장이 길고 낙낙한 투르크식 도포(카프탄)여서, 조금만 보고 있으면 싫증이 나버린다. 하지만 머리 위는 그야말로 환상적이다.

터번을 두른 사람도 물론 있었지만, 높이 치솟은 펠트 모자의 다양한 형태는 이렇게 한자리에 모아놓으면 장관이다. 높이가 적어도 50센티미터는 되는 모자를 쓰고도 그것만으로는 부족한지, 그 위에 깃털까지 꽂은 사람도 있다. 타조 깃털처럼 어마어마한 깃털도 있어서, 좌우로 크게 늘어져 있다. 이렇게 되면 이마에서 모자 끝까지의 높이가 1미터는 된다. 높이 치솟은 모자 뒤에 자락을 길게 늘어뜨린 모자도 있다. 그 모자들은 모양만이 아니라 색깔도 갖가지였다.

투르크 남자들의 변덕은 모자에 집중되어 있는지도 모른다고 마르코는 생각했다. 그들이 이렇게 모자에 공을 들이는 것은 키가 작기 때문인지도 모른다. 환상적인 모자는 확실히 그들의 키를 실제보다 훨씬 커 보이게 해주었다.

하지만 이것도 고위층 인사들한테만 허용된 특권인 듯했다.

그란 바자르를 오가는 상인들은 작은 터번을 두르거나 화분처럼 생긴 소형 모자를 쓰고 있을 뿐이었다.

한참 기다렸다고 생각했을 무렵에야 모습을 나타낸 술탄은 우선 그 큰 키로 다른 사람들을 압도했다. 신하들의 모자 높이에 육박할 만큼 원래 키가 큰데다, 너무 무거워서 목이 휘지나 않을까 싶을 만큼 커다란 순백의 비단 터번을 두르고 있었다.

이브라힘보다 한 살 아래라니까 30대 중반에 가까운 나이일 것이다. 약간 여윈 듯하지만, 나약한 느낌은 들지 않았다. 저런 사람이 대국 투르크의 절대군주인가 하고 눈을 크게 뜰 만큼 솔직한 태도로 옥좌에 성큼성큼 다가가더니, 술탄은 당장 뭐라고 명령을 내렸다.

그 명령은 연로한 베네치아 대사를 위해 의자를 가져오라는 지시였다. 옥좌에 앉은 쉴레이만은 가까이에 앉은 베네치아 대사에게 약간 구부정한 몸을 내밀고 이야기했다. 젠 대사도 통역 없이 대답하고 있었다. 고개를 끄덕이거나 가끔 한마디씩 내뱉는 쉴레이만의 눈길은 노대사에게 쏠려 있지만, 따뜻한 웃음이 배어나왔다. 젠 대사에게 특별히 의자를 마련해준 것은 대사가 고령이라서가 아니라 대사에게 호의를 갖고 있기 때문일 거라고 마르코는 생각했다.

타고난 제왕을 눈앞에서 보고 있다는 생각이 마르코의 가슴을 채우기 시작했다. 쉴레이만의 행동거지에서는 부자연스러운 점을 하나도 찾아볼 수 없었다. 걸음걸이도 말투도 30대 중반의 남자다웠다. 그러면서도 어느 결에 사람들의 마음을 정복해버린다. 음성은 친밀감이 넘쳐흐르면서도 위엄을 느끼게 했다. 하얀 비단 터번의 골짜기에서 빛나는 달걀만한 크기의 에메랄드를 이토록 자연스럽게 치장할 수 있는 사람이 쉴레이만말고 또 누가 있겠는가 하는 생각이 들 정도였다.

젠 대사가 마르코를 소개했는지, 쉴레이만은 처음으로 대사 뒤에 서 있는 부관을 돌아보았다.

"마르코 단돌로라면 엔리코 단돌로의 자손이오?"

마르코는 고개를 숙여 예를 표한 다음 그리스어로 대답했다. 쉴레이만이 그리스어도 할 줄 안다는 것을 알았기 때문이다.

"예, 폐하. 300년 전의 선조가 됩니다."

그러자 쉴레이만은 황금빛 비단옷이 스치는 소리가 들릴 만큼 몸을 앞으로 내밀면서, 호기심을 숨기지도 않고 그리스어로 말했다.

"그래, 성 소피아 성당에 있는 조상 무덤에는 참배했소?"

쉴레이만 대제

우리가 원하는 것은 타협이기 때문일세. 타협은 자기한테도
켕기는 구석이 있다고 자각하는 사람만이 할 수 있네.

이튿날, 마르코는 투르크어로 '아야 소프야'(성 소피아)라고 부르는 성당 앞에 서 있었다. 성 소피아 성당은 1453년에 동로마 제국이 멸망할 때까지는 제국 으뜸의 기독교 교회였지만, 제국의 멸망과 더불어 정복자 메메드 2세의 명에 따라 이슬람교 성당인 모스크로 바뀌어 있었다.

모스크는 주변에 늘어선 첨탑의 개수로 격을 나타낸다. 성 소피아 성당은 네 개의 첨탑을 갖고 있다. 쉴레이만이 세운 쉴레이만 모스크와 더불어 콘스탄티노플에서 가장 격이 높은 모스크였다.

오늘날의 이스탄불에서 가장 유명한 모스크는 온통 청색 타일로 뒤덮여 있어서 통칭 '푸른 모스크'라고 불리는 것인데, 이것은 17세기에 들어와서 세워진 것이고 쉴레이만 시대에는 아직 존재하지 않았다. 이 모스크는 원래 첨탑을 여섯 개나 갖고 있었다. 그런데 그렇게 되면 이슬람교도의 성지인 메카의 모스크와 같은 수의 첨탑을 갖게 되기 때문에, '푸른 모스크'를 세운 술탄은 메카의 모스크를 상위에 두기 위해 일부러 첨탑 한 개를 기증할 수밖에 없었다고 한다.

성 소피아 성당의 겉모양은 이탈리아의 기독교 교회를 알고 있는 이들에게는 아름답다기보다 오히려 추하다는 인상을 준다. 그것은 가로와 세로의 길이가 같은 그리스정교 교회에 나중에 여러 가지를 덧붙였기 때문이고, 처음부터 모스크로 세워진 것은 겉모양에서도 조화가 중시된다. 또한 여러 가지를 덧붙인 데도 나름대로 이유가 없는 것은 아니다. 이슬람교의 모스크는 예배소일 뿐 아니라 학습장과 기숙사, 심지어는 병원까지 딸려 있는 게 보통이기 때문이다.

그래서 성 소피아 성당 주위에도 예배하기 전에 손발을 씻는 사람이나 학습장으로 가는 젊은이들의 왕래가 빈번했다. 그러나 콘스탄티노플에서는 흔히 볼 수 있는 서유럽 상인들처럼 낙낙하고 검은 망토를 걸친 마르코를 뒤돌아보는 사람은 아무도 없었다.

성당 안으로 들어서자, 그 웅장함과 화려함은 과연 말문이 막힐 정도였다. 6세기에 동로마 제국 황제인 유스티니아누스가 세웠을 당시의 모습이 그래도 꽤 많이 남아 있었다. 내부 벽면 전체를 뒤덮고 있었다는 화려한 색채의 모자이크는 이 건물이 모스크로 바뀐 뒤 회반죽으로 덧칠되어버렸지만, 내부 구조는 옛날 그대로였다.

하지만 황제의 옥좌는 술탄의 옥좌로 바뀌고, 십자가며 촛대며 성자의 조상(彫像)들이 사라진 지 어언 4분의 3세기가 지났다. 각양각색의 대리석이 깔린 바닥도 납작 엎드려 예배하는 데 편리하도록 깔아놓은 깔개에 가려 전혀 보이지 않았다. 우상 숭배를 엄격히 금지하는 이슬람교의 모스크로 바뀐 성 소피아 성당은 기독교 교회에 익숙해진 사람의 눈에는 거대한 공동(空洞)처럼 느껴질 수밖에 없었다.

마르코는 그 거대한 공동을 보면서, 1453년 5월 28일, 하루 앞으로 다가온 콘스탄티노플 함락을 예견한 듯 동로마 제국 최후의 기독교 미사에 참석하기 위해 이곳에 모인 사람들을 생각했다.

천 년이 넘도록 지중해 세계를 지배해온 대제국조차도 결국은 멸망을 피할 수 없었다. 지금 최대 최강의 힘을 자랑하며, 기우는 해가 되리라고는 상상조차 하기 어려운 투르크 제국도 언젠가는 멸망할 때가 온다. 아니, 어쩌면 번영의 절정에 있는 듯이 보이는 지금이야말로 쇠망의 길로 가는 첫걸음을 내딛고 있는지도 모른다.

마르코의 걸음은 이층으로 향했다. 과거에는 황제의 일가 친척들이 미사에 참석할 때 앉는 자리였다는 이층 회랑은 이슬람교도가 예배하는 장소로는 어울리지 않는지, 사람의 그림자도 보이지 않는다. 그 벽면 한쪽에 간소한 대리석판이 끼워져 있었다. 거기에는 '엔리코 단돌로'라는 이름만 라틴어로 새겨져 있을 뿐이었다. 직함도 헌사도 없이 이름만 달랑 표시된 무덤이다.

어제 알현실에서 술탄을 접견할 때 쉴레이만은 마르코에게 이렇게 말했다.

"우리 투르크 민족은 성 소피아 성당을 모스크로 바꾸었지만,

그대의 조상 무덤은 남겨놓았소. 여든 살이 넘은 고령인데도, 게다가 두 눈 다 시력이 나쁜 몸으로 그만한 대사업에 앞장서서 국가 번영의 토대를 쌓은 그대의 조상을, 우리 민족은 베네치아인이라는 사실을 초월하여 존경해왔기 때문이오."

이렇게 말하는 쉴레이만의 목소리는, 투르크의 술탄이 외국의 군주를 칭찬한다기보다는 한 젊은이가 연장자의 노고를 인정하고 칭찬을 아끼지 않는다는 느낌을 주었다.

엔리코 단돌로의 이름은 제4차 십자군과 떼려야 뗄 수 없는 관계에 있다. 13세기 초, 십자군 원정 계획을 세운 프랑스 귀족과 기사들은 팔레스타인까지 해로를 통해 병력을 수송하는 일을 당시 눈부시게 부상한 베네치아 공화국에 맡긴다. 베네치아 통령인 엔리코 단돌로는, 병력과 선박을 공동 출자한다는 조건으로 십자군 수송을 맡았다.

십자군이 베네치아에 집결한 것은 1202년 봄이었다. 베네치아도 프랑스가 제시한 3만 5천 명의 병사와 4천 5백 필의 말을 수송할 수 있는 4백 척의 배를 준비하고 기다렸다.

그런데 실제로 집결지에 모인 병력은 그 3분의 1밖에 안되었다. 이래서는 수송비조차 지불할 수 없다. 난처해진 프랑스 기사들에게 베네치아 통령 단돌로는, 수송비를 받지 않을 테니까 그 대신 팔레스타인을 공격하기에 앞서 콘스탄티노플을 먼저 공략하자고 제안했다. 이 제안은 프랑스 기사들에게 신의 구원처럼 여겨졌을지도 모른다.

그러나 십자군 정신이 왕성한 프랑스 기사들의 마음 속에는 곤혹스러움도 없지 않았다. 십자군은 이슬람교도와 싸우는 것이 목적이다. 그런데 비잔틴 제국은, 그들과 아무리 사이가 나쁘다 해도, 또한 가톨릭과 공동보조를 취하기를 꺼리는 그리스 정교도의 나라라 해도, 결국은 기독교도의 나라다. 하지만 돈을 낼 수 없다고 해서 기사도의 '정수'인 프랑스 귀족이 깃발을 거두고 터덜터덜 조국으로 돌아갈 수도 없는 노릇이다.

우여곡절이 있었지만, 제4차에 해당하는 십자군은 베네치아를 출발하여 1204년에 콘스탄티노플을 공략했다. 그때 선두에 선 사람이 엔리코 단돌로였다. 늙은 통령은 정복이 이루어져 베네치아 공화국의 이권이 확고해지는 것을 본 뒤, 콘스탄티노플에서 객사했다.

이 제4차 십자군은 십자군으로서는 평판이 아주 나쁘지만, 베네치아를 레반트(동지중해)의 여왕으로 만들었다는 점에서는 획기적인 사업이었다. 크레타 섬을 비롯하여 에게 해 연안에 염주처럼 줄줄이 세워진 베네치아의 기지들은 그후 300년 동안 베네치아인이 제해권을 장악하는 데 이바지한다. 콘스탄티노플의 베네치아인 거류지를 본거지로 한 오리엔트 교역이 비약적으로 발전한 것도 이 무렵부터였다.

마르코는 먼 할아버지가 잠들어 있는 무덤 앞에 잠시 서 있었다. 하지만 그의 가슴 속에는 이 고명한 조상에게 주눅이 드는 기분은 조금도 솟아나지 않았다.

엔리코 단돌로 시대의 베네치아는 융성기에 접어들고 있었다.

에게 해의 기지들을 하나씩 잃어가는 지금과는 딴판이다. 300년 전의 베네치아 공화국은, 눈에 띌 정도로 쇠퇴하기 시작한 비잔틴 제국을 동쪽에 두고, 아직도 제 힘을 효율적으로 사용하는 데 눈을 뜨지 못한 채 국왕들보다 봉건제후들의 힘이 더 강했던 유럽을 서쪽에 두고 있었을 뿐이다.

그런데 300년이 지난 지금, 베네치아의 동쪽에는 대제국 투르크가 버티고 있고, 서쪽에는 역시 왕국으로 통일된 에스파냐와 프랑스 같은 강국들이 버티고 있다. 아무리 국가의 총력을 결집한다 해도, 전쟁이 일어나면 불리한 것은 이제 베네치아 쪽이었다.

하지만……마르코는 확신을 가지고 자신에게 말할 수 있었다. 외교도 무력을 쓰지만 않을 뿐, 일종의 전쟁이 아니냐고. 엔리코 할아버지가 십자군 전쟁에 참가했다면, 그 할아버지의 성을 물려받은 나는 다른 전쟁에 참가하고 있다. 설령 그것이 불명예스러운 수단까지 동원하여 취합한 정보를 토대로 치러지는 전쟁이라 해도, 전쟁은 전쟁이다.

마르코는 이층 회랑을 떠나면서, 술탄 쉴레이만은 이런 생각을 이해할 수 없을 거라고 생각했다. 조국이 쇠망해가는 기미조차 느낄 필요가 없는 쉴레이만은 행복한 사나이다. 행복한 자들은 야비한 수단이나 인륜에서 벗어난 행위를 비난하는 사치를 누릴 수 있다.

쉴레이만과의 첫 만남을 끝낸 뒤 작은 배로 골든혼 만을 건너 갈라타로 가는 길에 피에트로 젠 대사가 한 말이 생각났다. 마르코가 성실하고 공정하며 품위있는 쉴레이만의 태도에 매료된 것을 알아차리고, 거기에 조금 찬물을 끼얹을 작정이었는지도 모른다.

"쉴레이만이 참으로 매력적인 군주라는 데는 나도 전적으로 동감일세. 내가 아는 한, 그 사람만큼 타고난 신사인 남자는 없네.

그런데 사적인 친구 관계라면 더 이상 바랄 수도 없는 훌륭한 자질을 갖고 있지만, 우리와는 거의 모든 면에서 이해가 상충되는 국가의 군주인 경우에는 그 훌륭한 자질이 오히려 마이너스가 되는 경우도 있네.

쉴레이만은 매사에 올바르고 싶다는 욕구가 남보다 훨씬 강한 남자일세. 그리고 그런 욕구를 가질 수도 있는 환경도 타고났네. 하지만 우리 베네치아가 원하는 상대는 매사에 올바르고 싶어하는 사람, 매사에 올바른 것이야말로 최고의 만족이라고 믿는 인물이 아닐세.

우리가 원하는 것은 타협이기 때문일세. 타협은 자기한테도 켕기는 구석이 있다고 자각하는 사람만이 할 수 있네. 자기도 떳떳치 못한 데가 있음을 속으로는 아는 사람만이 타협할 수 있는 법이니까."

마르코는 대사의 말을 듣고 깊은 생각에 잠겨, 배가 갈라타 선착장에 도착한 것도 알아차리지 못했을 정도였다.

쉴레이만은 피로 얼룩진 옥좌에 앉을 필요가 없었다는 점에서도 투르크 역사에서는 보기 드문 술탄이었다. 1520년 스물여섯 살의 젊은 나이로 술탄에 즉위했을 당시, 쉴레이만은 투르크 궁정의 관습처럼 되어 있는 동생 살해를 명령할 필요가 없었다. 쉴레이만은 외아들이었기 때문이다. 아무리 후계자 싸움을 미리 막는다는 대의명분이 있다 해도, 아무리 한 어머니에게서 난 동생이 아니라 해도, 많은 경우에는 십여 명의 동생을 죽이고 옥좌에 앉으면 역시 어두운 그림자를 오랫동안 질질 끌고 다닐 수밖에 없다.

쉴레이만은 그럴 필요가 없었다. 그런 짓을 하니까 투르크인은 야만인이라는 서유럽 군주들의 비난과 경멸에 대해 쉴레이만이 당당하게 가슴을 펼 수 있었던 것도 형제의 피로 손을 더럽힌 일이 없었기 때문이다.

술탄 쉴레이만의 두번째 행운은 이미 완성된 제국을 물려받을 수 있었다는 점이다. 증조부인 메메드 2세는 천 년의 역사를 가진 동로마 제국을 멸망시키고 그 수도 콘스탄티노플을 자국의 수도로 정한 뒤에도 정복을 멈추지 않았다. 세르비아와 보스니아를 공략하여 투르크의 국경을 폴란드 및 헝가리와 맞닿는 선까지 확대했으며, 흑해 연안도 투르크의 손아귀에 들어왔고, 남쪽의 에게 해도 베네치아의 기지들을 제외한 그리스 영토는 대부분 투르크 밑에 굴복해버렸다.

그의 아들 바예지드는 부왕이 건설한 제국을 보전하는 데만 전념하면서 일생을 마쳤지만, 그 다음 술탄이자 쉴레이만의 아버지인 셀림은 1517년에 시리아와 팔레스타인 및 이집트를 정복하는 데 성공한 뒤, 이윽고 아라비아 반도까지 정복하여 이슬람의 성지 메카를 손에 넣음으로써, 이슬람 세계에서는 종교적으로도 제일인자가 되었다.

쉴레이만이 물려받은 것은 이 대제국이다. 그에게는 제국의 안전을 보장하기 위해 정복해야 할 땅이 남아 있지 않았던 셈이다. 아니, 하나가 있긴 있었다. 그것은 로도스 섬이었다. 흑해에 이어 동지중해까지 투르크의 내해(內海)로 만들려면, 성 요하네스 기사단이 틀어박혀 있는 이 섬은 그야말로 눈엣가시였다.

쉴레이만은 즉위한 지 2년이 지난 1522년, 로도스 섬 공략에 착수한다. 6개월의 공방전 끝에 이 섬도 투르크의 수중에 떨어졌고, 그후 6년이 지났다. 16세기 전반, 동지중해에 남아 있는 서유럽 세력은 이제 베네치아 영토인 키프로스 섬과 크레타 섬뿐이었다.

이처럼 좋은 환경에서 젊은 나이에 순조롭게 술탄에 오른 남자가 신사적으로 행동하는 것은 당연하다. 쉴레이만은 증조부 메메드처럼 인륜과 법도에 어긋나는 일을 범할 필요가 없었기 때문이다.

술탄 쉴레이만은 '입법자'라는 존칭으로 불릴 때가 많았다. 그 자신도 이 존칭을 무척 좋아한 모양이다. 자기야말로 무법 시대를 끝내고 법치 시대를 세우는 군주라고 믿고 있었을 것이다.

6개월 동안이나 끈질기게 저항한 성 요하네스 기사단조차도 무기를 지닌 채 명예롭게 로도스 섬을 떠나는 것이 허용되었다. 그 이전에는 투르크 군대가 승리를 거두면 그 뒤에 남는 것은 농성하던 병사들의 시체와 노예로 끌려가는 주민들뿐인 것이 예사였다.

하지만 쉴레이만의 뒤를 이은 술탄들을 보면, 물려받은 환경이 같은데도 쉴레이만만큼 올바르고 싶다는 욕구를 가지고 그것을 열심히 실천한 사람은 찾아볼 수 없다. 환경이 같다고 해서 반드시 같은 자질을 가진 인물이 태어나는 것은 아니다. 역시 쉴레이만은 죽은 뒤에 '대제'(大帝)라는 존칭으로 불릴 만한 자격을 갖고 있었다.

이 쉴레이만은 친구까지 갖는 행운을 누렸다. 바로 이브라힘이다. 전제군주가 마음의 벗을 갖는 것만큼 얻기 힘든 행운은 없다. 게다가 이브라힘은 재상으로서의 능력도 뛰어난 인물이었다.

그러나 쉴레이만에게 인생 최고의 기쁨은 사랑하는 여인을 얻은 것이었는지도 모른다. 3백 명이나 되는 여인을 거느린 하렘의 주인으로서, 게다가 여자라는 존재는 잠자리 상대에 불과한 것이 보통이던 투르크 궁정에서는, 그야말로 전대미문의 이례적인 일이었다.

이 연애가 또한 쉴레이만다웠다. 늙은 군주가 젊은 여자한테 반해서 넋을 잃은 것이 아니다. 스물아홉 살의 쉴레이만이 열세 살 아래인 여자 노예를 사랑한 것이다. 이 정도의 나이차는 투르크에서는 동년배나 마찬가지였다.

이 연애는 투르크 궁정을 동요시킬 수밖에 없었다. 이때까지 술탄과 가장 가까운 측근은 이브라힘이었다. 그런데 이제 경쟁자가 등장한 것이다. 애첩 로사나는 절대 권력을 가진 남자의 사랑을 받는 것만으로는 만족하지 않는 여자였다.

이런 상황 변화는 이브라힘이라는 협력자 덕택에 그때까지 순조롭게 진행되고 있던 베네치아 공화국의 외교도 재평가할 필요가 생겼음을 의미한다.

이브라힘은 술탄과의 신뢰관계에 절대적인 자신감을 갖고 있었기 때문에 자기 뜻대로 일을 추진할 수 있었다. 그런데 이제 술탄에게 영향력을 행사할 수 있는 사람이 또 하나 출현한 것이다. 권세를 마음껏 누려온 이브라힘의 처지도 미묘하게 달라지고 있었다.

성 소피아 성당을 떠난 마르코는 대경기장에 들러보았다. 이곳 역시 비잔틴 제국 시대의 유물이지만, 투르크인들도 큰 행사에 활용하고 있었다. 한 달 뒤에는 이곳에서 술탄이 주최하는 경기대회가 열릴 예정이었고, 베네치아 대사관에도 초대장이 와 있었다. 술탄의 후궁이 처음으로 참석한다고 해서 투르크인들까지도 호기심에 사로잡혀 있다고 한다. 마르코도 대사 부관이니까 당연히 참석해야 한다. 하지만 그에게는 그전에 할 일이 기다리고 있었다. 알비제한테서 연락이 와 있었던 것이다.

두 장의 도면

스물아홉 살 쉴레이만이 열세 살 아래 여자 노예를 사랑한 것이다.
이 연애는 투르크 궁정을 동요시킬 수밖에 없었다.

마르코가 투르크의 생활방식에 어느 정도 익숙해진 듯싶자, 알비제는 단둘이 나눌 이야기가 있을 때면 종종 투르크풍으로 꾸민 방을 사용했다. 분수가 있는 그 방이다. 계절은 한여름이었지만, 그 방은 더할 나위 없이 쾌적했다. 게다가 솟구치는 물줄기 소리가 은밀한 대화의 비밀을 지켜준다.

마르코도 이제는 방석 위에 앉아도 전혀 불편을 느끼지 않게 되었지만, 투르크식 생활에는 딱 한 가지 참을 수 없는 결점이 있었다. 등과 팔꿈치를 기댈 데가 없다는 것이다. 이 점에서만은 유럽식 의자가 그리웠다. 언젠가 알비제에게 그 이야기를 했더니, 친구는 유쾌한 듯 껄껄 웃고 나서 말했다.

"기독교도가 아니더라도, 자네와 똑같이 생각하는 사람은 있다네."

그러고는 하인을 시켜 난쟁이용 책상 같은 가구를 두 개 가져오게 했다.

그것은 반원 모양으로 구부러진 널빤지를 두 개의 다리가 떠받치고 있는 구조로 되어 있고, 광택이 나는 검은 바탕에는 온통 금과 은으로 무늬가 상감되어 있었다. 그 섬세한 아름다움에 마르코는 저도 모르게 눈이 휘둥그래졌다.

"지팡구에서 만들어진 것이라네. 그곳에서는 귀인들이 여기에 팔꿈치를 기댄다더군."

동서 교역으로는 오랜 전통을 가진 베네치아에서 태어난 마르코도 머나먼 나라 지팡구의 물건을 보는 것은 난생 처음이었다. 마르코는 아직도 눈을 똥그랗게 뜬 채, 거의 한숨이라도 쉬듯 친구에게 물었다.

"자네는 지팡구와도 거래하고 있나?"

"아니, 거기까지는 아직 손을 뻗치지 못했어. 하지만 카타이와는 아랍 상인을 통해서 거래하고 있지. 이 가구도 카타이를 통해 들어왔을 거야."

지팡구는 일본이고, 카타이는 중국을 말한다. 당시 베네치아인들은 동양의 두 나라를 그렇게 불렀다. 그래서 마르코와 알비제는 지팡구제 사방침에 기대어, 눈앞의 바닥에 펼쳐진 커다란 두 장의 도면을 마주보게 되었다.

알비제가 먼저 입을 열었다.

"이건 두 장 다 톱카피 궁전 안에 있는 술탄의 전용구역, 즉 하렘의 겨냥도야."

"용케 입수했군. 그곳에는 외부인이 드나들 수 없다는데."

"내가 취급하는 물건 중에는 보석 장신구와 고급 옷감도 있다는 걸 잊지 말아주게. 둘 다 하렘의 미녀들도 눈빛이 변하게 할 만한 물건이지. 하렘에는 외부인만이 아니라 남자라면 아무도 들어갈 수 없지만, 여자라면 드나들 수 있어. 특히 그 여자가 장사꾼이라면 일은 더욱 간단하지."

그렇군, 하고 마르코는 감탄했다. 잠입시킨 첩자는 여자 장사꾼이었다. 게다가 알비제의 말에 따르면 정보의 정확성을 기하기 위해 보석 장수와 옷감 장수를 한 명씩 들여보냈다고 한다. 두 여자 사이에는 아무 관계도 없고, 그네들은 자기 혼자 이 일을 맡았다고 믿고 있다. 보석 장수는 유대인이고, 옷감 장수는 그리스인이었다. 이슬람교도의 도시 콘스탄티노플에 살고 있는 이교도는 그리스인이 가장 많고, 그 다음이 유대인이지만, 이 두 피지배 계급은 지배자 투르크에 대한 생각이 달라서 서로 반목하는 것으로도 알려져 있었다.

알비제가 말을 이었다.

"이 도면 자체는 그 여자들의 이야기를 토대로 내가 만들었네. 한 장은 2년 전의 것이고, 또 한 장은 현재의 상태를 나타내고 있지."

듣고 보니 두 장의 도면은 외곽선은 똑같은데 내부 구획에 미묘한 차이가 엿보인다. 내부만 개조한 게 분명하다. 두 장의 도면은 쉴레이만의 하렘에 일어난 변화를 참으로 적확하게 묘사해 내고 있었다.

여기서부터는 벌써 10년 전부터 하렘에 첩자를 잠입시키고 있다는 알비제의 설명을 기다릴 수밖에 없었다.

"쉴레이만이 즉위한 지 3년이 지났을 무렵의 일일세. 술탄의 하렘에 러시아 태생인 로사나라는 젊은 여자가 들어왔네. 그 지방 태수가 헌상했다는 이야기는 들리지 않는 것으로 보아, 하렘을 관리하는 흑인 내시가 노예상인한테서라도 사들였겠지. 절세미녀라고 부를 만한 미인은 아니라지만, 생기발랄하고 영리한 미녀인 것만은 틀림없어. 술탄의 하렘에는 투르크 제국의 지배를 받는 온갖 지역에서 뽑혀온 미녀만 무려 3백 명이 우글거리고 있는데, 쉴레이만은 유독 이 여자만을 가까이에 두게 되었으니까 말야. 1년 뒤에는 아들도 낳았지.

이대로 아무 일도 일어나지 않고 계속되었다면 문제가 되진 않았을 거야. 절대군주 술탄도 애첩을 두는 건 늘상 있는 일이니까. 문제는 로사나가 애첩이라는 것만으로는 만족하지 못하는 여자였다는 데 있지. 그건 나중에 설명하기로 하고, 우선 첫번째 도면을 보아주게."

마르코는 지팡구제 사방침을 끌어당기고 몸을 내밀었다.

"자네 같은 외국 사절이 술탄 알현실로 갈 때 지나는 넓은 안뜰의 한구석에 하렘으로 통하는 작은 입구가 있어. 경비병도 서 있지 않은 그 입구만 보고는 상상할 수도 없지만, 하렘의 내부는 아주 넓다네. 어쨌든 3백 명이나 되는 후궁들에다 그네들의 시중을 드는 몸종들, 또한 하렘을 관리하는 흑인 내시들, 그리고 후궁들이 낳은 자식들도 어렸을 때는 하렘에서 키우니까, 그 안에서 살고 있는 사람도 엄청나게 많을 수밖에 없지. 눈에 잘 띄지 않는 그 입구가 바로 여기야."

알비제는 도면의 왼쪽 아래를 손에 들고 있던 가느다란 상아

막대기로 가리켰다. 그의 설명이 진행됨에 따라 상아 막대기는 도면 위를 이리저리 움직였다.

"입구로 들어가면 흑인 내시들의 대기실이 있어. 하렘 출입은 여기서 엄중히 통제되지. 여자 장사꾼들도 엄격한 몸수색을 받는다네. 물건 이외의 것은 갖고 들어갈 수 없어. 입구 바깥에 경비병을 세워두지 않아도 경계태세는 완벽해. 하렘의 여자들도 멋대로 드나드는 건 절대 허용되지 않아. 병이 나도 하렘 안에 진료소가 있어서 거기서 치료를 받는다네. 거기서 다행히 병이 낫거나, 아니면 불행히도 시체가 되어 밖으로 나오거나 둘 중 하나지.

흑인 내시들의 대기실을 지나면 정원에 면해 있는 쾌적한 구역이 나오는데, 여기가 술탄의 모후가 거처하는 곳이야. 모후야말로 하렘에서 가장 우대와 존경을 받는 여자니까, 처소도 널찍하고 내부도 호화롭게 꾸며져 있다네. 여자라면 누구나 마음대로 할 수 있는 술탄이라도 어머니는 세상에 단 한 사람밖에 없으니까 당연하지.

모후가 사는 곳 왼쪽에 술탄의 처소가 있어. 바로 여기지. 이 구역만은 양쪽 다 정원에 면해 있고, 물론 하렘 안에서는 어디보다도 넓고 쾌적해. 돈을 듬뿍 들여서 꾸민 모양이니까 굉장히 호화롭기도 하겠지. 유럽의 궁전들과 다른 점은 이 호화롭기 짝이 없는 구역이 외부인의 눈에는 전혀 띄지 않는다는 점이야.

이 구역과 마주보는 오른쪽에는 정원을 사이에 두고 중앙에 있는 모후의 방에서 마음만 먹으면 얼마든지 감시할 수 있는 위치에 네 부인의 처소가 한 줄로 이어져 있다네. 그리고 그 너머에는 부인 이외의 여자들이 사는 작은 방들이 수없이 늘어서 있지. 하렘에 사는 여자들의 전용 모스크도 있고, 수영장도 있어. 투르크인들은 목욕을 좋아하는 민족이니까, 물론 목욕탕도 있지. 자유롭게 산책할 수 있는 정원도 널찍하게 마련돼 있어. 이슬람교도들은 꽃이 피는 정원을 뜻밖에 좋아하니까 말야."

알비제는 긴 이야기에 조금 지쳤는지, 탁자 위에 놓인 술잔으로 손을 뻗어, 송진 냄새가 나는 그리스 특산 포도주를 단숨에 들이켰다. 혼자 있을 때면 그는 이 포도주를 옆에서 떼어놓지 않았다. 그리스 태생의 미인이었다는, 지금은 세상을 떠난 어머니에 대한 추억 때문일까. 하지만 마르코는 친구에게 미안하다고 생각하면서도, 그 냄새에는 아무래도 익숙해지지 않았다. 그래서 무심결에 그만 이야기를 계속하라고 친구를 재촉하고 말았다.

"듣고 보니 이제야 납득이 가는데, 이 두번째 도면은 역시 조금 다르군."

"흑인 내시들의 대기실까지는 다를 게 없어. 달라진 점은 모후의 처소와 네 부인의 처소가 합쳐지고, 술탄이 거처하는 구역과 밀착되었다는 거지."

"쉴레이만의 어머니가 돌아가시기라도 했다는 얘긴가?"

"그래. 1년 전에 죽었어. 하지만 모후가 죽은 것만으로는 이렇게 달라지지 않았겠지. 로사나가 쉴레이만의 애첩이 된 것까지는 이야기했지. 이제부터 하는 이야기는 그 속편이야.

쉴레이만에게는 로사나가 톱카피 궁전에 들어오기 전에 이미 아들을 낳은 부인이 있었어. 왕세자 시절에 얻은 아내인데, 아드리아 해 연안의 몬테네그로에서 태어난 여자 노예였지. 이름은 '봄장미'라고 한다네. 이 여자가 낳은 쉴레이만의 첫아이는 무스타파라는 아들인데, 영리하고 건강하게 자라고 있지.

이슬람 율법에서는 정실 부인을 네 명까지 허용하고 있지만, 네 부인 사이의 계급 차이는 엄연히 존재해서 첫아이를 낳은 여자가 제1부인이 된다네. 아들을 낳아도 그 아이가 두번째 자식이면 제2부인의 지위에 만족할 수밖에 없어. 술탄의 총애가 아무리 깊어도 이 순위는 바뀌지 않아. 그래서 이슬람교도에게 성스러운 날인 금요일 밤은 제1부인과 함께 보내야 한다는 규정을 쉴레이만도 지키고 있었지. 로사나는 이걸 참을 수 없었던 거야. 사건은 술탄이 집무실로 나간 토요일 아침에 일어났다네.

'봄장미'의 처소로 쳐들어간 로사나는 이 제1부인에게 덤벼들었고, 두 여자 사이에는 흑인 내시들의 제지도 소용없을 만큼 격렬한 싸움이 벌어졌다네. 그때 정당방위이긴 했겠지만, 제1부인이 제2부인의 얼굴을 손톱으로 할퀸 걸세.

이튿날부터 로사나는 술탄의 부름에 응하지 않게 되었네. 얼굴에 상처가 났다는 핑계를 대고 술탄이 불러도 가지 않았지. 그 이튿날도 마찬가지였고, 그 다음날도 또 그 다음날도 마찬가지였네. 그런데 대단한 건 '봄장미'에 대해서는 한마디도 하지 않았다는 거야.

결국 굽히고 들어간 건 쉴레이만 쪽이었네. 쉴레이만은 앞으로 제1부인과는 만나지 않겠다고 맹세하고서야 로사나를 겨우 만날 수 있었지. 이때쯤 로사나의 얼굴에 긁힌 상처 따위는 물론 없어진 지 오래되었지만 말야. '봄장미'는 제1부인의 지위는 유지했지만, 그후로는 아들 무스타파가 자라는 것만 낙으로 삼으며 독수공방의 나날을 견디는 신세가 되어버린 걸세."

"모후는 아무 말도 하지 않았나?"

"쉴레이만의 어머니는 원래 권력을 휘두르는 유형의 여자가 아니었네. 그리고 오랫동안 병석에 누워 있었지. 이 사건이 일어난 지 얼마 후에 세상을 떠났다네."

"러시아 여자는 물론 그 좋은 기회를 헛되이 보내지 않았겠군."

로사나라는 이름에는 '러시아 여자'라는 뜻이 있었다. 알비제는 고개를 끄덕이며 말을 이었다.

"물론이지. 이번에는 제1부인을 쫓아냈다네. '봄장미'의 아들인 왕세자 무스타파가 열여섯 살이 되어 있었으니까, 이유는 충분했지. 왕세자는 열여섯 살이 되면 투르크 제국의 각 지방 장관을 지내면서 왕업을 배우도록 규정되어 있다네. 그때 어머니와 동행하는 게 관례가 되어 있지. 그만한 나이의 아들을 둔 여자라면 나이도 꽤 많은 게 보통이니까, 겉모습은 그런 대로 봐줄 만하다 해도 잠자리를 같이하는 건 사절하겠다는 뜻이지.

그래서 '봄장미'를 궁궐 밖으로 쫓아내는 일은 간단히 이루어졌다네. 하지만 로사나는 여기서 그때까지 아무도 시도조차 해보지 않은 일을 시작한 걸세.

제1부인은 쫓아냈지만, 다른 부인이 둘이나 있네. 게다가 후궁

들도 수백 명이나 되지. 로사나는 이 여자들을 투르크 고관들의 아내로 줄 계획을 세웠다네. 여자들 처지에서도 나쁘지 않은 전직이지. 쉴레이만은 로사나하고만 함께 지내니까 다른 여자들은 실업 상태에 있었거든.

이렇게 해서 톱카피 궁전의 하렘은 이제 하렘이라고 부르기에는 적당치 않은, 단순한 술탄의 사저로 변해버렸다네. 쉴레이만과 로사나의 시중을 드는 흑인 내시들과 여자 노예들, 그리고 로사나가 낳은 셀림을 비롯한 다섯 아이들만 살게 되었으니까. 투르크 술탄의 하렘에서 그야말로 대이변이 일어난 것이지. 두번째 도면은 이 시기의 상태를 나타내고 있다네."

"꽤 대단한 여자로군."

마르코는 진심으로 감탄했다.

"그래. 정말 대단한 여자인 모양이야. 쉴레이만이 홀딱 반한 것도 그런 매력 때문인지도 모르지. 하지만 대단한 여자인 만큼, 이쯤에서 멈출 여자도 아니라는 생각이 들어."

"그렇다면 앞으로는 어떤 계획을 꾸미고 있다고 생각하나?"

"이런 경우에는 그 여자가 다음에는 무엇을 바라고 있느냐를 탐색하기보다 그 여자가 궁극적으로는 무엇을 원하고 있는가를 예상하고, 거기서부터 거꾸로 가까운 장래를 향해 거슬러올라와야만 예측이 적중할 확률이 높다고 생각하네."

"확실히 그렇군. 그래서 자네는 이슬람 세계의 최고권력자인 쉴레이만의 사랑을 한몸에 받고 있는 그 여자가 궁극적으로는 무엇을 원하고 있다고 생각하나?"

"단언해도 좋지만, 자기 아들 셀림이 술탄에 즉위하는 거겠지."

"모정을 생각하면 이해할 수 없는 것도 아니로군."

"모정이니 뭐니 하는 깨끗한 것으로는 끝나지 않아. 술탄의 후궁으로서는 생존을 건 싸움이라고 말하는 편이 좋겠지. 이대로 가면 쉴레이만의 첫아이인 무스타파가 다음 술탄이 될 걸세. 그렇게 되면 로사나의 아들들은 전부 살해돼. 로사나도 그때까지 살아 있다면, 이곳 하렘의 관습에 따라 이른바 '애첩 무덤'이라고 부르는 곳에 유폐되어 죽음을 맞을 수밖에 없어. 술탄이 새로 즉위하면, 선왕의 하렘에 있던 여자들은 정실이든 애첩이든 관계없이 전부 '애첩 무덤'에 갇히는 게 관습이니까."

"그러니까 무스타파가 살아 있는 한, 셀림한테는 왕세자의 지위도 돌아오지 않는다는 얘기로군."

"그래. 그러니까 언젠가는 무스타파가 살해되는 일이 벌어질 걸세."

"하지만 무스타파는 백성들의 인기가 높다고 들었고, 예니첼리 군단도 무스타파를 강력하게 지지하고 있다던데?"

"그것만이 아니야. 이브라힘 재상이 뒤에 버티고 있어. 그리고 무엇보다도 쉴레이만이 법을 굽히는 건 생각지도 않을 거야."

"그렇다면 로사나가 야망을 실현하는 건 거의 불가능하다는 얘기가 되지 않나. 그 여자는 단지 술탄을 독차지하고 싶었던 게 아닐까. 그거라면 이미 실현했고, 쉴레이만은 아직 30대 중반의 젊은 나이야. 다음 술탄이 즉위하려면 앞으로 수십 년은 걸리겠지. 그동안 무스타파한테 무슨 일이 일어날 가능성도 있고······. 지금 무리를 거듭해서 쉴레이만의 총애를 잃을 위험을 무릅쓰기보다는 때를 기다리는 편이 영리한 방법일 것 같은데."

알비제는 이 말에 동의하지 않는 모양이었다.

"아니, 내 생각에 그 러시아 여자는 때를 기다려도 그냥 기다리는 게 아니라, 하나씩 도박을 하면서 시간이 지나기를 기다리는 유형의 인간이 아닌가 싶어. 그러니까 문제는 그 도박이 무엇이냐 하는 거야."

마르코는 갑자기 머릿속이 명쾌해진 듯한 기분을 느꼈다.

"자네 추리에 따르면, 그 여자가 원하는 건 결국 셀림이 술탄에 오르는 거니까, 그 전에 셀림은 왕세자 자리를 얻어야 돼. 그러기 위해서는 걸림돌이 되는 무스타파를 죽여야겠지. 거기까지는 나도 자네 의견에 동감이야.

이렇게 결과부터 거꾸로 거슬러올라오면, 그 다음 순서는 이브라힘에 대한 대책이 될 것 같군. 로사나가 이브라힘을 회유하는 데 성공할지, 아니면 교섭이 결렬될지는 모르지만 말야.

그렇다 해도 이브라힘을 잃는 건 우리한테는 큰 타격이야. 법과 질서를 지키려는 쉴레이만의 정신은 얼마나 믿을 만한가."

알비제는 대답하지 않았다. 하지만 그후 한 달도 지나지 않은 초가을, 톱카피 궁전의 '러시아 여자'는 두 사람이 상상도 못한 일을 실현시켰다.

하렘의 안과 밖

*아무리 사랑하는 여자의 소원이라지만, 쉴레이만도 간단히
들어줄 수 없었다. 그러나 '러시아 여자'는 포기하지 않았다.*

　흑인 내시들에 의해 세상과 격리되어 있는 하렘 안에서 일어난 사건은 대개는 수도 콘스탄티노플에 사는 사람들의 화젯거리가 되지 않는다. 빼어난 미녀가 술탄에게 헌상되어도 투르크 제국의 술탄이니까 당연하고, 처첩 가운데 하나가 죽어서 하렘 밖으로 실려나와도 노예 여자에게는 무덤조차 만들어주지 않는 게 관례였다.

　또한 소문이라는 것은 이런 일에 특별한 관심을 갖는 여자들이 없으면 금방 사라져버린다. 투르크 여자들은 집안에 틀어박혀 지내는 것이 보통이었고, 시내 여기저기에 있는 공동 목욕탕에서는 소문이 생겨났다가도 금세 수증기 속으로 사라져버리곤 했다.

　그런데 하렘에서 번져나와 시내 전역에 퍼진 이번 소문은 여자들보다 남자들의 관심을 끌지 않을 수 없었다. 이슬람교도라는 것에 긍지를 가진 투르크 남자들은 그 소문을 듣고 한결같이 눈살을 찌푸렸다.

"술탄이 정식 결혼을 한다는 얘기야?"

"노예를 자유의 몸으로 해주고, 게다가 왕비로까지 만들어줄 모양이야."

6세기 전에 투르크의 술탄은 정식 결혼을 하지 못하도록 규정되었고, 그후 이 규정은 16세기인 당시까지 줄곧 엄격하게 지켜져왔다. 투르크 민족이 아직 소아시아의 유목민이던 시절, 술탄의 아내가 적의 포로가 된 이후의 일이다. 그때 포로로 잡힌 술탄의 아내는 발가벗겨진 몸으로 적장의 식사 시중을 들도록 강요당했다. 투르크 민족에게 이런 굴욕적인 사태가 두 번 다시 일어나지 않도록, 그후 술탄의 정식 결혼이 금지된 것이다.

아무리 화려하게 치장한 제1부인도 공식 신분은 하렘의 여자 노예에 불과하다. 노예 신분이라면 몇 명이 포로가 되어 알몸으로 적의 시중을 들어도 술탄의 체면은 손상되지 않는다는 생각일 것이다. 자신을 정비(正妃)로 삼아달라고 졸라댄 로사나는 투르크 민족이 발생한 이후 줄곧 지켜져온 관습에 도전한 셈이다.

아무리 사랑하는 여자의 소원이라지만, 이 요구는 쉴레이만도 간단히 들어줄 수 없었다. 그러나 로사나는 포기하지 않았다. 하렘에 있던 다른 여자들은 정식 결혼을 하여 나갔는데, 세계 최고의 권력자에게 사랑받고 있는 자기만 노예 신분에 묶여 있다면서, 쉴레이만을 계속 졸라댔다. 그리고 한편으로는 이슬람교의 고위 성직자들에게 많은 돈을 바쳐, 투르크 법률을 어기는 것을 눈감아달라고 청탁했다. 반대의 목소리는 일어나기도 전에 잠잠

해졌다. 결국은 쉴레이만도 굴복하고 말았다. 이슬람교의 고위 성직자들 앞에서 술탄은 이렇게 선언했다.

"이 여인을 자유의 몸으로 하겠노라. 그리고 알라와 예언자 마호메트에게 맹세코 이 여인을 내 아내로 삼겠노라. 이 여인에게 속한 것은 모두 공식적으로 이 여인의 소유가 된다는 것도 선언하노라."

톱카피 궁전에서 치러진 결혼식은 간소했지만, 이튿날부터 일주일 동안 계속된 축하연은 이런 일을 처음 겪는 투르크인들과 투르크 주재 외국인들을 깜짝 놀라게 할 만큼 호화로운 것이었다.

비잔틴 시대의 유물인 대경기장에서는 날마다 갖가지 행사가 차례로 벌어졌다. 귀빈석의 절반은 페르시아풍 쇠살문으로 칸막이 되어, 왕비 로사나와 시녀들도 행사를 구경할 수 있도록 되어 있었다.

이제 왕자가 된 로사나의 아들들에게도 술탄 곁에 자리를 차지한 왕세자 무스타파의 옆자리가 제공되었다. 술탄을 사이에 둔 이쪽에는 각국 대사와 영사들이 즐비하게 앉아 있었다. 술탄의 바로 오른쪽, 외교사절단 가운데 가장 높은 자리에는 베네치아 공화국의 젠 대사가 앉았다. 날마다 계속되는 행사에 다소 진저리가 난 얼굴을 하고 있지만, 그래도 참석하지 않을 수는 없었다. 부관 마르코의 자리는 대사 바로 뒤였다.

투르크의 고위 성직자들도 근엄한 얼굴로 줄지어 앉아 있었다. 궁정 고관들도 이브라힘 재상을 비롯하여 한 사람도 빠짐없이 참석했다. 콘스탄티노플에 사는 유력자들도 웬만큼 이름이 알려진 사람은 모두 초대를 받고 참석해 있었다. 물론 알비제 그리티의 모습도 언제나 그들 틈에 끼여 있었다.

콘스탄티노플 전체가 결혼을 축하하기 위해 모인 것이다. 쇠살문으로 가려져 있어서 축하 인사를 직접 받을 수는 없지만, 또한 온몸을 치장하고 있는 값비싼 보석을 자랑할 수도 없지만, 노예 여자였던 로사나의 멋진 승리였다.

대경기장이 원래의 텅 빈 공간으로 돌아간 지 며칠 뒤인 어느 날 밤, 알비제 그리티의 저택에서는 연회가 열렸다. 연회를 베푼 이유는 겉으로는 그리티 통령의 73회 생일을 축하한다는 것이었다. '군주의 아들'인 알비제가 자기 저택에 대사를 비롯한 베네치아 대사관 사람들을 초대하기에는 안성맞춤인 이유였다.

하지만 이는 어디까지나 겉으로 내세운 이유였다. 초대받은 사람들은 참으로 교묘하게 작은 그룹으로 나뉘어 제각기 따로 식사를 하고, 그날은 온종일 사냥이라도 즐기도록 계획되어 있었다. 젠 대사와 부관 마르코, 그리고 알비제 세 사람만 도중에 모습을 감추어도 아무도 수상쩍게 여기지 않도록 하기 위해서였다.

세 사람이 틀어박힌 곳은 투르크 양식으로 꾸민 그 분수방이었다. 분수의 물줄기 소리가 밀담의 비밀을 지켜준다. 마르코는 이 방은 밀담에도 어울리지만, 그보다는 밀회에 더 적합하지 않을까 하고 당찮은 생각을 하다가, 문득 그런 자신을 깨닫고 그만

쓴웃음을 짓고 말았다. 밀회를 생각한 순간 베네치아에 있는 올림피아가 떠올랐기 때문이다.

알비제가 마르코를 위해 준비해준 여자 노예는 카프카스 출신의 미녀였지만, 그녀의 육체를 탐한 뒤에는 달리 할 일이 없는 게 마르코는 불만이었다. 알비제한테 그 이야기를 했더니, 친구는 냉담한 목소리로 "나는 그게 좋아" 하고 대답했을 뿐, 더 이상 아무 말도 하지 않았다.

이날 밤 분수방에는 왠지 모르게 전선의 참모본부를 연상시키는 분위기가 감돌았다. 피에트로 젠 대사와 마르코 단돌로, 알비제 그리티 세 사람은 제각기 지팡구제 사방침에 몸을 맡긴 편안한 자세를 취하고 있었지만, 세 사람 사이에는 낮은 목소리로 짧게 토막난 대화가 거듭되었다.

세 사람은 베네치아의 CDX(10인 위원회)가 암호문으로 보내온 서유럽 정세를 분석하고 있었다. 독일(신성로마제국) 황제이자 에스파냐 왕이기도 한 카를로스의 세력 증대가 최신 정보를 토대로 논의되었다. 10년 전만 해도 불길한 예감에 불과했던 것이 이제 현실로 나타나고 있었다. 게다가 누구나 카를로스와 숙적이라고 여기던 프랑스 왕 프랑수아 1세와 카를로스가 접근할 낌새까지 감돌기 시작했다.

이런 정세에서 베네치아 공화국은 무슨 일이 있어도 고립만은 피해야 한다. 통상에 바탕을 둔 국가이고 영토와 인구로 보면 소국에 불과한 베네치아가 고립된다는 것은 곧 국가의 멸망을 의미하기 때문이다.

카를로스에 대항할 수 있는 세력은 동쪽의 투르크밖에 없다. 투르크와 우호적인 상태를 유지하는 것, 이것이야말로 지금의 베네치아에는 지상 과제였다. 하지만 투르크 궁정 안에서는 '베네치아인'이라는 별명으로 불릴 만큼 베네치아에 우호적인 이브라힘 재상이 요즘 들어 과거와 같은 확고한 기반을 잃고 있었다.

로사나 왕비의 등장은 술탄 쉴레이만에게 영향력을 행사할 수 있는 인물이 이브라힘 이외에 또 한 사람 출현한 것을 의미했고, 이브라힘에 대한 암살미수 사건은 이제까지 숨어 있던 그의 적이 표면에 나타났음을 의미한다.

세 사람의 밀담에서는 이 두 가지가 같은 뿌리에서 나온 것인지 어떤지 우선 진지하게 논의되었다. 젠 대사나 부관 마르코는 거기에 관한 확실한 정보를 한시라도 빨리 조국에 보낼 의무가 있었다. 그리고 그 정보를 제공할 수 있는 인물은 단 한 사람, 이브라힘 재상과 친구인 동시에 톱카피 궁전의 하렘 깊숙이 첩자를 잠입시키고 있는 알비제밖에 없었다.

대사는 노인이라고는 생각할 수 없는 날카로운 시선을 알비제에게 돌렸다. 마르코도 친구의 얼굴을 뚫어지게 바라본 채 그의 말을 기다렸다.

"결론부터 말하면, 이브라힘은 로사나가 이번에 왕비로 즉위하는 문제에서는 결국 타협했습니다. 처음부터 일관되게 반대했지만, 마지막에는 타협할 수밖에 없었던 모양입니다. 다만 조건을 달았습니다.

반대한 이유는 술탄의 후궁이 왕비가 됨으로써 발언권이 강해질 위험을 우려했기 때문입니다. 따라서 이브라힘이 내세운 조건도 왕세자 무스타파의 지위를 확고부동하게 하라는 것이었습니다.

　쉴레이만은 이 조건을 수락했습니다. 마지못해 받아들인 게 아니라, 자신의 후계자는 무스타파밖에 없다고 쉴레이만도 믿고 있기 때문일 겁니다. 로사나한테도 다짐을 받았답니다.

　이런 사실로 미루어, 왕비 로사나와 재상 이브라힘 사이에 공동전선은 성립되어 있지 않다고 나는 보고 있습니다. 이 두 사람 사이에는 얼마 전부터 줄다리기 비슷한 관계가 계속되고 있는 것 같습니다."

　대사는 한마디도 끼어들지 않는다. 통령의 아들을 지그시 바라보고 있을 뿐이다. 알비제가 말을 이었다.

　"이브라힘이 왕세자를 지지하는 이유는, 그가 지금까지 보여준 언행으로 보아 두 가지를 상정할 수 있습니다. 첫째는 왕세자 무스타파의 자질이 뛰어나다는 것. 게다가 예니첼리 군단과 백성들도 무스타파를 좋아하고 있습니다.

　두번째 이유는 투르크 제국의 장래를 걱정하는 이브라힘의 충정입니다. 이브라힘의 입장에서 보면, 쉴레이만은 어부의 아들에 불과했던 자기한테 지금과 같은 지위를 부여해준 은인입니다. 그런만큼 쉴레이만의 나라인 투르크 제국에 쉴레이만이 바라는 장래를 약속할 수만 있다면, 이브라힘은 무슨 짓이든 할 겁니다.

이브라힘이 생각하고 실행하는 일을 단지 노예 출신의 야심으로만 돌린다면 판단을 그르치게 됩니다. 피지배 민족인 그리스인이라도 지배 민족인 투르크인보다 더 강한 애국심을 가질 수 있다는 것을 단일민족 국가인 베네치아 사람은 이해하기 어려울지도 모르지만 말입니다."

마지막 부분은 마르코에게 알비제의 혼자말처럼 들렸다. 하지만 대사의 표정은 변하지 않는다. 대사는 여전히 날카로운 시선을 알비제에게 쏟은 채 처음으로 입을 열었다.

"'러시아 여자'는 무스타파가 왕세자의 지위를 유지한다는 조건을 아무런 반대 조건도 달지 않고 순순히 받아들였나?"

"물론 반대 조건을 내거는 건 잊지 않았습니다. 이브라힘한테 직접 들은 얘기인데, 로사나는 무스타파가 성년이 되자마자 자기 딸과 결혼시키고, 무스타파가 술탄에 즉위한 뒤에도 자기 아들들의 신변 안전을 보장하라고 요구했답니다. 쉴레이만과 이브라힘은 이 조건을 수락하고, 서약서까지 작성해서 보증했다더군요. 이브라힘은 로사나도 이걸로 만족할 수밖에 없을 거라고 말했습니다."

70대 중반인 젠 대사는 "그래?" 하고 말했을 뿐이지만, 알비제의 눈은 짙은 초록빛으로 반짝거렸다.

"쉴레이만은 아직 서른네 살의 젊은 나이입니다. 이브라힘도 서른다섯 살이구요. 그래서 생각할 수 있는 일이지만……."

알비제는 낮은 탁자 위에 놓인 술잔으로 손을 뻗었다. 거기에는 호박색 액체가 가득 담겨 있었지만 지금까지 손을 대지 않은 채 놓여 있었다. 알비제는 그것을 집어들고 단숨에 들이켰다. 송진 냄새가 풍겼다. 대사도 시선은 알비제에게 못박은 채 호박색 포도주를 입에 댔다.

"우리도 지금까지처럼 이브라힘의 친베네치아적 성향에만 의존할 수는 없을 것 같습니다. 제가 수집한 정보에 따르면, 아무래도 로사나는 이브라힘에 반대하는 순수 투르크인 유력자들과 제휴한 모양입니다. 이브라힘에 대한 술탄의 신뢰가 흔들리지 않는 지금으로서는 물밑의 움직임에 불과합니다만, 이브라힘이 주의해야 할 사태인 것은 분명합니다. 그래서 말인데요. 이브라힘에게 닥친 위기가 오히려 우리에게는 좋은 기회라고 볼 수는 없을까요?"

"그렇게 볼 수 없는 것도 아니겠지."

대사가 짤막하게 대꾸했다. 그러자 알비제는 다그치듯 말했다.

"그러니까 앞으로는 우리가 적극적으로 움직여야 한다고 생각합니다."

대사의 눈이 번쩍 빛났다.

"적극적으로 움직인다는 건 무슨 뜻인가?"

알비제는 대답하는 대신, 융단 위에 떨어져도 깨져버릴 것처럼 섬세하게 만들어진 베네치아산 술잔으로 다시 손을 뻗었다. 호박색 액체가 가까워지자, 그의 눈은 거기에 호응하듯 초록빛이 더욱 짙어졌다.

"쉴레이만이 동유럽을 노리고 있다는 것은 널리 알려진 사실입니다.

쉴레이만은 술탄에 즉위한 지 1년 뒤인 1521년에 베오그라드를 영유하는 데 성공했습니다. 그 직후 헝가리와 오스트리아를 공략할 준비에 착수했기 때문에, 투르크가 빈으로 쳐들어가는 게 아닌가 하고 유럽 전역이 야단법석을 떨었지요.

하지만 그후 한동안 쉴레이만의 시선은 동지중해로 돌려진 듯했습니다. 1522년에 로도스 섬을 공략한 것은 그 수확이지요. 한데 1525년이 되자마자 쉴레이만의 눈길은 다시 동유럽으로 돌려집니다. 그해에 쉴레이만은 투르크의 위협에 겁을 먹은 헝가리 왕의 제의를 받아들여 7년 간의 불가침조약을 맺었습니다.

그러나 유럽이 안심한 것도 잠시뿐, 이듬해인 1526년에는 헝가리 전선이 무너져 헝가리 왕은 전사하고 투르크 군대는 빈에 바싹 다가갔습니다. 오스트리아를 다스리는 합스부르크 왕가도 투르크를 막아내는 일에 진지하게 임하지 않을 수 없게 되었지요.

그리고 2년이 지난 올해, 왕위를 노리는 헝가리 내부의 반합스부르크파는 쉴레이만과 우호조약을 맺어 왕위를 확고하게 만들려고 획책하고 있습니다. 이제 헝가리는 사실상 투르크의 속국이 된 것이지요.

하지만 속국을 계속 속국으로 남아 있게 하려면 군대를 주둔시킬 필요가 있습니다. 이 일은 이브라힘이 맡아야 합니다. 하지만 이브라힘은 반대파를 견제하기 위해서라도 수도를 떠날 수가 없습니다. 그렇다면 이브라힘 대신 누군가가 군대를 이끌고 헝가리로 가면 됩니다. 투르크가 다시 빈에 다가가면, 카를로스는 이탈리아에서 자유롭게 움직일 수 없게 됩니다. 그 일을 제가 하고 싶습니다."

"자네는 베네치아 공화국 통령의 아들이라는 걸 잊었나!"

대사가 큰 소리로 말했다.

"여기서는 군주의 아들이지만, 베네치아에서는 사생아일 뿐입니다."

알비제는 억누른 목소리로 나지막하게 대답했다. 침묵이 실내를 무겁게 덮쳐 눌렀다. 세 사람 다 한마디도 하지 않았다. 하지만 마르코는 대사도 자기와 똑같은 생각을 하고 있다고 확신했다.

나는 첩의 자식, 즉 사생아니까 베네치아 공화국과는 아무 관계도 없다고 주장할 수 있다. 게다가 그걸로 베네치아는 이익을 얻는다. 알비제의 말에는 이런 암시가 들어 있었다.

시간이 잠시 흐른 뒤, 피에트로 젠 대사의 무겁지만 단호한 목소리가 팽팽하게 긴장된 공기를 흔들었다.

"그건 내가 이러쿵저러쿵 말할 수 있는 문제가 아닐세. 결정을 내릴 권한도 나한테는 없어. 단돌로에게도 없네. 결정권은 CDX만이 갖고 있네. 그러니까 마르코 단돌로, 자네는 서둘러 베네치아로 떠나주게. 알비제도 CDX의 결정이 내려질 때까지는 행동에 나서는 걸 삼가주게."

마르코는 대사의 판단에 동의했다. 하지만 그는 친구의 눈 속에서 어두운 빛이 번득이는 것을 놓치지 않았다.

러시아 인형

"베네치아로 돌아가거든 이걸 그 여자한테 전해주게."
상자 안에는 남자용 반지가 들어 있었다.

마르코는 참으로 이상한 광경 속에서 콘스탄티노플을 떠났다. 때문에 그의 출항에 주의를 기울인 사람은 아무도 없었다.

마르코는 들것에 누운 채 배를 탔다. 들것 양옆에는 대사와 알비제가 바싹 붙어서 선착장까지 배웅했다. 중병에 걸려 급히 본국으로 송환되는 형식을 취한 것이다. 얼마나 그럴듯했는지, 이브라힘 재상은 마르코에게 위문품까지 보내왔다.

마르코를 태우고 갈 갤리선은 알비제가 제공한 전용선이다. 환자는 이 배로 코르푸 섬까지 간 다음, 그곳에서 베네치아 선박으로 갈아탄다. 이것도 대사가 코르푸 섬 총독에게 이미 연락해 두었다. 다만 임기가 끝나기 전에, 더구나 후임자가 도착하는 것도 기다리지 않고 갑자기 귀국하는 것이어서, 이런 점에 대해 세심한 주의가 필요했다.

대사와 알비제는 선실까지 '환자'를 바래다주었다. 콘스탄티노플 최고의 상인인 알비제의 전용선인 만큼 선실은 더없이 사치스러웠다. 선실은 고물 쪽에 마련되어 있었는데, 그 널찍한 방에는 바다를 향해 열린 창이 두 개 있었다. 알비제는 배를 제공했을 뿐만 아니라 하인도 제공했다. 들것에 실린 채 선실로 들어간 마르코는 알비제의 하인인 투르크 젊은이가 있는 것을 보고 깜짝 놀랐다.

"이 녀석이라면 절대로 신용할 수 있어. 선원이며 노잡이들도 오랫동안 내 밑에서 일하고 있는 자들이니까 괜찮겠지만, 그래도 모르니까 코르푸에 도착할 때까지는 갑판을 산책하거나 하진 말게."

알비제의 말에 대사는 처음으로 웃으며 한마디했다.

"이런 것을 두고 '황금의 유폐'라고 하는 걸세."

그러고는 두 사람을 남겨두고 선실에서 나갔다. 알비제는 침대에 걸터앉은 마르코 곁으로 다가가 친구의 손을 잡고, 그 손바닥에 작은 상자 하나를 밀어넣었다.

"베네치아로 돌아가거든 이걸 그 여자한테 전해주게."

알비제가 열어 보인 상자 안에는 남자용 반지가 들어 있었다. 에메랄드를 박은 금반지였다. 에메랄드 표면에 그리티 가문의 문장이 새겨진 반지, 언제나 알비제의 손가락에서 빛나고 있던 그 반지였다. 마르코는 저도 모르게 친구의 손가락을 보았다. 손가락에는 아무것도 없었다.

선주의 전용 선실인 만큼 부족한 것은 하나도 없다. 하인용 선실도 바로 옆에 있고, 전용 부엌까지 딸려 있었다. 투르크 젊은이의 시중도 흠잡을 데 없이 완벽했다. 가을이라 바다도 아직은 잔잔했다.

알비제가 그러라고 명령했는지, 바람이 부는데도 노잡이들은 손을 쉬지 않았다. 갤리선은 빠른 속도로 에게 해를 남하했다. 갑판에 나갈 수 없는 게 다소 갑갑하긴 했지만, 선실이 워낙 쾌적해서 별로 괴롭게 느껴지지는 않았다.

알비제는 사랑하는 여인에게 왜 하필이면 반지를 선물하려는 것일까. 출발할 때 물어볼 수도 있었지만, 알비제가 너무 갑작스럽게 손바닥 안에 밀어넣었기 때문에 미처 질문할 생각도 못했다. 하지만 그때 물어봤다 해도 친구는 과연 대답해주었을까.

이 반지는 예사 선물이 아니다. 무엇보다 남자용이니까 여자가 낄 수는 없다. 게다가 값을 짐작할 수도 없을 만큼 커다란 에메랄드 표면에 그리티 가문의 문장이 새겨진 이 반지는 알비제의 손가락에 끼워져 있을 때부터 누구나 눈이 휘둥그래질 만큼 훌륭하고 특별난 것이라서, 한 번 본 사람은 결코 잊을 수 없는 물건이었다. 알비제는 투르크식 의상을 입을 때건 베네치아식 차림을 하고 있을 때건 이 반지만은 손가락에서 떼어놓은 적이 없었다.

알비제는 무언가를 생각하고 있다. 죽마고우인 나한테도 털어놓을 수 없는 무언가를 마음 속에 지니고 있다. 그게 무엇인지는 마르코도 몰랐지만, 친구가 마음 속에 무언가를 지니고 있는 것만은 확실했다. 그리고 지금 그것을 실행에 옮기려 하고 있다. 마음의 의지가 되어온 이 반지를 사랑하는 여자에게 선물하는 것은 작별 인사일까.

마르코는 친구가 자기한테 모든 것을 털어놓지 않은 게 아닐까 하는 의심을 처음으로 품었다. 그렇게 느낀 순간, 알비제의 저택에서 나눈 대화가 생각났다.

베네치아 국내에 있는 반그리티파의 움직임에 대해 이야기하고 있을 때였다. 마르코는 문득 떠오른 생각을 깊이 생각해보지도 않고 친구에게 말했다.

"산 마르코 종루에서 몸을 던져 죽은 사람이 있었지. 혹시 자네가 죽인 거 아냐?"

알비제는 그답지 않게 놀란 얼굴을 마르코에게 돌리고는 눈을 똥그랗게 뜬 채 잠시 바라보고 있다가, 쾌활하게 웃더니 대답했다.

"죽인 건 내가 아니야. 내가 죽이게 한 것도 아니고. 하지만 죽일 이유는 나한테도 있었다네. 그리고 CDX에도 있었지."

이것은 10인 위원회의 극비 자료에도 없었던 사실이라서 마르코는 금시초문이었다. 마르코는 친구의 눈에서 시선을 떼지 않고 다음 말을 기다렸다.

"'밤의 신사들'의 형사였던 그 사내는 언제부턴가 내가 '부끄러워하는 거지'로 변장한 걸 알아차린 모양이야. 게다가 꽤 오랫동안 나를 미행하기도 한 모양이고. 하루는 그 형사가 나한테 말을 걸어왔다네. '부끄러워하는 거지'한테는 말을 걸지 못하게 되어 있는데도 말야. 하기야 주위에 아무도 없는 좁은 골목이었지만.

그가 그러더군. 내가 드나드는 장소며 만나는 사람들도 모두 알고 있다고. 프리울리 부인과의 관계까지 알고 있다고. 그렇긴 하지만, 반그리티파의 두목인 프리울리 의원을 찾아가서 모든 것을 폭로하는 것까지는 생각하지 않고 있다고 하더군. 그 대신 돈을 내놓으라는 것일세."

"그래서 자네는 어떻게 했나?"

"내가 흔들리는 모습을 보이면 협박은 끝이 없을 테니까, 나는 일단 그 제의에 응하는 척했지. 우선 그렇게 해서 시간을 벌어야겠다고 생각한 걸세. 그 여자에 관한 것말고는 CDX 위원들한테도 모두 털어놓았다네. 물론 당장 그 형사의 신변을 철저히 조사하게 했지. 그렇게 해서 알아낸 사실인데, 그 형사한테 협박당한 게 나 한 사람만이 아니었네. 그게 누군지 아나?"

마르코는 말없이 고개를 가로저을 뿐이었다. 그러자 알비제는 그답게 장난스러운 웃음을 지으며 말했다.

"올림피아야. 자네 애인인 창녀 올림피아."

마르코는 머리카락이 곤두서는 듯한 느낌이었다. 말문이 막혀 말도 나오지 않았다. 알비제는 그런 마르코에게 독한 투르크산 술을 가득 채운 술잔을 건네주면서 상냥한 투로 말을 이었다.

"올림피아는 당장에, 하지만 은밀히 소환되었네. CDX의 두 위원이 올림피아를 심문했지. 하지만 자네 여자친구는 계속 이런 주장만 되풀이했다네. 로마에 있을 때 자기한테 홀딱 반한 남자들 가운데 교황의 친척이 있었다. 자기가 로마를 떠난 뒤에도 그 남자는 자기 행방을 계속 찾고 있다. '밤의 신사들'의 형사가 그걸 알고는, 돈을 주지 않으면 자기가 베네치아에 있다는 것을 로마의 그 남자한테 알리겠다고 위협했다…….

물론 CDX는 처음부터 믿지 않았지. 하지만 조사를 진행하는 도중에 그 형사한테 협박당한 인물이 또 하나 떠올랐다네. 이 사람은 몰락했던 시절에 '부끄러워하는 거지' 노릇을 하며 연명한 전력이 있지만, 지금은 큰 직물공장을 갖고 있는 사람이었지. 그런 일이 진행되고 있던 어느 날 아침, 그 형사가 산 마르코 종루에서 떨어져 죽은 것일세.

누가 죽였는지는 전혀 몰라. 다만 그 형사가 죽어준 덕분에 안도감으로 가슴을 쓸어내린 사람은 현재 알고 있는 사람만 해도 나와 올림피아, 직물공장 주인, CDX 위원 열일곱 명을 합해서 모두 스무 명이나 돼.

그리고 자네도 잘 알다시피 그 형사는 질이 나빴어. 그밖에도 협박당한 사람이 있을지 모르잖나. 그렇게 되면 협박당한 사람의 수는 훨씬 늘어나겠지. 게다가 자살했을 가능성도 전혀 없진 않네."

마르코는 이제야 겨우 나오는 목소리로 단호하게 말했다.

"자살만은 절대로 생각할 수 없어. 그런 인간이 자살할 리가 없네."

알비제는 마르코의 눈 속을 들여다보며 천천히 대꾸했다.

"그럴까? 자네는 '밤의 신사들'의 서장을 세 번이나 지냈기 때문에 머릿속이 경찰식으로 바뀌어버린 게 아닐까.

동기라는 건 자네들이 흔히 생각하는 객관적인 기준에 따라 분류되는 것뿐이라고는 할 수 없어. 동기는 사람마다 달라. 똑같은 이유라도 어떤 사람한테는 살인까지 저지를 이유가 안되지만, 다른 사람한테는 충분히 남을 죽일 이유가 되지.

자살 동기도 마찬가질세. 자네한테는 전혀 자살할 이유가 안되는 동기, 자살 따위는 생각할 수도 없는 이유일지라도 나한테는 자살할 이유가 될지도 몰라. 또한 자네와 나한테는 어처구니없는 이유로밖에 여겨지지 않는 원인이 그 사내한테는 종루에서 몸을 던지는 결과를 초래했을지도 모르지. 경찰 수사가 벽에 부닥치는 건 원래 주관적일 수밖에 없는 동기에 객관적인 기준을 적용하려들기 때문이 아닐까."

마르코는 이제 아무래도 좋다는 기분이었다. 자살이든 타살이든, 죽은 것은 인간 쓰레기다. 그러나 올림피아가 이 사건과 관계가 있었다는 사실은 마음 속 깊은 곳에 달라붙어 떠나지 않았다.

마르코는 콘스탄티노플의 그란 바자르의 어느 상점에서 본 러시아 인형(마트료시카)이라고 불리는 장난감을 생각하고 있었다. 재료가 무언지는 모른다. 어쩌면 종이를 여러 장 겹겹이 붙여서 굳힌 것인지도 모른다. 길이는 20센티미터쯤 되고, 표면에 인형의 모습이 그려져 있다. 표정은 소박하고, 옷도 러시아의 시골 사람들이 입는 차림일 것이다.

하지만 이것은 마르코가 옛날에 이집트의 알렉산드리아에서 본 적이 있는 미라 관과 비슷한 구조로 되어 있다. 둘로 나누면 그 안에서 똑같은 얼굴에 똑같은 차림의 인형이 나타난다. 이것을 몇 번 되풀이하는 동안 인형도 점점 작아져서, 마지막에는 새끼손가락만큼 작은 인형이 나오는 장난감이었다.

상점 밖에서 러시아 인형을 만지작거리고 있자, 물건에 관심이 있는 손님인 줄 알았는지 주인인 듯한 사내가 마르코를 가게

안으로 데려가더니, 이건 특별한 물건이라고 말하면서 러시아 인형 하나를 보여주었다.

이것도 구조는 여느 인형과 같았다. 쾌활한 웃음을 짓고 있는 소박한 얼굴도 여느 인형과 마찬가지였다. 하지만 둘로 갈랐을 때 그 속에서 나온 두번째 인형은 얼굴도 다르고 차림도 달랐다. 세번째 인형도, 네번째 인형도, 그 다음에 나온 인형들도 마찬가지였다. 둘로 가를 때마다 앞서 나온 인형과는 다른 인형이 나오는 것이었다.

그런데 얼굴과 옷차림이 전혀 다른 인형들이 차례로 나타나는 것에 정신이 팔려 처음 얼마 동안은 깨닫지 못했지만, 제각기 다른 그 인형들에도 일종의 공통점이라고 말할 수 있는 게 한 가지 있었다. 그것은 얼굴 표정의 변화였다. 첫번째 인형의 쾌활하게 웃는 표정이 조금씩 슬픈 표정으로 바뀌어가는 것이다. 두번째 얼굴에서는 웃음이 사라지고, 세번째 얼굴에는 슬픔이 약간 나타나고, 네번째에서는 슬픔이 좀더 깊어지고······. 이런 식으로 둘로 가를 때마다 안에서는 비탄의 정도가 점점 심해지는 인형이 나타났다. 나중에는 눈물까지 흘리더니, 마지막에는 절망으로 일그러진 얼굴, 절망이 심중에 차곡차곡 쌓인 사람이 죽음을 눈앞에 두고 있을 때와 같은 얼굴이 나타났다.

그런데 이게 마지막이 아니었다. 마지막인 줄 알았던 마르코의 눈앞에서 가게 주인은 그것을 다시 둘로 갈랐다. 안에서 나온 것은 새끼손가락만한 인형이었다. 이 인형의 얼굴은 지금까지와는 전혀 다르게 웃는 표정이었다. 하지만 그 웃음은 첫번째 얼굴처럼 쾌활한 웃음이 아니었다. 쓴웃음이라고 말하는 편이 적당한 웃음이었다. 마르코가 보기에는 죽음의 얼굴보다도 이 쓴웃음을 짓고 있는 얼굴이 훨씬 섬뜩하게 느껴졌다.

지난 1년 동안 마르코는 많은 것을 알았다. 하지만 알게 될수록 차츰 안개가 걷히는 것은 아니다. 시야는 확실히 넓어졌다. 그런데도 안개는 점점 짙어가는 듯했다.

얼마 전까지는 자기를 인도해주고 있는 듯이 여겨졌던 알비제도 이제는 짙은 안개에 가려 어렴풋이밖에 보이지 않는다. 안개 저편에서는 쓴웃음을 띤 러시아 인형의 작은 얼굴이 오른쪽에, 또는 왼쪽에 나타났다가 사라진다……. 악몽을 떨쳐버리려고 벌떡 일어난 마르코의 눈앞에 짙푸른 에게 해가 펼쳐져 있었다.

코르푸 섬에 도착하자, 마르코를 베네치아로 데려다줄 배가 기다리고 있었다. 알비제의 전용선에서 내릴 때, 마르코는 여기까지 오는 동안 진심으로 돌봐준 투르크 젊은이를 불러 최소한의 감사 표시로 금화 주머니를 건네주려고 했지만, 젊은이는 굳이 사양하며 받지 않았다. 그래서 선원들에게 나누어주라고 선장에게 건네주고서야 마르코의 마음도 조금 개운해졌다. 하지만 투르크 젊은이와 이대로 헤어질 마음이 나지 않아, 마르코는 그 젊은이를 다시 불러 말했다.

"알비제 곁을 떠나지 않겠다고 약속해다오. 무슨 일이 일어나도 알비제를 바로 옆에서 모시겠다고 약속해다오."

투르크 젊은이는 당연한 일인데 무엇 때문에 일부러 약속까지

해야 하느냐는 듯 한동안 의아한 얼굴로 마르코를 바라보고 있었지만, 결국에는 단호한 어조로 말했다.

"제 목숨은 이미 그분께 맡겨져 있습니다. 그분의 것입니다. 알라 신보다도 술탄보다도 저에게는 그분이 소중합니다. 그러니까 걱정하실 필요는 없습니다."

마르코는 저도 모르게 미소를 지으며, 옆에서 부축해주는 투르크 젊은이의 도움을 받아 배에서 내렸다. 아직은 환자로 가장할 필요가 있었기 때문이다. 베네치아 선박으로 옮겨탄 뒤에는 더 이상 그런 걱정을 하지 않아도 되겠지만.

베네치아에 도착한 것은 가을도 깊어진 어느 날 저물녘이었다. 공무에만 사용되는 쾌속선인 만큼 리도에 있는 외항에서의 검사도 간단히 끝났다. 여기서 석호로 들어오면, 저편에 두칼레 궁전의 정면이 보인다. 마치 바닷물 위에 그대로 서 있는 듯하다. 쪽빛 바다 위에 서 있는 장밋빛의 널찍한 두칼레 궁전은 바다에서 베네치아로 들어오는 이들의 마음을 편안한 부드러움으로 채워주곤 했다.

가까이 다가갈수록 두칼레 궁전의 좌우와 뒤쪽에 펼쳐져 있는 많은 건물이 또렷이 보이게 된다. 우뚝 서 있는 산 마르코 종루의 위용도 하늘로 치솟는 듯한 강한 힘을 거기에 더해주고 있는 듯하다. 그 왼쪽에는 대운하가 입을 벌리고 있었다.

하루 일과가 끝날 무렵이어선지, 바다도 운하 입구도 분주히 오가는 작은 배들로 북적거렸다. 두칼레 궁전에서 오른쪽에 뻗어 있는 선착장에는 돛을 내린 대형 선박들이 옆구리를 대고 늘어서 있었다.

평소의 베네치아가 거기에 있었다. 낯익은 조국이 눈앞에서 숨쉬고 있었다. 그것을 바라보면서 마르코의 마음 속에는 새삼스럽게 조국에 대한 사랑이 솟아났다.

아무리 바닥이 얕은 석호라고는 하지만 원래는 바다였던 곳에 비버처럼 지칠 줄 모르는 근면함으로 세워진 도시가 베네치아다. 콘스탄티노플처럼 더할 나위 없이 좋은 지형을 가진 도시가 아니다. 로마나 파리나 피렌체처럼 지형의 이점을 살려서 건설된 도시도 아니다. 생각해보면, 왜 일부러 이런 곳을 골랐을까 하고 의아해질 만큼 도시를 건설하기에는 어울리지 않는 지형에 세워진 도시다.

하지만 이런 생각을 하고 있던 마르코는 별안간 웃음이 치미는 것을 느꼈다. 통상에서도 외교에서도 전쟁에서도 고생을 하는 건 우리 베네치아인이 타고난 특질이 아닐까 하는 생각이 들었기 때문이다. 선착장에는 마르코가 아는 10인 위원회의 전속 서기관이 마중나와 있었다.

에메랄드 반지

*로마 태생의 창녀는 여러 가지를 이야기했지만
마르코가 알고 싶어하는 한 가지만은 입에 올리지 않았다.*

베네치아에서는 장난으로라도 환자로 가장하기가 불가능한 나날이 기다리고 있었다. 원로원에서는 투르크 정세 전반을 보고했다. 외국에서는 모두 베네치아 공화국의 외교정책을 원로원에서 결정한다고 믿고 있는 만큼, 계속 그렇게 믿도록 하기 위해서라도 외지에서 공무에 종사하다가 돌아온 사람은 반드시 원로원에 보고할 의무가 있었기 때문이다.

그러나 알맹이 보고는 10인 위원회의 밀실에서 이루어졌다. 이 경우에는, 무슨 일이 있을 때마다 암호를 사용한 보고서를 콘스탄티노플에서 보내오기 때문에 겉으로 드러난 사실까지 보고할 필요는 없다. 마르코의 역할은 그런 사실 이면에 있는 움직임에 대한 그 나름의 해석과 분석을 보고하는 것이다.

하지만 가장 중요한 것은 암호문으로도 보고하지 않은 새로운 사실, 즉 투르크 군대를 이끌고 헝가리 원정에 나서겠다는 알비제 그리티의 제안을 10인 위원회에 전하는 것이었다.

이것이 위원회의 분위기를 순식간에 바꾸어놓았다. 남들의 이

목을 사지 않기 위해 일주일에 세 번 열리는 정례 회의에서만 이 문제를 토의하게 되었지만, 회의가 열릴 때마다 밀실에서는 열 띤 토론이 되풀이되었다. 하지만 결론은 아직 나오지 않았다.

그러던 어느 날 밤, 마음에 여유를 가질 수 있을 때까지 기다리기가 지루해진 마르코는 올림피아의 집을 찾아갔다. 로마 태생의 창녀는 얼굴 가득 함박웃음을 지으며 맞아주었다. 이날 밤에는 손님이 마르코뿐이었기 때문에, 마르코는 애인을 독차지할 수 있었다.

반 년 만에 애인을 품에 안자, 아무리 냉정한 마르코도 이 여자가 자기한테 얼마나 잘 어울리는가를 절감했다. 사랑을 나누는 방은 다른 남자들도 드나드는 방일 게 분명하지만, 그런 건 아무래도 좋았다.

두꺼운 비단 커튼이 좌우에 드리워진 대형 침대에 누우면 천장에 그려진 그림이 바로 눈앞에 다가온다. 회랑과 그 위의 하늘을 그린 천장화는 원근법으로 그려져 있어서, 회랑 난간에서 얼굴을 내밀고 있는 사람들이 지켜보는 가운데 사랑을 나누는 듯한 느낌이 든다.

과거에는 이것이 당혹스럽게 느껴졌지만 지금은 그렇지 않았다. 아니, 오히려 정열을 부채질하기까지 했다. 콘스탄티노플에서 지낸 반 년은 나에게 무엇을 가져다주었을까. 마르코는 그것을 멍하니 생각하고 있었다.

콘스탄티노플에 도착한 뒤 알비제의 초대를 받아 그의 저택에 머물고 있을 때, 하루는 알비제가 마르코를 노예시장으로 데려갔다.

콘스탄티노플의 노예시장은 중앙의 넓은 홀을 작은 방들이 빙 둘러싸고 있는 구조로 되어 있다. 작은 방들에는 제각기 성별이나 나이별로 분류된 노예들이 구매자를 기다리고 있다. 그러다가 구매자가 나타나면, 노예들은 중앙의 넓은 홀에 차례로 불려 나와 손님에게 전시된다.

하지만 손님이 알비제라는 걸 알자, 유대인인 노예상인은 두 사람을 시장 밖으로 안내하여 시장 근처에 있는 작은 집으로 데려갔다. 가는 도중에 알비제가 마르코에게 속삭였다.

"말도 최고로 좋은 순종 아라비아 말은 좋은 고객한테만 보여주는 법이지."

그 집에서 본 것은 금발에 푸른 눈을 가진 젊은 여자였다. 카프카스 지방 출신이라고 한다. 금발도 올림피아나 베네치아 여자들처럼 따뜻한 금빛이 아니라, 금속성의 차가운 색깔이었다. 유럽에서도 북쪽에서만 볼 수 있는 금발이다. 피부도 창백할 만큼 하얗다. 노예상인은 두 사람의 눈앞에서 발가벗은 여자를 손으로 만지거나 꼬집으면서, 몸매의 탄력이 얼마나 좋은가를 역설했다. 알비제가 투르크어로 뭐라고 말하자, 여자는 빙그르르 방향을 바꾸어 실팍한 엉덩이를 두 사람에게 드러냈다. 알비제가 아라비아 준마를 고를 때보다 더 냉철하게 물건을 살피는 것을 보고, 마르코는 너무 놀라서 말문이 막혔다. 하지만 흥정이 겨우 매듭지어질 무렵에는 마르코도 역시 여자를 보는 눈이 달라져 있었다. 알비제가 산 여자는 이튿날부터 베이올루 저택에서 살게 되었다. 마르코 전용의 여자 노예가 된 것이다.

베네치아에서 올림피아의 침실 천장화를 쳐다보면서, 마르코는 생각한다. 콘스탄티노플에서 여자에 관해서라면 자기 마음대로 할 수 있는 쉴레이만과 알비제라는 두 남자가 왜 순애와도 비슷한 사랑에 열중하게 되었을까.

올림피아는 사랑을 나눈 뒤에도 마르코 곁을 떠나려 하지 않았다. 두 사람은 대운하가 동쪽에서부터 훤해지기 시작한 새벽까지 눈을 감지 않았다.

로마 태생의 창녀는 여러 가지를 이야기했지만, 마르코가 알고 싶어하는 한 가지만은 입에 올리지 않았다. 마르코도 구태여 캐묻지 않았다. 두 사람의 관계는 피차 거짓말도 하지 않지만 속내를 다 털어놓고 이야기하는 관계도 아니기 때문에 오히려 잘 되어가고 있는지도 모른다고 생각하기까지 했다. 사흘 뒤에는 방문해도 좋다는 허락을 받아둔 프리울리 부인을 오후에 찾아가기로 되어 있다.

베네치아의 10인 위원회는 드디어 알비제 그리티의 제안에 대한 회답을 마무리하려 하고 있었다. 하지만 그것은 10인 위원회의 지령서 형식이 아니라, 아버지가 아들에게 개인적으로 보내는 편지 형식을 취하기로 결정되었다.

베네치아의 국익을 생각하면 알비제의 제안을 함부로 물리칠 수는 없다. 그렇다고 쌍수를 들어 환영하는 것도 국익을 해칠 염려가 있었다. 이런 복잡한 속사정을 감추고 있는 회답은 아버지가 아들에게 보내는 편지 형식을 취하는 편이 적당하다고 판단한 것이다. 편지는 따뜻한 육친의 정을 드러내며 다음과 같이 시작된다.

누구보다도 사랑하는 아들 알비제야. 나에게 너는 아무리 자랑해도 끝이 없을 만큼 충실한 아들인 동시에, 네가 피를 이어받은 베네치아 공화국에도 충성스럽고 자랑스러운 시민이다.

베네치아의 존망에 어느 기관보다도 마음을 쓰고 있는 CDX에 네가 지금까지 오랫동안 투르크군에 관한 자세하고 정확한 정보를 보내온 것이야말로 베네치아에 대한 너의 충성이 진정임을 실증하고 있다.

조국에 대한 너의 공헌은 이것만이 아니었다. 조국이 식량 부족에 시달리고 있으면 흑해 연안 지방에서 많은 밀을 수입하여 그 어려움을 해결해주었다. 그것도 한두 번이 아니었다.

게다가 콘스탄티노플에서의 네 지위를 활용하여, 베네치아 무역상들에게 많은 편의를 보아준 것도 우리는 결코 잊지 않고 있다.

베네치아와 투르크 사이에는 많은 외교적 난제가 놓여 있지만, 너의 중재 덕분에 얼마나 많은 위기를 면할 수 있었는지 모른다. 여기에 대해서도 우리는 한시도 고마움을 잊지 않고 있다.

이번의 네 제의도 네가 아버지인 나와 조국 베네치아를 사랑하는 증거로 받아들였다. 너는 교역이라는 전쟁에서는 달인이지만, 무기를 사용한 전쟁에서는 어떨지 미지수다. 그 미지의 분야까지도 시험해보려는 네 마음 속에 아버지와 조국에 대한 애정이 없을 리는 없기 때문이다.

하지만 여기에 대한 네 봉사는 아버지인 나도 조국인 베네치아도 그렇게 간단히 받아들일 수는 없다. 유럽 정세에 미치는 영향이 너무 크기 때문이다. 강대한 군주 카를로스를 자극하지 않을 리가 없기 때문이다.

하지만 투르크가 오스트리아를 동쪽에서 견제해준다면, 이탈리아에서 카를로스의 행동에 족쇄가 채워질 게 뻔한 것도 사실이다. 그래서 아버지인 나는 가장 사랑하는 아들인 너에게 이런 충고를 해줄 생각이다.

이브라힘 재상을 통해 투르크군의 헝가리 원정을 되도록 일찍 실현할 것. 다만 너는 군대를 통솔하는 일에서 표면에 나서면 안된다.

헝가리 왕위를 노리는 보이보다가 투르크 술탄의 신하로 복속함으로써 왕위를 확보하는 데 네가 뒤에서 작용했다지만, 그런 것은 상관없다. 표면에 나서지만 않으면 무슨 일을 하든 조국에 도움이 되니까 괜찮다.

모든 사정으로 보건대, 헝가리 원정군 총사령관은 역시 술탄 쉴레이만이 맡는 게 가장 현명한 해결책일 것이다. 그러면 투르크군의 헝가리 원정은 그 성과와는 관계없이 위기에 빠진 베네치아를 구하게 되기 때문이다.

나는 벌써 70대 중반이 되어간다. 나날이 심해지는 노쇠를 느끼지 않을 수 없구나. 네가 언젠가 베네치아로 돌아와준다면 얼마나 기쁘겠느냐. 지금까지 네가 조국에 수없이 봉사한 것에 대해 조국 정부는 너에게 1천 두카토의 종신 연금을 주기로 결의했다. 그러면 옛날처럼 부자가 함께 사는 것도 꿈은 아닐 것이다.

안드레아 그리티가
알비제 그리티에게

10인 위원회가 이 편지의 초안을 마련할 때 마르코는 참석하지 않았다. 마르코는 아직 10인 위원회의 위원이 아니기 때문에, 콘스탄티노플에서 돌아온 이후 10인 위원회에 보고할 의무는 있었지만 토의나 투표에 참여할 권리는 없었기 때문이다. 다만 지금까지 그가 맡은 임무 때문에 아버지의 이름으로 보내지는 이 편지의 초안이 마련되고 승인이 난 뒤에는 편지 내용을 알 수 있었다.

편지를 한 번 읽은 뒤, 지금 단계에서는 베네치아 정부의 최고 의결기관인 10인 위원회로서는 이렇게밖에 쓸 수 없을 거라고 생각했다. 하지만 이걸로 충분하다고는 아무래도 생각되지 않는다. 게다가 편지의 마지막 부분에 이르러서는 쓴웃음을 지을 수밖에 없었다. 10인 위원회의 높은 양반들은 알비제가 콘스탄티노플에서 어떤 생활을 하고 있는지 알고 있을까. 그리고 그의 성격을 파악하기나 하고서 이런 결정을 내린 것일까.

베네치아 공화국 정부가 발행하는 국채는 원금이 절대 보장되고 연간 5퍼센트의 이자가 확실히 지불되기 때문에, 다른 나라 군주들까지도 재산을 보전할 목적으로 사들일 만큼 신용이 있었다. 역시 공화국 정부가 지불하는 연금도 유럽에서는 가장 높은 신용도를 자랑하고 있었다.

게다가 종신 연금 액수는 1천 두카토나 된다. 집세를 내고도 50두카토만 있으면 다섯 식구가 1년 동안 보통 생활을 꾸려나가기에는 충분하고, 명성이 자자한 인기 화가 티치아노도 그림 한 장 그려주고 받는 보수가 2백 두카토를 넘지 않는다. 1천 두카토의 종신 연금을 베네치아 정부로부터 받는다면, 안전과 확실성이 평생 보장된 것을 의미한다. 보통은 기뻐하는 게 당연했다.

하지만 마르코는 알비제가 안전과 확실성보다는 위험을, 그리고 그 위험에 따른 더 큰 열매를 바라고 있을 거라는 생각이 들었다. 친구의 눈 속에서 이따금 번득이는 어두운 빛을 본 마르코는 10인 위원회의 위원들처럼 낙관할 수가 없었다.

베네치아는 알비제를 이용하려 하고 있다. 그것도 알비제를 완벽하게 통제하면서 계속 이용하려 하고 있다. 하지만 과연 알비제가 언제까지나 베네치아의 충성스런 시민으로 남아 있을까. 콘스탄티노플에서 알비제가 얼마나 활기차고 자유롭게 움직이고 있는지를 아는 마르코는 이런 상태가 오래 계속될 것 같지 않다는 예감이 들었다. 그리고 그 예감은 점점 강해졌다.

그리티 통령의 아들 알비제에게 보내는 편지는 두 가지 방식의 암호문으로 만들어져, 육로와 해로로 나뉘어 발송되었다. 지금은 항해에 적합하지 않은 겨울로 접어들었기 때문에, 알비제의 답장은 이듬해인 1529년 봄까지 기다릴 수밖에 없었다.

마르코는 약속 시간에 프리울리의 저택 문을 들어섰다. 베네치아에서 수위를 다투는 갑부인 만큼, 밖에서는 짐작조차 할 수 없을 정도로 넓고 푸른 정원을 가진 저택이다. 마르코는 부인용 거실로 안내되었다. 대운하에 면해 있는 이 집의 응접실이 아니라, 정원에 면해 있어서 푸른 나무들 사이로 오후의 햇살이 비쳐드는 조용한 방이었다.

프리울리 부인은 기다릴 새도 없이 나타났다. 오늘은 베네치아 귀부인이 집에 있을 때 입는 편안한 실내복 차림이다. 편안하다 해도 간소한 것은 아니다. 파란 비단옷은 구두에 닿을 만큼 옷자락이 길게 늘어져 있고, 어깨에서 가슴까지 시원스럽게 파인 옷깃은 비스듬한 선을 잘 살린 레이스로 장식되어 있었다. 마치 베네치아 양식으로 지은 아름다운 궁전 맨 위에 늘어선, 메를리라고 부르는 아랍식 장식과 같은 느낌을 준다. 메를리라는 말 자체가 레이스라는 의미이기도 하다.

긴 머리는 몇 가닥으로 나누어 땋아 뒤통수에서 한데 모아 둥글게 마무리되어 있다. 여기에 이마를 가득 덮는 고수머리가 있으면 고대 로마식 머리 모양이지만, 프리울리 부인은 고수머리를 이마에 늘어뜨리지 않고 뒤로 모아서 단정하게 묶는 것을 더 좋아하는 모양이다. 이렇게 하면 지나칠 만큼 단정한 미모가 더욱 더 범접하기 어려운 느낌을 준다. 마르코도 축제나 야회에서 부인을 보긴 했지만, 얼굴을 맞대고 이야기하는 것은 오늘이 처음이다. 게다가 지나치게 고상한 부인의 자태 때문에 마르코는 왠지 말을 꺼내기가 망설여졌다. 하지만 부인은 처음부터 친밀한 태도를 보였다.

"콘스탄티노플에서 당신과 알비제가 무척 가깝게 지냈다는 건 그분의 편지를 읽어서 잘 알고 있어요."

내가 오늘 찾아온 것도 부인에게는 뜻밖의 일이 아니겠군, 하고 마르코는 생각했다. 그렇다면 쓸데없는 설명은 필요없다. 마르코는 알비제한테 부탁을 받았다고 말하면서 작은 상자를 내밀었다. 부인은 그것을 받아들더니, 당연하다는 태도로 뚜껑을 열었다.

하지만 그 순간, 차가울 만큼 고상한 부인의 얼굴이 순식간에 허물어졌다. 아니, 허물어진 건 아니다. 당장에 두 눈을 가득 채운 눈물이 뺨을 타고 흘러내리기 시작했다. 소리는 내지 않았다. 부인은 소리도 없이 울었다. 그 손가락은 작은 상자에서 꺼낸 에메랄드 반지를 애무하듯 언제까지나 만지작거렸다.

이 순간이었다. 마르코의 머리에 직감적으로 한 가지 생각이 번득였다. 이건 선물이 아니다. 두 사람 사이에 미리 약정되어 있는 신호다. 내 방문은 부인에게 뜻밖의 일이 아닌 모양이지만, 작은 상자 속에 들어 있는 물건은 뜻밖의 물건이었다. 부인은 알비제가 여느 때처럼 보석을 선물로 보낸 줄 알고 상자 뚜껑을 열었지만, 그게 아니라는 것을 알고 태도가 달라졌다. 게다가 그것이 중대한 의미를 가진 물건이기 때문에, 마르코가 앞에 있다는 것도 잊고 무심결에 그만 허물어져버린 게 분명했다.

어쩌면 안개를 걷어치울 수 있을지도 모른다. 마르코는 이 좋은 기회를 놓치고 싶지 않았다. 그의 머리는 냉혹할 만큼 맑아졌다.

"알비제가 그 반지를 통해 무슨 말인가를 전해왔군요."

프리울리 부인은 뺨에 눈물 자국이 남아 있는 얼굴을 들었다. 그러고는 그제서야 처음으로 사랑하는 남자의 둘도 없는 친구라는 마르코를 지그시 바라보았다. 이윽고 그녀의 입에서 나온 말은 완벽할 정도의 자제력을 되찾고 있었다.

"예. 그분은 저를 누구보다도 사랑한다는 말을 전해왔습니다."

마르코의 머리는 그것만은 아니라고 말하고 있었다. 하지만 그의 입에서 부인을 추궁하는 말은 나오지 않았다. 그래봤자 헛수고라고 생각했기 때문이다. 아무리 잔혹한 고문을 가해도 부인은 절대로 진실을 털어놓지 않을 터였다.

알비제가 콘스탄티노플에서 보낸 답장은 1529년으로 해가 바뀌자마자 베네치아에 도착했다. 아들이 아버지에게 쓴 편지는 애정이 넘치는 것이었지만, 그 편지 어디에도 헝가리 원정에 가담하지 않겠다는 말은 적혀 있지 않았다.

그리고 그해 5월, 콘스탄티노플에서 날아온 베네치아 대사의 암호문서 한 통이 10인 위원회 사람들의 얼굴을 창백하게 만들었다.

선택의 첫 해

*하지만 담장 위를 어느 쪽으로도 떨어지지 않고 걷는 것과 비슷한
베네치아의 외교가 언제까지나 계속될 수는 없었다.*

1529년 5월, 베네치아의 10인 위원회는 암호문 한 통을 받고 아연실색했다. 콘스탄티노플 주재 베네치아 대사가 지급으로 보낸 그 암호문은 알비제 그리티가 빈을 공략하기 위해 7만 5천 명의 투르크 병사를 징집하고 있다는 내용이었다.

10인 위원회가 아연실색한 것은 그동안 줄곧 키워오면서 상당히 잘 길들였다고 생각한 개한테 갑자기 손을 물린 것과 비슷한 기분을 느꼈기 때문일 것이다.

한 달 전부터 10인 위원회 위원에 복귀한 마르코에게도 콘스탄티노플에서 날아온 이 소식은 예상을 뛰어넘는 것이었다. 알비제가 설마 이렇게 느닷없이 자신의 선택을 공개하리라고는 생각지 않았기 때문이다. 이 점에서는 마르코조차도 알비제의 몸속을 흐르는 베네치아의 피에 지나친 기대를 걸고 있었다.

10인 위원회 회의실에서 한가운데에 앉은 그리티 통령은 침통한 표정을 지은 채 한마디도 하지 않는다. 그 좌우에 늘어앉은 여섯 명의 통령 보좌관들은 원래 그리티와 의견을 같이하는 사

람들이지만, 그들도 창백한 얼굴을 숙인 채 말이 없다. 그 앞에 앉은 열 명의 위원들 중에는 일찍이 한번도 보인 적이 없는 차가운 시선을 통령에게 던지는 사람까지 있었다. 무겁고 답답한 공기가 방 전체를 짓눌렀다.

하지만 나이가 젊어서 말석에 앉은 마르코는 지금이야말로 자기가 나설 차례라고 생각했다. 현재의 10인 위원회에서 콘스탄티노플의 최근 정세를 잘 아는 사람은 마르코 한 사람뿐이었기 때문이다.

마르코 단독으로는 자리에서 일어나, 통령 및 통령 보좌관들과 다른 위원들의 자리를 가르고 있는 몇 미터 너비의 공간으로 걸어나갔다. 거기가 발언자의 무대였다. 낮지만 침착한 마르코의 목소리가 구석구석까지 울려퍼진다.

"알비제 그리티가 나름대로의 선택을 했다고 칩시다. 하지만 우리 베네치아 공화국은 거기에 맞서서 또 하나의 선택을 하기가 불가능한 상태에 있습니다. 전쟁이냐 평화냐를 결정할 수 있는 것은 압도적으로 우세한 군사력을 가진 나라뿐입니다. 베네치아는 이제 그런 군사력을 갖고 있지 않습니다. 이 점을 우선 인식하지 않고는 모든 대책이 헛수고로 끝날 것입니다."

마르코의 발언이 계속되었다. 그는 다음과 같은 제안을 내놓았다.

알비제가 투르크 국내에서 차지하고 있는 지위로 보아도 그와의 관계를 단절하는 것은 베네치아에 불리하다. 하지만 프랑스 왕과 에스파냐 왕 사이에 우호조약이 맺어지고, 에스파냐 왕과

로마 교황 사이에도 강화조약에 따른 관계 개선이 이루어지고 있는 지금, 지리적으로나 문명적으로 유럽 세계에 속하는 베네치아 공화국이 유럽과 적대하는 투르크 제국과 은밀한 관계에 있음을 드러내는 것 역시 베네치아에 불리하다. 따라서 안드레아 그리티 통령은 아들 알비제 그리티와 부자관계가 소멸된 것을 서유럽 쪽에만은 명시할 필요가 있지 않을까.

2년 전인 1527년에 에스파냐 왕 카를로스의 군대가 저지른 '로마 약탈' 이후 승자와 패자의 관계가 된 카를로스와 로마 교황의 특사들은 에스파냐의 바르셀로나에서 강화 교섭을 진행하고 있었다. 고립이야말로 국가의 멸망과 이어진다는 점에 대해서는 모든 위원의 의견이 일치해 있었기 때문에 10인 위원회는 마르코 단돌로의 제안을 한 사람의 반대도 없이 채택했다.

그러면 10인 위원회의 대책은 어떤 것이었을까.

콘스탄티노플 주재 대사에게 암호문 훈령을 보내, 알비제 그리티가 병사를 징집하는 것은 어쩔 수 없다 해도 그 군대의 선두에 서는 것만은 단념하도록 설득하게 한다. 동시에 유럽에 대한 대책도 세우기 시작했지만, 여기서도 역시 직접적인 접근방식은 피했다. 에스파냐 왕 카를로스의 궁정에 주재하고 있는 베네치아 대사에게 훈령을 보내, 그리티의 부자관계가 단절된 것을 왕에게 전하라고는 말하지 않는다. 또한 베네치아에 주재하는 에스파냐 대사를 불러, 이 일을 에스파냐 왕에게 전해달라고 부탁하지도 않는다.

베네치아 원로원 회의장에서 발언에 나선 그리티 통령은 2백 명 가까운 원로원 의원들 앞에서 다음과 같이 말했을 뿐이다. 그 것도 현직 대사인 피에트로 젠의 후임으로 콘스탄티노플에 파견될 신임 대사를 선출하는 도중에 통령으로서 의견을 말해달라는 요청을 받고 발언하는 형식으로 '공표'하는 세심한 배려를 잊지 않았다.

"지금 나는 알비제가 관여하고 있는 일에 대해서는 아무것도 생각하고 싶지 않고, 아무 말도 하고 싶지 않습니다. 알비제를 내 아들이라고 생각할 수 없게 되었기 때문입니다. 부모를 따르지 않는 자식은 더 이상 자식이라고 생각할 수 없지 않습니까. 여러분도 원로원 의원인 동시에 자식의 부모이기도 합니다. 내 심정을 충분히 이해해주시리라 믿습니다."

주재 대사의 임무에서 외교 교섭과 정보 수집이 거의 같은 비중을 차지하는 것은, 외교에서는 선진국인 베네치아나 후진국인 에스파냐나 마찬가지다. 베네치아 공화국의 대외정책이 원로원에서 결정된다고 믿는 베네치아 주재 에스파냐 대사는 전부터 원로원 의원 한 사람을 매수해두었기 때문에 통령의 이 발언도 쉽사리 입수했다. 그리고 당장 통령의 발언을 한마디도 빼지 않고 번역하여, 에스파냐의 카를로스 왕에게 보냈다.

이리하여 10인 위원회는 증거를 전혀 남기지 않는 방식으로 일단 강국 투르크와 에스파냐에 대한 임시 대책을 실행한 셈이다. 실제로 '임시'로나마 대책을 실행할 필요가 있었다. 그로부터 한 달도 지나지 않은 1529년 6월, 교황 클레멘스 7세와 신성 로마제국 황제이자 에스파냐 왕인 카를로스가 맺은 강화조약이 공표되었기 때문이다.

 그 내용은 베네치아를 포함한 이탈리아 전체를 깜짝 놀라게 할 만한 것이었다. 교황 클레멘스 7세는 유럽에서 가장 강대한 군주 카를로스에게 이탈리아 전체의 지배권까지 인정했다. 그 대신 메디치 가(家) 출신인 교황 클레멘스가 얻은 것은 카를로스가 무력을 사용해서라도 메디치 가의 피렌체 공화국 복귀에 협력한다는 조항뿐이었다.

 피렌체 공화국은 메디치 가의 복귀를 거부했고, 에스파냐 군대는 피렌체 국경에 집결했다. 이탈리아라면 베네치아 공화국도 포함된다. 피렌체가 직면해 있는 국가 존망의 위기가 내일은 베네치아의 위기가 될지도 모른다.

 게다가 카를로스는 신성로마제국 황제로 정식 대관하기 위해 이탈리아를 방문한다고 공표했다. 황제의 대관식은 로마 교황의 집전으로 이루어지는 것이 정식이니까 교황이 있는 이탈리아로 오겠다는 것이다. 대관식을 거행하러 오는 황제가 혼자 몸으로 올 턱이 없다. 수만 명의 병사를 거느리고 온다고 생각하는 게 상식이었다.

 그 병력이 2만 명이라 해도, 피렌체를 공략하고 있는 병력을 더하고, 전부터 제 친형인 카를로스에게 베네치아 공략을 권하고 있는 오스트리아 대공 페르디난트의 병력까지 합치면, 해군에서는 유럽 최강이라도 육군은 별로 대단치 않은 베네치아는 잠시도 버티지 못할 게 뻔하다.

 하지만 대단치는 않다 해도 군사력을 가진 베네치아 공화국을 무방비 상태나 다름없는 피렌체 공화국과 동일시할 수는 없었다. 또한 외교의 적극성에서는 베네치아가 아직도 우방 피렌체를 크게 앞서고 있었다. 여기서도 알비제 그리티는 아직 충분히 쓸모가 있었다.

그리고 아무리 투르크라도 10만 명의 병사를 모으는 것은 간단치 않다. 5월에 시작된 징집이 끝난 것은 7월이었다. 술탄 쉴레이만이 직접 이끄는 대군이 북서쪽으로 떠난 것은 그로부터 다시 한 달 뒤였다.

9월, 부다페스트에 입성한 쉴레이만은 보이보다를 헝가리 왕위에 앉힌다. 새 헝가리 왕은 당장 알비제 그리티를 왕의 특별보좌관에 임명했다.

알비제는 자기가 직접 군대를 이끌지 않았다는 점에서는 아버지, 즉 베네치아의 충고를 지켰다. 하지만 헝가리 왕의 특별보좌관에 임명되는 것은 그가 생각하기에는 개인 문제였다.

헝가리를 완전히 손아귀에 넣었다고 생각한 쉴레이만은 부다페스트에서 불과 2백여 킬로미터밖에 떨어져 있지 않은 빈을 향해 진격한다. 떠나기 전에 술탄은 알비제를 불러, 상당수의 병사를 놓아두고 갈 테니 부다페스트 치안을 맡아달라고 말했다.

그러나 쉴레이만의 두번째 빈 공략은 이번에도 역시 성공하지 못했다. 전투에 불리한 겨울이 다가오고 있었다. 10월 중순, 쉴레이만은 빈 포위를 풀기로 결정한다.

수도 콘스탄티노플로 돌아가는 쉴레이만은 귀로에 다시 부다페스트를 통과할 때 알비제에게 헝가리 왕국 재무관의 지위와 아드리아 주교직을 주었다.

이제는 누구의 눈도 가릴 수 없었다. 기독교 국가인 베네치아 통령의 아들이 이슬람 국가인 투르크의 후원으로 헝가리 땅에서 권력의 고삐를 손에 쥔 게 분명했다.

같은 무렵, 이탈리아에서는 베네치아와 나란히 르네상스 시대를 대표하는 공화국으로 일컬어지는 피렌체가 적군에 포위되어 있었다. 적군은 피렌체 시가지를 둘러싼 성벽 바로 밖까지 바싹 다가와 있었다.

탁월한 경제력으로 13세기와 14세기에는 서유럽의 경제계를 지배하고, 15세기에는 메디치 가의 교묘한 정치로 국제관계를 주도했던 피렌체. 단테를 낳고, 레오나르도 다 빈치와 미켈란젤로를 키우고, 르네상스 문화의 꽃으로 칭송받은 피렌체. 눈부신 문명을 창조한 이 공화국도 이제 지상에서 모습을 감추려 하고 있었다.

이탈리아 반도에는 베네치아 공화국만 남기고, 나머지 독립국가가 모두 사라져가고 있었다. 그리고 이 베네치아가 1529년에는 알비제 그리티에 의해 구원을 받았다.

이야기를 다시 앞으로 돌리면, 알비제가 이브라힘과 쉴레이만을 설득하여 시작한 병사 징집이 드디어 끝나, 술탄이 직접 병력을 이끌고 부다페스트와 빈으로 원정을 떠날 날을 기다리고 있던 8월의 일이었다.

이듬해 봄으로 예정된 대관식을 거행하러 오기에는 너무 이른 그해 8월, 1만 4천 명의 병력을 거느린 카를로스가 제노바 항구에 상륙했다. 그러고는 제노바에서 북상하여 밀라노에 입성한 뒤, 병력을 동쪽으로 돌린다. 이곳은 이미 베네치아 공화국의 영토다. 용병을 더해 2만 명으로 늘어난 에스파냐 군대는 베네치아 영내를 약탈하면서 계속 동쪽으로 진격한다.

바로 그 무렵, 빈에 있는 카를로스의 동생 페르디난트도 군대를 남쪽으로 보낼 준비에 한창이었다. 형제가 북쪽과 서쪽에서 베네치아를 협공하기로 밀약이 이루어져 있었던 것이다. 만약 이 계획이 실현되었다면, 베네치아는 바다로 쫓겨났을 게 분명하다.

하지만 가을에 북이탈리아를 가로질러 동쪽으로 진격하고 있던 카를로스의 진영에 빈에서 보낸 급사가 도착한다. 페르디난트의 친서를 가져온 것이다. 친서에는 투르크 군대가 헝가리에 침입하여 빈으로 다가오고 있기 때문에, 오스트리아 방위를 위해 군대를 움직일 수 없다고 적혀 있었다.

베네치아 육군은 해군에 비하면 약체라 해도, 서유럽에서는 아직 강대한 베네치아의 경제력으로 뒷받침된 군사력이다. 신성로마제국 황제이자 에스파냐 왕인 카를로스도 휘하 군대만으로는 베네치아 공략을 포기할 수밖에 없었다. 카를로스는 군대를 남쪽으로 돌리고, 베네치아는 위기에서 벗어났다.

하지만 카를로스는 현재 이탈리아에 있다. 대관식은 이듬해

봄으로 예정되어 있으니까, 그때까지는 확실히 이탈리아에 있게 된다. 베네치아는 위기를 일단 모면하긴 했지만, 그 위기가 아직 완전히 사라진 것은 아니었다.

이듬해에도 투르크 군대를 빈으로 보내지 않으면 안된다. 카를로스가 이탈리아에 있는 한, 페르디난트의 병력을 빈에 묶어둘 필요가 있었다.

카를로스의 군대만이라면 베네치아는 스스로 격퇴할 자신이 있었다. 그리고 카를로스가 이탈리아를 떠난 뒤에 빈에서 군대가 남하한다 해도, 오스트리아 합스부르크 가의 군사력뿐이라면 충분히 격퇴할 자신이 있었다.

베네치아는 한 가지 문제에 집중해야 했다. 그것은 바로 오스트리아 합스부르크 가와 에스파냐 합스부르크 가의 군사력이 합동하지 못하게 막는 것이다. 그러려면 투르크가 필요했다. 알비제 그리티가 필요했다.

10인 위원회는 알비제에게 암호로 쓴 밀서를 보냈다. 거기에는 안드레아 그리티와 알비제 그리티의 부자관계를 없는 거나 마찬가지로 한 일 따위는 없었다는 듯이, 투르크 궁정과 군대의 동향을 알려달라고 적혀 있었다.

이 밀서는 헝가리에 있는 알비제에게 보내졌다. 이것은 비록 암묵적인 승인일망정, 베네치아 공화국이 알비제가 현재 차지하고 있는 지위를 인정한다는 뜻이기도 했다.

하지만 담장 위를 어느 쪽으로도 떨어지지 않고 걷는 것과 비숱한 베네치아의 외교가 언제까지나 계속될 수는 없었다. 카를로스는 베네치아를 공략하여 이탈리아 전역을 영유하려는 의도가 분쇄되자, 베네치아에 대해 전유럽동맹에 참가하라고 요구해왔다.

카를로스에게 계속 저항해온 프랑스도 동맹에는 찬성하고 있었다. 베네치아도 고립을 피하려면 일단, 최소한 카를로스가 이탈리아에 머무는 동안만이라도 태도를 선명히 할 필요가 있었다.

그해도 거의 끝나갈 무렵, 베네치아 정부는 카를로스의 요구를 받아들였다. 이탈리아 중부의 볼로냐에서 열리게 된 황제 대관식에 베네치아 공화국도 공식 사절단을 파견하겠다는 뜻이 전달되었다.

하지만 베네치아가 유럽 세계에 속한다는 사실을 분명히 한 이 결정은 유럽 세계가 적으로 보고 있는 투르크 제국을 베네치아도 적대시한다는 것을 의미한다. 서유럽의 대동단결을 안 투르크는 당장 투르크와 베네치아가 맺은 우호통상조약을 위반했다고 베네치아를 비난했다. 이 비난을 누그러뜨리는 일도 역시 알비제에게 부탁할 수밖에 없었다.

이런 일로 날마다 눈코 뜰 새 없이 바빴던 마르코는 어느 날 오후 10인 위원회의 동료 위원 두 사람이 나누는 이야기를 우연히 듣게 되었다.

10인 위원회는 베네치아 귀족들의 동정을 살피는 임무도 맡고 있다. 두 동료가 주고받은 정보도 이 통상적인 임무를 수행하는 과정에서 떠오른 모양이다.

"프리울리 부인이 수녀원에 들어갔다더군."

"그만한 미인인데, 수녀원 쪽이 탐탁해할까?"

동료 위원들은 더 이상의 호기심은 느끼지 않았던 모양이다. 남자든 여자든 지체높은 사람이 느닷없이 수도원에 들어가는 것은 드문 일이긴 하지만 전혀 없는 일도 아니었기 때문이다.

하지만 마르코는 도저히 그렇게는 생각할 수 없었다. 무언가가 있다는 예감만은 마음에서 떨쳐버릴 수가 없었다. 그 무엇인가를 밝혀줄 수 있는 것은 에메랄드 반지가 아닐까.

바다 위의 수도원

*마르코도 회랑을 돌아 부인 쪽으로 걸어갔다. 가슴에 쌓인
생각이 많아 걸음이 조금 빨라진 것은 당연했다.*

해가 바뀌어 1530년, 베네치아 공화국의 처지는 점점 어려워지고 있었다. 베네치아의 처지가 어려워질수록, 알비제 그리티의 존재도 베네치아에는 오히려 껄끄러워지게 되었다. 베네치아를 대상으로 한 투르크의 경제제재에서는 자신의 교역망을 모두 열어 베네치아를 위해 힘쓴 알비제였지만, 투르크 군대를 이끌고 벌이는 군사행동에서는 더 이상 조국의 충고를 따르려 하지 않았다.

7월, 빈에서 페르디난트가 헝가리를 공격하기 위해 병력을 집결시키고 있다는 소식이 전해지자, 콘스탄티노플에서도 부다페스트를 방위하기 위한 병력을 준비한다. 이 군대의 지휘관에는 이번에야말로 공공연히 알비제가 임명되었다.

신임 베네치아 대사인 모체니고는 알비제에게 면담을 신청하여, 알비제가 술탄의 임명을 받아들인 것을 비난했다.

"이건 무슨 뜻입니까? 당신은 통령의 아들인데, 그래도 투르크군을 이끌고 가겠다는 겁니까? 카를로스 황제가 어떻게 생각

할지 고려하고 나서 내린 결단입니까?"

알비제는 조용히 대답했다.

"나는 투르크 술탄의 고용인에 불과합니다."

이것은 기독교 세계에서는 스캔들이었다. 이미 지난해 말, 로마 교황 클레멘스 7세는 기독교도이면서도 투르크의 도움을 얻어 왕위에 올랐다는 이유로 헝가리 왕 보이보다를 파문했다. 알비제도 베네치아의 피를 이어받은 이상 기독교도다. 그 기독교도가 이슬람교도의 군대를 이끌고 교황에게 파문당한 자의 지위를 지켜주기 위해 같은 기독교도인 오스트리아의 합스부르크 군대와 대결한다. 이게 스캔들이 아니고 무엇이겠는가.

하지만 베네치아 공화국에는 단순한 스캔들로 그치지 않는다. 카를로스 황제의 주위에서는 이제 공공연히 베네치아에 불리한 정보가 난무하게 되었다.

"그래도 친아들인데, 통령의 허락도 없이 이런 행동을 취할 리가 없다."

"베네치아 공화국은 통령의 아들을 통해 기독교 세계를 약화시킬 음모를 꾸미고 있다."

이렇게 되면, 베네치아도 1년 전과 같은 완곡한 방법이 아니라 직접적인 방법으로 변명이라도 하지 않으면 유럽에서 고립되는 악몽을 피할 수 없다.

10인 위원회는 에스파냐 주재 베네치아 대사에게 급사를 보냈다. 카를로스에게 다음과 같은 사실을 급히 전하라는 훈령도 내려졌다.

'알비제 그리티는 콘스탄티노플에서 태어나 자란 사람이고, 그리티 통령은 이 사생아와 공적으로는 어떠한 관계도 갖고 있지 않다. 따라서 알비제 그리티가 헝가리 왕이나 투르크 술탄에게 어떤 지위나 임무를 부여받든, 베네치아 공화국은 그것을 좌우할 권리도 의무도 없다는 점을 명확히 밝힐 수밖에 없다.'

대사에게는 카를로스 앞에서 이 문서를 낭독한 뒤 문서를 소각처분하라는 명령도 아울러 내려졌다. 이것이 얼마나 효과가 있었는지는 의심스럽다. 현재 카를로스의 동생 페르디난트가 빈에서 이끌고온 기독교 군대와 헝가리에서 실제로 싸우고 있는 것은 알비제가 지휘하는 이슬람 병사들이다. 이번에는 쉴레이만이 최고사령관이 아니다. 투르크군 최고사령관은 알비제 그리티였다.

전유럽의 눈은 헝가리 땅에서 벌어지고 있는 싸움에 집중된 것 같았다. 전투는 처음 얼마 동안은 선제공격을 한 페르디난트에게 유리하게 전개되었다. 베네치아 주재 에스파냐 대사는 기쁨을 감추지 않았다. 그리티 통령도 참석한 어느 야회에서 이런 말까지 내뱉는다.

"보이보다보다 투르크군 지휘관이 포로가 되는 꼴을 보고 싶군요. 그런 괴뢰정권의 왕보다는 투르크군 지휘관이 우리에게는 위험인물입니다. 능지처참당하는 꼴을 보고 싶어요."

통령은 "신의 뜻이 어떠냐에 달려 있겠지요" 하고 대꾸했을 뿐이다.

하지만 가을까지 격전이 계속된 헝가리 전선에 겨울이 다가오자, 먼저 철수를 결정한 것은 페르디난트 쪽이었다. 합스부르크 군대는 빈을 향해 떠난다. 쉴레이만은 헝가리 방위에 성공한 공로를 치하하여 알비제를 헝가리 총독에 임명했다. 보이보다의 그림자는 완전히 희미해져버렸다. 알비제 그리티가 헝가리 왕위를 노리고 있다는 소문이 퍼진 것도 1530년 겨울이었다.

사람들의 이목이 헝가리에만 쏠려 있었기 때문에 그리 큰 사건으로 다루어지지는 않았지만, 그해 여름, 카를로스의 군대에 저항하여 농성을 계속하고 있던 피렌체가 농성 10개월 만에 성문을 열었다.

피렌체 공화국은 멸망했다. 승자와 함께 피렌체에 들어간 메디치 가는 에스파냐 왕녀를 아내로 맞이하여 에스파냐의 지배를 받는 군주국으로 재출발하게 된다. 피렌체 공화국이 소멸하고 토스카나 공국이 탄생한 것이다. 이탈리아의 독립국은 이제 베네치아 공화국 하나밖에 남지 않았다.

그때까지 몇 번이나 마르코는 프리울리 부인이 들어갔다는 수녀원을 찾아갔다. 하지만 그때마다 수녀원장을 통해 만날 수 없다는 뜻을 전달받았을 뿐이다.

속세를 떠났기 때문이라고 말하면 마르코도 강요할 방법이 없다. 그러나 마르코는 포기하지 않았다. 올들어 더한층 바빠진 10인 위원회의 일이 마르코에게도 좀처럼 한가한 시간을 주지 않았지만, 아직 독신인 까닭에 무리를 하려고 생각하면 어떻게든 시간을 낼 수 있었다. 그는 틈이 날 때마다 자가용 곤돌라를 몰고 수녀원이 있는 작은 섬으로 달려가곤 했다.

그런데 그 섬은 석호 안에 있긴 했지만, 베네치아 시가지가 있는 일대에서는 멀리 떨어져 있었다. 가는 데만도 세 시간은 족히 걸렸다.

베네치아 시가지가 세워진 곳은 바다 위라 해도 석호 안이기 때문에, 도처에 작은 섬들이 흩어져 있다. 베네치아인은 5세기 전부터 바다 위로 얼굴을 내민 그런 섬들을 인공적으로 조성하여, 그 위에 집을 짓고 길을 만들었다.

베네치아가 도시로서 형태를 갖춘 것은 석호 안에서도 지반이 튼튼한 섬이 모여 있는 리알토 일대였고, 이 일대에 있는 섬들을 다리로 연결하여 생겨난 것이 오늘날에도 볼 수 있는 베네치아다. 따라서 베네치아의 운하들은 처음부터 운하로 만들어진 게 아니다. 원래 섬들 사이를 누비며 흐르던 물길이 운하가 되었을 뿐이다. 베네치아인들은 양쪽을 단단히 다지는 방법으로 물길을 살려서 운하로 활용한 것이다.

얼핏 보기에는 온통 바다로밖에 보이지 않는 석호 안에도 천연의 물길이 그물눈처럼 지나고 있다. 물이 잘 흐르도록 운하를 정비하는 것은 배의 운항을 위해서만이 아니라 위생상으로도 중요한 일이었다.

강에서 흘러드는 민물은 뜻밖에 썩기 쉽다. 민물이 고이면 말라리아의 온상이 된다. 바닷물이 들고나는 조수간만도 고려하여 석호 안의 물이 항상 흐르도록 하는 것은 물 위에 사는 베네치아인들에게는 지상 과제이기도 했다.

그러나 석호 안을 흐르는 천연 물길에도 여러 가지가 있어서, 대형 선박도 다닐 수 있는 수심 10미터나 되는 것도 있고, 수심이 1미터도 안되는 얕은 물길도 있다. 뿐만 아니라 만조 때는 바닷물에 뒤덮여 알 수 없지만, 간조 때는 갯벌이 수면 위로 얼굴을 내미는 얕은 여울도 많은 게 석호의 특징이다.

이래서는 자칫 방심하면 작은 곤돌라도 뻘밭에 올라앉게 된다. 그래서 베네치아의 석호에는 바다 속에 나무 말뚝이 쭉 늘어서 있다. 배가 다닐 수 있는 물길을 나타내기 위해서다. 말뚝에는 그 물길의 수심이 몇 미터인지도 적혀 있다.

적이 다가오면 이 나무 말뚝을 빼낸다. 외국인은 온통 바다로 보이는 석호 안에도 온갖 깊이의 물이 흐르고 있는 줄은 모르기 때문에, 대형 선박으로 쳐들어오면 당장 얕은 여울에 좌초해버린다. 적선이 움직일 수 없게 되면, 작은 배로 이루어진 베네치아 함대가 습격하여 적을 섬멸하는 전법이 사용되었다.

현대의 베네치아는 철도와 자동차도로로 본토와 이어져 있지만, 이런 것들이 만들어진 것은 20세기에 들어온 뒤였다. 그 이전까지 오랫동안 베네치아는 문자 그대로 바다 위의 도시였다.

중세를 거친 도시라면 어디에나 시가지 전체를 둘러싸고 있는 성벽이 있지만, 베네치아에는 그런 성벽이 없다. 바다가 성벽이었기 때문이다.

수녀원은 신에게 몸과 마음을 바친 수녀들의 것만은 아니었다. 당시 양갓집 딸들은 부모 슬하에서 벗어날 나이가 되면 수녀원에 맡겨진다. 결혼할 때까지 남자들의 눈길이 미치지 않는 수녀원 안에서 교육을 받고 예의범절을 배우는 것이다.

하지만 딸이 가까이에 있기를 바라는 부모들의 요구 때문인지, 양갓집 딸들을 맡는 수녀원은 대부분 베네치아 시가지에서 그리 떨어져 있지 않은 주데카 섬 일대에 있다. 그래서 베네치아 시가지에서 멀어질수록 몸도 마음도 신에게 바친 수녀들만 사는 수녀원이 많아진다. 프리울리 부인이 틀어박힌 수녀원도 그런 수녀원 가운데 하나였다.

대운하를 따라 내려가 베네치아의 외항이라고도 말할 수 있는 리도 항구가 오른쪽에 보일 때까지는 수심이 10미터가 넘는 바다를 간다. 이 언저리는 대형 선박의 왕래가 잦아서 두 사람이 노를 젓는 곤돌라는 파도를 조심해야 한다.

하지만 리도를 오른쪽으로 보면서 북서쪽으로 나아가기 시작하면 파도는 거의 없어지고, 시야 가득 바다가 펼쳐진다. 큰 배라면 도저히 들어갈 수 없는 얕은 물길도 곤돌라는 소리도 내지 않고 나아간다.

토르첼로 섬의 높은 종루를 왼쪽으로 바라보며 미끄러지듯 나아가는 곤돌라 안에서 마르코는 기대로 가슴이 터질 듯한 기분을 주체하지 못했다.

오늘은 헛걸음을 하지 않아도 될 듯하다. 오늘은 여느 때처럼 그 혼자만의 생각으로 수녀원에 가는 게 아니라, 프리울리 부인이 불렀기 때문이다. 부인을 옆에서 모시는 노파가 마르코의 집을 찾아와 부인의 뜻을 전한 것은 사흘 전이었다.

노파가 보통은 여자가 나돌아다니지 않는 한밤중에 찾아온 것이 마르코를 놀라게 했지만, 수녀원까지 와줄 수 있겠느냐는 부인의 부탁을 마르코는 두말없이 승낙했다. 부인이 와달라고 한 날이 바로 오늘이었다.

바닥이 얕고 작은 곤돌라 위에서는 함부로 일어나거나 걸어다니면 위험하다. 마르코는 선실 안에 앉아 있을 수밖에 없었다. 시간이 평상시보다 훨씬 천천히 지나가는 듯한 기분이 든다. 프리울리 부인이 들어간 수녀원은 석호 안에서도 가장 북쪽 끝에 자리잡고 있었다.

수녀원이 가까워질수록 수면 위로 얼굴을 내민 갯벌이 많아진다. 지나다니는 배는 거의 보이지 않고, 있는 것이라고는 어부의 배들뿐이었다. 수면은 넉가래로 평평하게 고른 것처럼 잔잔하다. 푸른 물 위로 얼굴을 내민 모랫빛 갯벌에는 물새들이 떼지어 있었다.

인간의 세계라기보다 바다와 여울과 물새의 세계라고 하는 편이 더 어울릴 듯싶은 석호 깊숙한 곳에 자리잡은 수녀원은 아름다운 묘령의 여인보다는 세상을 버린 사람에게 어울린다. 모든 것이 인공의 미(美)로 완성되어 있는 베네치아 시가지를 생각하면, 거기서 세 시간 거리에 있는 같은 석호 안에 자연뿐인 세계가 있다는 것이 묘하게 여겨지기까지 한다.

섬에는 수녀원이 있을 뿐이다. 그래도 바로 옆에 작은 섬이 두 개 있고, 거기에 사는 어부들이 수녀들의 일용품을 대준다. 그 섬은 수녀원 소유이기 때문에, 땅을 빌리는 대신 수녀들이 필요로 하는 일용품을 대주는 것이다.

곤돌라는 작은 선착장에 닿았다. 아주 작은 섬이기 때문에 선착장에서 곧바로 수녀원을 둘러싼 담장이 보인다. 돌담 밖에는 수녀들이 경작하는 채마밭이 펼쳐져 있었다.

육중한 철문에 매달린 쇠고리로 문을 힘껏 두드리자, 잠시 뒤에 묵직한 소리와 함께 문이 열렸다. 오늘은 마르코가 찾아온다는 게 미리 알려져 있었는지, 프리울리 부인을 만나러 왔다고 말할 필요도 없었다. 마르코는 곧장 안으로 안내되었다.

수도원이라면 어디나 마찬가지지만, 입구로 들어가면 바로 면회실이 있다. 수녀도 수도사도 대개는 면회실까지 나와서, 외부에서 찾아온 사람을 만난다. 마르코는 당연히 거기로 안내될 줄 알았는데, 안내자는 마르코를 그 안에 있는 안뜰로 데려갔다. 회랑이 주위를 둘러싸고 있는 안뜰에는 노송나무 몇 그루가 서 있고, 중앙에 돌로 만든 우물이 있었다. 사람이 있는 기척은 없다. 이곳까지 안내해준 수녀는 여기서 기다리라고만 말하고 가버렸다.

곧이어 반대쪽 회랑 기둥 그늘에서 프리울리 부인의 모습이 나타났다. 아직 수녀가 된 것은 아니므로 수녀복은 걸치지 않았다. 수수한 흰옷으로 몸을 감싼 모습이다. 부인은 희미한 미소를 지으며 천천히 마르코 쪽으로 다가왔다. 마르코도 회랑을 돌아 부인 쪽으로 걸어갔다. 가슴에 쌓인 생각이 많아, 걸음이 조금 빨라진 것은 당연했다.

부인은 회랑벽을 따라 놓여 있는 돌벤치에 앉지 않았다. 선 채로 이야기할 작정인 모양이다. 마르코도 조금 떨어진 곳에 부인과 마주섰다. 부인은 키가 큰 마르코를 쳐다보듯 하며, 그에게 눈길을 준 채 낮고 조용한 목소리로 입을 열었다.

"알비제도 당신한테 부탁하는 게 제일 좋다고 편지에서 말했어요. 이 일은 통령께서도 모르세요. 지금까지 줄곧 저와 알비제만의 비밀이었죠."

프리울리 부인은 마음을 가라앉히려는 듯 일단 말을 끊었지만, 이내 다시 이야기를 시작했다.

"저한테는 딸이 하나 있답니다. 알비제의 딸이에요. 올해 열 살이 됐습니다."

마르코는 저도 모르게 소리를 질렀지만, 목소리는 나오지 않았다. 부인은 딸을 맡겨두었다는 수녀원 이름을 말했다. 양갓집 딸들을 맡아서 가르치는 곳으로 유명한 주데카 수녀원이다.

"그애는 제가 어머니라는 걸 모릅니다. 아버지가 누군지도 모른 채 자라고 있답니다. 지금까지는 제가 딸을 찾아가곤 했어요. 알비제도 두 번 만난 적이 있는데, 무척 만족하고 있어요. 예쁘고 영리한 아이라고.

제가 여기 들어온 뒤에는 제가 결혼할 때 저를 따라온 유모, 며칠 전에 당신을 찾아간 그 할머니가 필요한 물건이나 딸이 갖고 싶어하는 물건을 갖다주는 역할을 맡고 있답니다. 앞으로도 그 일은 줄곧 제 유모가 해줄 테니까, 거기에 대해서는 저도 안심할 수 있어요.

다만 저에게 무슨 일이 생기면 누가 부모를 대신해줄까 생각하면, 걱정이 돼서 견딜 수가 없습니다. 그래서 당신한테 부탁할 마음이 든 거예요.

딸이 무엇 하나 부족한 것 없이 수녀원에서 살아가는 데 필요한 경제적 배려는 알비제가 다 해두었어요. 그러니까 당신께 부탁하고 싶은 것은 정신적인 후원입니다. 맡아주시겠습니까?"

마르코는 놀라움으로 가슴이 메워지려는 것을 내색하지 않으려고 애쓰느라, 겨우 이렇게만 말했을 뿐이다.

"부인은 어디 편찮으신 데라도 있습니까?"

프리울리 부인은 왠지 이 말에 쾌활한 웃음으로 답했다.

"사람은 언제 무슨 일이 일어날지 모르잖아요. 하느님만이 아시는 일인걸요."

이렇게 말한 부인은 얼굴에 윤기가 돌아서, 건강을 해쳤다고는 도저히 생각되지 않았다.

돌아오는 곤돌라 위에서 마르코는 부인을 만나면 알아내려고 작정했던 일을 하나도 알아내지 못한 것을 생각하고 있었다. 알비제 그리티가 궁극적으로는 무엇을 노리고 있는지, 이것을 아는 사람은 프리울리 부인일 터였다. 하지만 그 여자는 아무리 캐물어도 대답해주지 않았을 게 분명하다.

미로

베네치아의 골목만큼 사색하면서 걷기에 적당한 길도 없다.
그 순간 한 가지 생각이 머리에 번득였다.

16세기 전반인 당시, 이혼하는 방법은 두 가지뿐이었다.

첫째는 로마 교황이 결혼 자체가 무효였다고 인정해주는 것이다. 둘째는 수도원에 들어가 얼마 동안 성직에 몸을 바치는 방법으로, 결국은 별거를 기정사실로 만들어버리는 것이다.

이 기간이 정확히 몇 년이라고 정해진 것은 아니다. 뒤에 남은 사람이 결혼을 해소할 마음이 날 때까지니까, 1년으로 끝나는 사람도 있고 5년이나 10년이 걸리는 사람도 있었다.

원로원 의원인 프리울리 씨는 체념이 빠른 사람이기도 했던 모양이다. 그들 부부의 결혼생활이 해소되었다는 보고가 10인위원회 담당위원의 책상 위에 도착한 것은 1531년 이른 봄이었다. 부인은 수녀원에 들어간 지 1년 남짓 만에 프리울리라는 성(姓)에서 벗어나 원래의 성인 코르넬로 돌아왔다.

이 사건은 여느 때라면 한동안 사람들의 화제를 독점했을 테지만, 베네치아 공화국은 산더미 같은 난제를 안고 있는 상태여서, 적어도 정부 안에는 그것을 깊이 생각하는 사람도 없었던 모양이다.

마르코는 좀 놀라긴 했지만, 사랑하는 남자가 따로 있으면서 다른 남자와 함께 생활하는 것을 더 이상 견딜 수 없어서 이혼했겠지 하는 정도로 생각했을 뿐이다.

마지막으로 만났을 때 부인이 보인 쾌활한 태도가 마르코에게는 삶의 방식을 단호히 결정한 사람이 흔히 보이는 태도, 결단을 내린 뒤의 후련한 쾌감처럼 보였다.

확실히 부인은 자신의 생활방식을 단호히 결정했다. 하지만 그것은 마르코나 다른 사람들이 상상한 것, 즉 신에게 몸과 마음을 바치는 삶은 아니었다.

한 달 뒤, 부인이 들어가 있던 수녀원 원장이 부인의 실종신고를 냈다. 수녀원에서 부인을 모시고 있던 늙은 하녀도 함께 모습을 감추었다고 한다.

10인 위원회에 불려온 수녀원장은 소환한 기관이 10인 위원회라는 것만으로도 당황해서 쩔쩔매었다. 금방이라도 꺼져들 듯한 목소리로 횡설수설했지만, 어쨌든 수녀원장이 털어놓은 바에 따르면 부인이 실종되기까지의 자초지종은 다음과 같다.

일주일 전부터 부인은 병이 났다면서 방에 틀어박힌 채 식당에도 나오지 않았다. 회랑에도 모습을 보이지 않았고, 아침 저녁 기도에도 얼굴을 내밀지 않았다. 의사를 부르는 게 어떠냐고 수녀원장이 제의했지만, 정신적으로 피곤할 뿐이니까 푹 쉬면 나을 거라고 늙은 하녀를 통해 전해왔다. 식사만은 하녀가 방으로 가져갔다. 그러던 어느 날 아침 늙은 하녀가 식사를 가지러 오지 않아서 이상하게 여겨 부인 방으로 가보았더니, 방 안에는 아무도 없었다는 것이다.

알비제와 부인의 관계를 알고 있는 사람은 베네치아에서는 마르코와 늙은 하녀 둘뿐이다. 지금은 휴전기인 겨울철이라 알비제는 콘스탄티노플로 돌아가 있을 텐데, 그와 부인의 실종을 결부지어 생각한 사람은 마르코뿐이었다.

하지만 마르코도 부인의 행방까지는 모른다. CDX 요원을 시켜서 찾아볼 수도 있지만, 그렇게 하면 이 일이 필경 일반에 알려지게 될 것이다. 마르코는 왠지 그렇게 할 마음이 나지 않았다.

하지만 그의 개인적인 감정에 충실하려면, 부인의 실종을 그대로 방치해두는 것은 자연스럽지 않았다. 마르코는 탐색을 통해 어떤 사실이 밝혀지든 간에, 자기 가슴 속에만 묻어두기로 마음먹었다.

우선 마르코는 주데카에 있는 수녀원을 찾아갔다. 부인과 알비제 사이에 태어난 딸이 맡겨진 수녀원이다. 딸 이름이 리비아라는 것은 부인한테 들어서 알았다. 성은 모른다. 부인은 그것까지는 말해주지 않았다.

주데카 수녀원은 수녀원이라기보다 여학교라고 말하는 편이 적당했다. 모든 인상이 참으로 밝았다. 밝을 뿐 아니라 모든 것이 활기에 넘쳐흘렀다.

마르코를 맞이한 수녀원장도 수녀라기보다는 여학교 교장에 가까웠다. 두뇌 회전이 빠르고 말투가 시원시원한 수녀원장은 마르코의 먼 친척뻘 되는 베네치아의 명문 귀족 출신이었다.

수녀원장이 먼 친척이라는 게 다행이었다. 리비아라는 이름을 가진 기숙생이 세 명이나 있었기 때문이다. 그 세 여학생 가운데 마르코가 찾는 소녀가 누구인지를 알아내는 데는 마르코가 먼 친척이라는 것을 알고 친밀감을 드러낸 수녀원장이 규정에 없는 친절을 베풀어준 것이 큰 도움이 되었다.

원장은 프리울리 부인이 자주 찾아온 여학생이라는 마르코의 말만 듣고도 그 소녀가 누구인지를 가르쳐주었고, 뿐만 아니라 자신의 방문을 비밀로 해달라는 부탁도 들어주었다.

게다가 부인의 방문이 끊긴 뒤 대신 찾아오는 노파의 성과 주소까지 가르쳐주었다. 원장은 리비아라는 소녀를 만나보겠느냐고 물었지만, 마르코는 이번에는 그만두겠다고 대답했다. 노파의 행방을 찾는 것이 선결 문제였기 때문이다.

원장이 가르쳐준 주소는 베네치아 시내에서도 도심에서 멀리 떨어진 구역에 있었다. 산 마르코 광장과는 반대쪽 바다에 면한 동네로, 북쪽을 향하고 있기 때문인지, 산 마르코 광장이 밝고 따뜻한 인상을 주는 반면 이 일대는 을씨년스러운 느낌이었다. 곤돌라를 전문으로 만드는 소규모 조선소가 밀집해 있는 지역이기도 했다.

마르코는 찾는 집에 도착하고서도 이 집에 늙은 하녀가 있으리라고는 기대하지 않았다. 유모로 들어가 어머니 대신 젖을 먹여 키워준 하녀는 죽을 때까지 여주인을 섬기는 게 보통이기 때문이다. 부인이 어디에 있는지는 모르지만, 노파도 부인이 있는 곳에 함께 있을 거라고 마르코는 믿어 의심치 않았다.

그런데도 노파의 집을 찾아간 것은 무언가 단서를 잡을 수 있을지도 모른다고 생각했기 때문이다. 가난한 노파의 집에 부인이 숨어 있다고는 생각할 수 없었다.

아니나다를까, 부인은 거기에 없었다. 하지만 노파는 있었다. 게다가 열린 문 밖에 마르코가 서 있는 것을 보고도 노파는 전혀 놀란 기색이 없었다. 마르코를 안으로 들인 뒤 노파는 문을 닫았다. 노파는 그 집에 혼자 사는 모양이었다.

"단돌로 씨께서 조만간 찾아오실 거라고 부인이 말씀하셨어요. 그리고 단돌로 씨가 찾아오시면 이렇게 전하라고 하셨답니다."

노파의 이야기에 따르면, 수녀들이 부인의 실종을 알아차리기 일주일 전에 이미 부인은 수녀원에서 빠져나오는 데 성공했다고 한다. 미리 마련해둔 어선으로 외양에 면한 바닷가까지는 석호 안을 지나고, 그 다음은 이에솔로 해변까지 통해 있는 운하를 지나 아드리아 해로 빠져나갔다는 것이다.

리도 항을 통과하면 남들 눈에 띄기 쉬우니까, 어부들말고는 염전 인부들밖에 없는 이에솔로 해변에서 외양으로 나가는 길을 택했을 것이다.

이에솔로 해변에는 작은 선착장이 있다. 어선들이 드나드는 포구지만, 그곳에는 알비제가 보낸 배가 기다리고 있었다. 노파는 거기서 부인과 헤어졌다고 한다. 노파는 부인의 도피를 숨기기 위해 다시 수녀원으로 돌아와, 마치 부인이 아직 병석에 누워 있는 것처럼 식당까지 하루 세 끼 식사를 가지러 가면서 일주일을 보냈다.

일주일은 필요했다. 부인이 폴라(오늘날 크로아티아의 풀라) 항에 도착하여, 거기서 기다리고 있는 알비제의 배로 갈아타고, 그 투르크 국적의 배가 베네치아 공화국이 제해권을 장악하고 있는 아드리아 해의 항구도시 중에서 유일한 독립국인 라구사(오늘날의 크로아티아의 두브로브니크) 항에 들어갈 때까지 필요한 날짜가 적게 잡아도 일주일이기 때문이다.

그 일주일이 지나기를 기다려, 노파도 수녀원에서 모습을 감추었다. 그 근처에 있는 어부의 섬에 며칠 동안 몸을 숨기고 있다가 베네치아의 자기 집으로 돌아왔다. 소녀가 살고 있는 수녀원을 가끔씩이라도 찾아가야 했기 때문이다.

이 일을 노파에게 맡긴 부인은 자기에 대해서는 조금도 걱정하지 말고 앞으로는 리비아한테만 신경을 써달라고 부탁했다고 한다.

마르코는 더 이상 의심하지 않았다. 코르넬이라는 옛 성(姓)으로 돌아온 부인은 알비제가 있는 콘스탄티노플로 간 게 분명했다. 마르코가 알비제의 부탁을 받고 콘스탄티노플에서 베네치아로 가져와 부인에게 전해준 에메랄드 반지는 역시 서로 사랑하는 남녀간에 약속된 신호였다.

아마 그때까지 오랫동안 두 사람 사이에 오간 수많은 편지를 통해, 아니면 알비제가 베네치아에 와서 몰래 만났을 때, 두 사람이 누구의 눈도 신경쓰지 않고 거리낌없이 포옹하기 위한 방책을 의논했을 것이다.

에메랄드 반지는 드디어 그 계획을 실행할 때가 왔다는 것을 여자에게 알리는 신호였다. 게다가 한번도 몸에서 떼어놓은 적이 없는 반지를 여자에게 보냄으로써 알비제는 사랑하는 여자에게 남편만이 아니라 조국 베네치아까지 등지게 될지도 모르는 위험을 강요한 것이다.

지금쯤 부인을 태운 배는 어디쯤 가고 있을까. 베네치아의 식민지는 피해서 항해하고 있을 게 분명하다. 투르크 영토 안에 있는 항구라면 기항지는 레판토(오늘날의 그리스의 나브팍토스)나 모도네쯤일까. 하지만 투르크와 베네치아의 관계는 지금 상태로는 좋은 편이라서 투르크의 항구에는 베네치아 선박도 들른다. 기항 중이라 해도 부인은 항구를 산책할 수도 없을 것이다.

마르코는 얼마 전에 자기가 병자를 가장하고 탔던 알비제의 전용선 선실에 앉아 있는 부인을 상상했다. 그때 마르코를 돌봐준 투르크 젊은이가 이번에도 부인을 시중들고 있을 것이다. 노파를 베네치아에 남기고 떠난 부인은 몸과 영혼을 모두 사랑하는 남자에게 맡겨버렸다. 아무리 그렇다 해도, 왜 부인은 마르코에게 모든 것을 털어놓았을까. 그리고 왜 알비제는 그것을 허락했을까.

마르코가 10인 위원회에 없어서는 안될 일원이라는 사실을 알비제만큼 잘 알고 있는 사람도 없다. 그리고 10인 위원회가 오로지 베네치아 공화국의 국익만을 생각한다는 것은 알비제도 모를리가 없다. 그런데 일부러 마르코를 자기네 문제에 끌어들였다. 알비제는 마르코가 국익보다 우정을 더 소중히 여길 거라고 생각했을까.

부인의 실종에 얽힌 진상을 마르코가 10인 위원회에 보고하면, 아직 베네치아의 제해권이 미치는 해역을 항해하고 있는 그 배는 당장 포획되어버린다. 알비제는 그것을 걱정도 하지 않았을까.

여기까지 생각하다가 마르코는 피식 웃었다. 알비제에게는 마르코의 우정에 어리광을 부리는 점이 있었던 게 생각났기 때문이다.

"그 녀석은 나한테도 도박을 걸었군."

마르코는 쓴웃음을 지으면서 중얼거렸다. 부인 문제는 가슴에 담아두기로 결정했지만, 알비제가 헝가리에서 벌이고 있는 군사행동에 대해서는 10인 위원회의 일원으로서 동의할 수 없었다.

나도 콘스탄티노플에 가자. 마르코는 결정을 내렸다. 10인 위원회 위원의 임기가 이제 곧 끝나니까 지금이 좋은 기회였다. 알비제의 행동이 점점 노골적으로 되어가는 지금, 10인 위원회도 누군가 적당한 사람을 콘스탄티노플에 파견할 필요가 있을 것이다. 그 일을 자기가 맡자고 마르코는 작정한 것이다.

노파의 집은 서민 동네라고 불러도 좋은 구역에 있기 때문에, 손님을 기다리는 곤돌라도 없었다. 대운하에 면한 저택으로 돌아가려면 북쪽에서 남쪽으로 상당한 거리를 걸을 수밖에 없었다. 골목을 다 빠져나왔다고 생각하면 또다시 다른 골목이 나온다. 작은 운하에 걸려 있는 무지개 모양의 돌다리도 자주 건너야 했다.

골목은 엇갈리는 사람의 어깨가 서로 부딪칠 만큼 비좁은 곳도 있다. 베네치아는 워낙 땅이 좁기 때문에, 골목 양쪽에는 햇빛 따위는 실수로도 비쳐들지 않을 만큼 벽이 높이 세워진 집들이 이어져 있었다. 외국인이라면 이처럼 복잡하게 뒤얽힌 베네치아 거리를 간단히 '미로'라고 할 것이다.

확실히 베네치아 시가지는 운하도 골목도 미로 형태를 취하고 있었다. 하지만 베네치아 사람에게는 미로가 아니다. 물론 베네치아에서 태어나 자란 사람이라도 이 도시의 길을 죄다 알고 있는 것은 아니다. 특히 자기 집이 있는 구역에서 멀리 떨어진 동네의 골목까지 잘 아는 사람은 거의 없는 게 당연하다. 하지만 베네치아인은 이 미로를 미로가 아니게 하는 방법을 알고 있었다.

그렇다고 해서 지도를 항상 지니고 다니는 것은 아니다. 머리를 써서 심사숙고한 끝에 길을 선택하는 것도 아니다. 알고 보면 어처구니없을 만큼 간단한 방법이다. 다른 사람이 걸어가는 방향을 따라 걸어가면 되기 때문이다.

작은 광장이라도 거기에 들고나는 골목이 적어도 두 개는 있는 게 베네치아 시가지의 특징이지만, 그 가운데 하나는 막다른 골목이거나, 막다른 골목은 아니더라도 운하로 빠져버리는 경우가 있다. 이렇게 되면 갔던 길을 되짚어와서 다른 골목으로 들어갈 수밖에 없다. 그런 번거로움을 피하는 가장 좋은 방법이 다른 사람이 걸어가는 방향을 따라 걷는 것이다. 이것은 미로가 많은 베네치아에 사는 사람에게는 없어서는 안될 지혜이기도 했다.

따라서 베네치아의 골목만큼 사색하면서 걷기에 적당한 길도 없다. 말도 마차도 지나다니지 않으니까 위험은 거의 없다. 다른 사람과 엇갈릴 때 부딪칠 위험이 있을 뿐이다. 하지만 엇갈리는 사람이 둘 다 멍하니 생각에 잠겨 있을 확률은 적으니, 길을 걸을 때 베네치아만큼 안전한 도시도 없다.

마르코도 남이 가는 길을 자연스럽게 따라가면서, 머릿속은 생각으로 가득 차 있었다. 그래도 대운하가 가까워질수록 사람 왕래도 늘어나, 자기 집에 돌아가고 싶으면 간단히 남이 가는 방향으로 따라갈 수만은 없게 되었다. 그래서 주변에 주의를 기울이게 되었지만, 그 순간 한 가지 생각이 머리에 번득였다. 마르코는 저도 모르게 우뚝 멈춰섰다.

주위를 둘러보니 리알토 다리에 가까운 산 살바토레 광장이다. 이 일대에는 고급 직물을 다루는 가게가 잇달아 늘어서 있다. 리알토 다리가 가깝기 때문에 행인도 많다. 사람들 속에서 들리는 말소리만으로도 시끄럽기 짝이 없었다.

하지만 군중 속에 우뚝 멈춰서 있는 마르코에게는 그 소음이 들리지 않았다. 눈은 가게 앞에 펼쳐진 각양각색의 직물이나 그 앞에서 흥정하는 사람들의 옷 색깔을 보고 있다. 다만 소리는 귀에 들어오지 않는다. 느닷없이 번득인 생각에 골몰하고 있는 마르코의 눈앞에서 소리없는 혼잡이 펼쳐졌다.

마르코는 다시 걸음을 내딛기 시작했지만, 머릿속은 아직도 그 생각으로 가득 차 있었다. 알비제는 나를 콘스탄티노플로 다시 불러들이려 하고 있는 게 아닐까. 무언가를 결행하는 데 내가 필요해서, 일부러 나한테만은 사랑하는 여자의 행방을 알려준 게 아닐까.

콘스탄티노플 주재 베네치아 대사는 피에트로 젠에서 모체니고로 바뀌었다. 피에트로 젠은 그리티 통령과 절친한 사이인데다 웬 까닭인지 알비제를 좋아했지만, 모체니고는 단순한 행정 관료에 불과했다. 신임 대사의 부관도 10인 위원회에 소속되어 있는 '자기 편'은 아니다.

이것은 알비제의 행동이 노골화된 시기에 알비제와 베네치아 사이에 거리를 두기 위해 취해진 방책이지만, 콘스탄티노플의 알비제에게는 불편한 변화였을 것이다.

마르코는 최근에 받은 친구의 편지 한 구절을 생각해냈다.

'자네 전용인 카프카스 미녀도 그대로 두었는데, 다시 이쪽으로 올 마음은 없나?'

이 구절을 읽었을 때는 농담인 줄 알고 웃었을 뿐이지만, 그건 농담이 아니었다. 마르코는 미로를 미로가 아니게 하는 베네치아인의 지혜를 따르기로 마음먹었다.

깊이 생각하면 오히려 길을 잘못 들게 된다. 지금은 주어진 신호를 받아 거기에 순순히 따르는 게 상책이 아닐까. 내일은 10인 위원회의 정례 회의가 열리는 날이었다. 그 자리에서 오리엔트로 가겠다고 말해보자. 마르코는 결단을 내렸다.

음모

마르코는 애무의 손길을 멈추지 않은 채 여자의 귀에 속삭였다.
여자의 마음을 신용한 게 아니라 여자의 육체를 신용한 것이었다.

 10인 위원회가 마르코의 제안을 당장 받아들인 것은 아니었다. 사실상 베네치아 공화국의 최고의결기관인 10인 위원회로서는 이 시점에서 위원회의 일원인 마르코를 콘스탄티노플에 파견하는 문제를 그리 간단히 결정할 수는 없었다. 카를로스가 어떤 반응을 보일 것인지를 고려하지 않으면 안되는 것이 현재의 상황이었다.

 하지만 알비제를 제멋대로 하게 내버려두는 위험도 무시할 수 없다. 그래서 개인 자격으로 간다면 좋다는 조건으로 마르코의 제의를 받아들이게 되었다.

 무역입국인 베네치아에서는 귀족이 한 개인으로 외국에 갈 경우 무역업자로서 장사를 하러 가는 형식을 취하는 것이 가장 자연스럽다. 마르코도 상인으로 분장하게 된다.

 단돌로 가문의 재산 관리를 맡고 있는 숙부들의 장사 본거지는 이집트의 알렉산드리아다. 콘스탄티노플에서의 장사는 대리인이 대행하고 있었다. 마르코의 임무는 지금까지 대리인에게 맡겨둔 콘스탄티노플 시장을 좀더 강화하는 데 있었다. 말하자면 본사에서 요원을 파견한 셈이다. 내막을 모르는 숙부들도 거기에는 대찬성이어서, 콘스탄티노플에 있는 베네치아 은행에 단돌로 가문의 계좌를 개설하는 편의까지 봐주었다.

출발 준비는 다 갖추어졌다. 이 정도면 카를로스의 첩자가 냄새를 맡으려 해도 충분히 발뺌할 수 있다. 혼자서 몰래 베네치아를 떠난다. 지난번에 대사의 부관으로 콘스탄티노플에 갈 때와 같은 공인의 특권은 하나도 없다. 투르크 영내의 통행증도 일개 상인으로 받았다.

콘스탄티노플까지의 여로도 이번에는 물건을 지니지 않은 상인들이 활용하는 길을 택한다. 라구사까지 배를 타고 가서 거기서부터는 육로로 간다. 이 길을 택하면 말을 달리는 속도에 따라 여정을 크게 줄일 수 있기 때문이다.

떠나기 전날 밤은 올림피아의 집에서 보냈다. 잠시의 이별을 아쉬워하는 기분도 물론 있었지만, 그것만은 아니다. 올림피아는 그가 이번에 콘스탄티노플에서 맡은 임무의 중요한 협력자였기 때문이다.

마르코는 공인이 아니므로 암호로 작성한 보고서도 10인 위원회로만 보내는 것은 위험하다. 물론 10인 위원회로 보내는 보고서도 있다. 그밖에 10인 위원회 위원 한 사람의 자택으로도 보내도록 되어 있었다. 통령 직계라 해도 좋을 만큼 그리티 통령의 정치 노선에 찬동하는 위원이다. 그 사람에게 보내면 통령에게 보내는 것과 마찬가지였다. 남은 또 한 사람의 수취인이 올림피아다.

이렇게 보고서를 받는 사람을 분산한 것은 개인에 불과한 마르코가 10인 위원회에만 집중적으로 암호문을 보내면 남의 눈길을 끌 우려가 있기 때문이지만, 한편으로는 암호 종류에서 나온 배려이기도 했다.

암호 종류 가운데 악보가 있었기 때문이다. 음표 하나하나가 알파벳과 대응하도록 구성되는 암호다. 얼핏 보기에는 보통 악보와 아무 차이도 없다. 다만 그 악보에 따라 음악을 연주해보면 음악이 안되니까 누구나 의문을 가질 수 있지만, 악보만 보고 당장 음률을 더듬어갈 수 있는 사람은 적은 게 현실이다.

그래서 이 암호문은 다른 나라에서는 해독되지 않은 베네치아 암호의 최신 병기로 귀중하게 쓰이고 있었지만, 결점도 있었다. 첫째는 정부의 한 위원회 앞으로 잇달아 악보가 보내지는 것은 기묘한 일이고, 따라서 의심을 살 수밖에 없다는 점이다. 둘째는 음악을 아는 사람을 수취인으로 할 수는 없다는 점이다.

창녀인 올림피아라면 첫번째 결점은 걱정할 필요가 없다. 악기를 연주하는 그녀의 재능은 고급 창녀들 사이에서도 평판이 나 있었기 때문이다. 수취인이 그녀라면 다량의 악보가 배달되어도 이상하지 않다. 하지만 그게 오히려 결점이 된다. 그녀가 배달된 악보를 장난삼아 쳐보기라도 하면, 그게 단순한 악보가 아니라는 것을 당장 알아차릴 게 뻔하다.

그러나 마르코는 이 점에 관한 걱정을 해소할 방법을 이미 궁리해두었다. 마르코는 다른 암호로 쓴 보고서의 수취인으로 정해진 10인 위원회 위원을 올림피아에게 새 손님으로 소개했다. 마르코는 애무의 손길을 멈추지 않은 채, 여자의 귀에 입을 대고 속삭였다.

"악보는 봉함도 뜯지 말고 그대로 그 남자한테 건네줘."

애무에 온몸을 떨고 있는 올림피아는 건성으로 당신 하라는 대로 하겠다고 맹세했다. 마르코는 여자의 마음을 신용한 게 아니라, 여자의 육체를 신용했다.

2년 전에 콘스탄티노플에서 돌아온 이후, 날이 갈수록 올림피아는 마르코에게 강한 집착을 보였다. 사랑을 나눈 뒤에는 평상시의 올림피아로 돌아와 재치있는 농담을 하고 웃는 사이지만, 사랑을 나누기 전의 그녀는 달랐다.

마르코가 부르기라도 하면, 아무리 중요한 손님이 찾아올 예정이라 해도 그것을 뒤로 미루고, 남의 눈에 띄지 않는 수수한 옷으로 변장하고 마르코의 집 문을 조심스럽게 두드렸다.

여자는 남자가 시키는 대로 했다. 아니, 좀더 시키는 대로 하고 싶다고 여자 쪽에서 애걸했다. 마르코는 올림피아를 완전히 지배한다는 쾌감을 날마다 확신했다.

올림피아도 마르코 앞에서만은 창녀가 아니었다. '당신은 변했어요' 하고 투정부리듯 말하는 여자의 목소리를 들을 때마다, 마르코는 콘스탄티노플에 두고온 카프카스 여자 노예보다 한때 로마 전체를 자기 발치에 무릎꿇게 했다는 올림피아한테서 노예 근성을 더 강하게 느끼곤 했다.

이 여자는 내가 원하는 일이라면 뭐든지 할 거라고 마르코는 생각했다. 아니, 올림피아 자신이 자주 그에게 매달려 당신이 원하는 일이라면 뭐든지 하겠다고 말하곤 했다.

10인 위원회 위원들도 처음에는 창녀를 협력자로 삼자는 마르코의 제안에 마뜩찮은 얼굴을 했지만, 마르코의 자신있는 태도를 보고는 결국 그 제안을 수락할 수밖에 없었다. 10인 위원회도 안심했다. 외국인인 올림피아가 베네치아에서 살 수 있느냐 없느냐는 오로지 베네치아 정부의 마음 하나에 달려 있었기 때문이다.

콘스탄티노플을 방문하는 것이 두번째인 만큼 마르코는 처음만한 감동은 느끼지 못했다. 상인이니까 베네치아 대사관에서 기거할 수는 없다. 마르코는 갈라타 항 근처에 있는 베네치아 상관에 여장을 풀었다. 대사관에는 연락도 하지 않았다. 개인적인 용무로 체재하는 것이다.

넓은 안뜰이 있는 일층은 상품 창고나 상담 장소로 쓰이고 있지만, 이층부터는 가족을 동반하지 않고 혼자 부임하는 경우가 많은 베네치아 상인들의 거처로 쓰였다. 전용 조리장도 있어서, 단기 체류자들은 이곳을 편리하게 이용했다. 이발소와 은행 출장소도 있고 선실 예약 접수구도 있었다. 우편은 베네치아 공화국의 우편망을 이용하고 싶으면 대사관에 가야 했다.

상관에 여장을 푼 뒤 마르코가 맨 먼저 한 일은 단돌로 가문의 대리인을 찾는 일이었다. 그 일은 간단했다. 상관 사무처에는 베네치아 상인의 대리인이라면 현지인인 그리스인까지 모두 등록되어 있기 때문이다. 대리인과는 이틀 뒤에 만나기로 약속했다.

상인다운 일을 우선 끝내놓고, 마르코는 알비제의 저택으로 심부름꾼을 보냈다. 마르코가 도착한 것을 알리기만 하면, 그다음에 어떻게 할 것인지는 알비제가 결정할 것이다. 콘스탄티노플에 와서도 마르코는 미로를 미로가 아니게 하는 베네치아인의 지혜를 본받기로 마음먹었다. 이제는 기다릴 뿐이었다.

알비제한테서 당장 응답이 왔다. 베네치아 상관을 찾아온 알비제의 심복인 투르크 젊은이는 마르코의 얼굴을 보자마자 말했다.

"지금 당장 저택으로 모시고 오라고 하셨습니다."

마르코가 예상한 대로였다. 그 길로 투르크인 하인과 함께 상관을 나섰다. 밖에는 마르코를 태우고 갈 말도 기다리고 있었다.

2년 만에 보는 '군주의 아들'은 저택만 보면 전혀 달라져 있지 않았다. 하지만 왠지 어수선한 분위기에 감싸여 있었다. 넓은 안뜰을 사람과 말이 분주히 오가는 것은 2년 전에는 볼 수 없던 광경이다.

재회한 친구도 역시 달라졌다. 2년 전에는 내면에 갇혀 있던 격정이 지금은 밖으로 분출한 듯한 느낌을 준다. 마르코를 끌어안은 팔에는 전보다 힘이 담겨 있었고, 웃는 얼굴에도 그늘이 없었다. 그리고 무엇보다도 눈이 반짝반짝 빛났다.

마르코는 안내된 방에 앉자마자 알비제에게 말했다. 투르크풍으로 꾸며진 그리운 그 방이다.

"나를 불러낸 건 자네야. 이번에는 전부 다 털어놓게."

알비제는 고개를 깊이 끄덕였다. 진지한 눈빛으로 마르코를 바라보면서, 낮고 조용하지만 단호한 어조로 말하기 시작했다. 그 말투만은 조금도 달라지지 않았다.

"자네가 CDX에서 파견되었다는 것쯤은 알고 있네. 누가 알려준 건 아니지만, 나는 자네 성격을 아니까 그 정도 상상하는 건 간단하지. 그런데 CDX에 그대로 전해질 걸 알면서 왜 자네한테 속내를 털어놓고 있는지는 분명히 말해서 나도 모르겠네.

어쩌면 내가 지금 나서려 하고 있는 승부에 나 자신도 약간의 불안을 느끼고 있는지 모르지. 만약 그 결과가 나의 패배로 끝나게 되면, 적어도 자네만은 진실을 알고 있어주기를 바라는지도 몰라."

2년 전과 마찬가지로 알비제 옆의 작은 탁자에는 송진 냄새가 풍기는 그리스산 포도주가 든 술잔이 놓여 있었다. 그리고 마르코 옆에 있는 작은 탁자 위에는 알비제가 잊지 않고 준비해둔 투르크산 호박색 액체가 든 술잔이 놓여 있었다. 둘 다 거의 동시에 술잔으로 손을 뻗었다. 알비제는 목을 축이는 데 필요한 양보다 더 많은 술을 입에 머금었지만, 마르코는 독한 술인 만큼 혀로 핥는 정도로 끝내고 술잔을 내려놓았다. 알비제는 그런 마르코를 한동안 바라보다가 입을 열었다.

"헝가리 왕위를 갖고 싶네."

마르코의 표정은 전혀 달라지지 않았다. 호박색 술에 손을 뻗지도 않았고, 친구의 눈에 시선을 고정시킨 채 한마디도 하지 않았다.

"헝가리 왕위를 갖고 싶네. 헝가리가 투르크 제국의 속국으로 남게 되면, 술탄 쉴레이만은 그걸 나한테 줄 생각이야. 이브라힘은 좀더 적극적으로 찬성하고 있지."

마르코는 처음으로 입을 열었다.

"투르크는 자네한테 헝가리를 주고 무엇을 얻지?"

"북서 국경선의 안정을 얻게 되지. 남동쪽 국경에 접해 있는 페르시아가 요즘 불온한 움직임을 보이기 시작했다네. 북서쪽이 걱정없고, 남쪽에 접해 있는 베네치아도 평화를 바라고 있으니까 걱정없다면, 투르크는 페르시아 대책에 전념할 수 있어."

"이론적으로는 그렇지. 하지만 왜 쉴레이만은 단번에 대군을 투입하여 헝가리를 자기 영토로 삼아버리지 않나?"

"헝가리인은 꽤 다루기 어려운 민족이야. 쉴레이만이 헝가리 공략에 시간을 빼앗기고 있는 틈에 페르시아가 설칠 위험이 있어."

마르코는 탐색 방법을 조금 바꾸기로 했다.

"자네는 이미 헝가리 총독이 아닌가. 헝가리에 대한 재무담당권도 자네한테 주어져 있어. 왕위에는 보이보다가 앉아 있긴 하지만, 사실상의 헝가리 왕은 자네가 아닌가. 그래도 만족하지 못한다는 건가?"

"불만은 아니지만 그걸로는 불충분해. 나는 그 여자와 결혼하고 싶어."

마르코는 그제서야 비로소 알비제의 손가락에 에메랄드 반지가 돌아와 있는 것을 알아차렸다.

"자네가 사랑하는 여자는 이제 자유의 몸이야. 자네가 헝가리 총독이든 콘스탄티노플 제일의 상인이든, 얼마든지 결혼할 수 있는 몸이야."

"그 여자는 코르넬 집안 출신이야. 그리고 프리울리 집안으로 시집갔던 여자야."

마르코도 이런 말에는 설복당하지 않았다.

"나는 그저 몇 번 만났을 뿐이어서, 자네가 사랑하는 그 여자를 잘 알고 있다고는 말할 수 없네. 하지만 그런 나도 단언할 수 있어. 그 여자는 자네를 열렬히 사랑하고 있네. 그 사랑은 헝가리 왕위 따위는 문제가 아닐 만큼 강하고 깊다고 생각하네."

"그건 나도 알고 있어. 그 여자는 여기서 함께 살 수만 있다면 그걸로 충분하다고 말했지. 정식 결혼 같은 건 안해도 상관없다고까지 말해주었다네."

마르코는 날카로운 투로 친구를 다그쳤다.

"그렇다면 헝가리 왕위를 바라는 건 자네 혼자만의 야심이 아닌가. 그 야망에 따라 행동하는 게 조국 베네치아를 얼마나 심한 곤경에 빠뜨리고 있는지 생각해본 적이 있나?"

하지만 알비제는 마르코의 예상과는 반대로 전혀 주눅든 기색을 보이지 않았다. 그러기는커녕 마치 학창시절로 돌아간 것처럼 마르코의 손을 잡고, 설명이라도 하듯 말하기 시작했다.

"헝가리가 투르크 제국의 속국으로라도 내 것이 되면 베네치아도 이득을 볼 거야. 헝가리와 오스트리아의 국경이 긴장 상태에 있으면, 오스트리아의 합스부르크 가도 쉽사리 남하할 수 없어. 남하해서 베네치아를 위협하기가 어려워지지. 에스파냐의 카를로스도 베네치아를 영유하겠다는 야망을 포기할 수밖에 없을 거야."

"그런데 자네가 이슬람교로 개종했다는 소문이 퍼져 있네."

"그건 헛소문이야. 개종하면 나한테 손해고, 그건 쉴레이만도 바라지 않아."

"왜?"

"헝가리는 기독교 국가야. 이슬람교도에게 통치를 받는 것보다는 같은 기독교도를 주인으로 모셔야 안정이 돼. 이건 쉴레이만과 이브라힘도 알고 있어. 그리고 기독교도인 내가 왕이 되는 거니까, 기독교 세계에서도 문제가 적어져. 실질적으로는 투르크의 속국이라도, 겉으로는 어디까지나 기독교 국가로 남는 거지. 그렇게 되면 로마 교황도 에스파냐의 카를로스도 헝가리를 합병해야 한다는 합스부르크 가의 주장을 인정하기가 어려워질 거야."

마르코는 미소를 지으면서 친구를 바라보았다.

"옛날부터 그랬지만, 자네 이야기를 듣고 있노라면 혹 떼러 갔다가 오히려 혹 붙여 온다는 속담이 생각나. 지금까지는 그래도 좋았지. 하지만 이번만은 자네 생각대로 일이 진행되지 않을 것 같은 기분이 드는군. 승부의 상대가 모두 너무 크기 때문은 아니야. 지금 자네가 한 이야기에는 우연이라는 게 전혀 고려되어 있지 않기 때문이지."

알비제는 마르코의 말이 전혀 귀에 들어오지 않는 모양이었다. 알비제는 꿈꾸듯 말을 이었다.

"백 년도 안된 일이지만, 코르넬 집안의 딸이 베네치아 공화국의 딸이라는 자격으로 키프로스 왕에게 시집간 결과, 키프로스는 지금 베네치아 영토가 됐어. 그보다 더 옛날에는 모로시니의 딸이 헝가리 왕한테 시집간 일도 있잖은가. 지금도 이 방법이 유효하다는 것을 베네치아의 CDX도 언젠가는 깨닫겠지. 그리고 나도 그 여자의 사랑에 드디어 보답할 수 있어."

마르코는 그저 친구의 얼굴을 바라볼 뿐이었다.

골든혼 만의 석양

푸른 수양버들 아래 앉아 있는 여인을 바라보았다.
행복한 여인은 100미터 앞에서도 한눈에 알 수 있다는
어떤 문인의 글이 생각났다.

 나흘 뒤, 마르코는 다시 알비제의 저택에 초대를 받았다. 이번에는 헝가리 출정을 앞두고 승리를 미리 축하하는 야회를 연다고 한다. 하지만 도착해서 보니 손님이라고는 아무래도 마르코 한 사람뿐인 듯했다. 그리고 알비제의 하인인 투르크 젊은이가 베네치아 상관으로 마르코를 모시러 왔는데, 야회치고는 너무 이른 시각에 온 것 같았다. 게다가 주인은 손님을 초대해놓고 집에 없었다. 저물녘에는 귀가한다는 말을 남기고 외출했다는 것이다.

 하릴없이 기다리는 꼴이 되어버린 마르코는 정원으로 나갔다. 2년 전에 자주 시간을 보낸 연못가의 수양버들 아래서 오랜만에 콘스탄티노플 시가지나 감상해볼까 생각했던 것이다. 하지만 그곳에는 이미 누군가가 와 있었다.

 프리울리 부인, 아니 코르넬 여사가 수양버들 아래 깔린 양탄자 위에 앉아 있었다. 의자에 걸터앉아 있는 게 아니라, 투르크 여인들처럼 방석 위에 앉아 있었다.

다만 옷차림은 서유럽풍이라 발목까지 풍성하게 내린 바지 차림의 투르크 여자들처럼 가부좌로 앉을 수는 없기 때문에, 치맛자락을 우아하게 펼치고 다리를 옆으로 모은 자세로 편안히 앉아 있었다.

손에는 책을 들고 있었다. 새빨간 옷차림이 산뜻했다. 장신구는 목 언저리에서 조그맣게 반짝이는 황금 십자가뿐이었다. 이따금 책에서 눈길을 돌려, 눈 아래 펼쳐진 콘스탄티노플 시가지를 딱히 바라보는 것 같지도 않게 내려다보는 모습이다. 마르코는 불쑥 나서는 게 왠지 망설여져서 거기에 우두커니 선 채, 푸른 수양버들 아래 앉아 있는 여인을 바라보았다.

행복한 여인은 100미터 앞에서도 한눈에 알 수 있다는 어떤 문인의 글이 생각났다. 행복에 겨워 춤을 추고 있는 것도 아닌데, 푸른 나무 아래 조용히 앉은 여사의 온몸에서는 활활 타는 듯한 환희가 느껴졌다.

코르넬 여사는 알비제와 동갑이니까 마르코와도 같은 나이일 터였다. 서른다섯 살에야 얻은 행복에 온 몸이 잠긴 여자에게, 아무리 조국을 위해서라고는 하지만 어려운 부탁을 할 수 있을까 하고 마르코는 생각했다.

문득 여사가 인기척을 느낀 모양이다. 길게 풀어내린 풍성하고 검은 머리가 가볍게 흔들리더니, 그녀의 얼굴이 천천히 이쪽으로 돌려졌다. 마르코를 발견한 그녀는 놀란 기색도 없이 미소를 지으며 우아하게 손짓을 했다.

양탄자 위에 앉은 마르코는 가까이에서 보는 여사의 변모에 새삼 눈이 크게 뜨이는 기분이었다.

베네치아 전체가 찬탄을 아끼지 않던 고상한 미모의 귀부인은 거기에 없었다. 아름다움은 여전했지만, 그 아름다움은 남을 포근히 감싸는 듯한 상냥함으로 가득 차 있었다. 저 혼자 잘난 척 빛나는 고고한 아름다움이 아니라, 봄의 들녘에 무리지어 피어난 들꽃과도 흡사했다.

"알비제가 또 당신한테 떼를 써서 무리한 부탁을 드렸나보군요."

"그 친구야 늘상 그러는걸요."

두 사람 사이에 뜻밖에도 상쾌한 웃음이 피어올랐다. 하지만 소리내어 웃으면서도 마르코는 마지막 시도를 잊지 않았다. 그러지 않고는 콘스탄티노플까지 온 보람이 없다. 마르코는 여사를 정면으로 바라보았다. 목소리도 평상시의 음성으로 돌아와 있었다.

"부인, 알비제는 이제껏 아무도 시도해본 적이 없을 만큼 커다란 승부에 손을 대고 있습니다. 이 승부의 성패는 신만이 아실 일이긴 하지만, 대담무쌍하기 짝이 없다는 것은 부인도 아실 겁니다. 솔직히 말씀드리면 나는 몹시 불안합니다. 지금이라면 아직 돌아설 수 있습니다. 그리고 부인이라면 알비제를 돌아서게 할 수 있습니다.

통령께서도 부성애를 담아 보낸 편지를 통해 알비제를 말리려 했지만 실패했습니다. 나도 베네치아 정부에 속하는 사람으로서, 또한 진심으로 알비제를 걱정하는 친구로서 마음을 바꾸라고 신신당부했지만, 뜻대로 되지 않는군요.

나는 확신하고 있습니다. 알비제가 사랑하는 여자가 당신이 아니라 다른 여자였다면, 알비제도 왕위까지는 생각지 않았을 겁니다. 여자라고 해서 누구나 왕비가 되기에 어울리는 건 아니니까요.

이제 믿을 사람은 부인밖에 없습니다. 알비제가 온전하게 생애를 마치기를 바라는 사람으로서도, 알비제를 설득할 수 있는 사람은 부인뿐입니다."

그러나 10인 위원회의 일원인 자신의 참뜻은 털어놓지 않았다. 베네치아의 국익만을 추구하는 10인 위원회로서는 알비제 그리티의 야망이 단기간에 실현된다면 속으로는 환영할 만한 일이었기 때문이다.

다만 그 야망은 어디까지나 단기간에 실현되어야 한다. 기간이 길어지면 길어질수록 오스트리아와 에스파냐 합스부르크 가의 의심도 강해질 것이기 때문이다. 단기간에 실현하기가 어렵다면, 그것은 커다란 위험이 뒤따르는 도박이 된다. 베네치아 공화국은 국가다. 국가가 도박에 가담할 수는 없는 노릇이었다.

여사는 조용한 눈길을 마르코에게 쏟은 채 귀를 기울였지만, 마르코의 말이 끊겼는데도 한동안 계속 침묵을 지켰다. 그렇다고 마음이 흔들리고 있는 것은 아니었다. 그 증거로, 책 위에 놓인 섬섬옥수의 손가락은 전혀 떨리지 않았다. 내리깐 시선도 초록빛 양탄자 위의 한 점을 응시한 채 조금도 움직이지 않았다. 그런 자세로 여사가 드디어 입을 열었다.

"저는 15년 전부터 줄곧 말해왔어요. 우리 둘이 함께 살 수만 있다면 어떤 신세가 되어도 좋다고. 제 마음은 지금 상태로도 충분히 만족하고 있어요. 더 이상의 행복은 누릴 수 없을 거라고 생각할 만큼 저는 지금 행복에 가득 차 있으니까요.

하지만 지금 누리고 있는 행복은 알비제를 알았을 때부터 줄곧 기다리고 바랐던 거예요. 저에게 죄가 있다면, 어떻게든 그저 함께 살 수만 있다면 좋겠다고 알비제에게 계속 호소한 것인지도 몰라요.

당신은 '황금의 명부'(리브로 도로)에 이름이 올라 있지만, 알비제의 이름은 그 명부에 없어요. '은의 명부'(리브로 데이 아르젠토)에는 실릴 권리가 있었지만, 알비제 스스로 그 권리를 포기했어요. 그런 건 굴욕일 뿐이라면서.

그리티라는 성을 갖고 통령을 아버지로 둔 알비제에게 어떻게 '은의 명부'에 이름을 올리라고 요구할 수 있겠어요."

'황금의 명부'는 말하자면 베네치아 귀족 명단이다. 정식 결혼에서 태어난 남자라면 국정을 담당할 수 있는 나이인 스무 살이 되자마자 이 명부에 이름을 올리는 것이 관례였다.

'은의 명부'에는 이들 귀족보다 아래 계급인 시민계급에 속하는 사람들의 이름이 실린다. 정부에서 일하는 서기관을 비롯한 사무관료, 조선 기술자, 유리공장을 비롯한 공장의 주인도 여기에 포함된다. 말하자면 베네치아 공화국의 중산층을 형성하는 남자들이다.

국정에는 참가할 수 없지만, 이들은 전문직에 종사하기 때문에 긍지도 높고, '은의 명부'에 이름이 실리는 것은 베네치아 시민으로서는 충분히 자랑할 수 있는 실적이었다.

알비제가 이것조차 거부한 이유는 마르코도 너무나 잘 알았다. 하지만 이것은 200년 동안 지켜져온 베네치아 공화국의 전통이다. 성문법이 없는 베네치아에서는 전통이나 관습이 실질적으로 심한 폐해를 미치게 될 때까지는 그것을 존중하는 경향이 강했다.

"부인, 알비제는 아버지의 나라 베네치아에 복수할 생각인가요?"

"복수라고요?"

부인은 무심코 미소를 지었다. 그러고는 거의 쾌활하다고 해도 좋은 목소리로 말했다.

"복수란 실제로는 어떤 걸까요. 증오심 때문에 복수하는 걸까요. 아니면 애증 때문에 복수할 마음이 나는 걸까요. 한 가지 분명하게 말씀드릴 수 있는 것은, 집착을 끊지 못하기 때문에 복수하는 게 아닐까 하는 거예요. 간단히 끊을 수 있는 집착이라면 복수 같은 성가신 짓은 아무도 할 마음이 나지 않을 거예요."

"그렇다면 역시 복수인가요? 알비제가 하려는 일은……."

"글쎄요. 알비제 자신은 그렇게 생각지 않는 것 같던데……."

그때 저택 쪽에서 알비제의 목소리가 들려왔다.

"리비아!"

마르코는 눈을 크게 뜨고 여사를 바라보았다. 이들 두 사람은 숨겨놓은 딸에게 엄마와 같은 이름을 붙였던 것이다. 수녀원에 맡겨진 소녀의 이름도 리비아였다.

베네치아의 귀족 출신 여자들은 시집가기 전에는 친정의 성으로 불리고 결혼한 뒤에는 남편의 성으로 불리는 게 보통이기 때문에, 마르코는 그때까지 여사의 이름을 알지 못했다.

가까이 다가온 알비제는 무척 기분이 좋아 보였다. 사랑하는 여인의 오른손을 잡고 그 손에 가볍게 입을 맞춘 뒤에도 그 손을 놓지 않았다. 교양과 지위가 높은 남자라면 남들 앞에서는 애정을 노골적으로 드러내지 않는 법이지만, 이런 행동은 마르코를 허물없는 친구로 생각하고 있다는 증거였다.

양탄자 위에 앉은 알비제는 애인의 손을 왼손으로 감싸쥔 채, 마르코에게 쾌활한 목소리로 말을 건넸다.

"이틀 뒤에 쉴레이만이 출정식을 열어주기로 했다네. 톱카피 궁전 안뜰에서 열릴 거야. 자네도 와주게. 아니, 와주지 않으면 곤란해. 자네도 보고할 자료가 없으면 베네치아에 돌아갈 수 없지 않나."

빈정거림이 담긴 알비제의 농담은 기분이 좋다는 증거다. 마르코는 쓴웃음을 지으면서도 그러마고 승낙했다. 알비제의 기분에 장단을 맞춰주자는 생각이었다.

리비아 코르넬만은 다소 유감스러운 표정을 짓고 있었다. 알비제의 정식 아내가 아니라고 해서 참석할 권리가 없는 것은 아니다. 투르크에서는 정식 아내든 아니든 관계없이, 여자는 공식 행사에 참석할 수 없다. 수양버들 아래서 사랑하는 남자와 그 친구가 돌아오기를 기다릴 수밖에 없다.

톱카피 궁전의 널따란 안뜰은 출정식에 모인 사람들로 가득 찼다. 술탄 쉴레이만의 옥좌는 안뜰 정면에 열려 있는 입구를 등지고 화려하게 꾸며져 있었다. 그 입구는 안뜰보다 더 안쪽에 있는 술탄 전용 정원으로 통했다. 옥좌 왼쪽에는 이슬람교의 고위 성직자들이 줄지어 앉아 있고, 오른쪽에는 이브라힘 재상을 비롯하여 투르크 궁정의 고관들이 늘어앉았다. 그 좌우에는 콘스탄티노플의 유력자들이 위병들의 지시에 따라 늘어섰다. 여기까지는 투르크 수도에서 열리는 공식 행사에서는 늘상 볼 수 있는 얼굴들이다.

하지만 톱카피 궁전의 하렘에서 일어난 변화를 말해주는 게 하나 있었다. 술탄의 옥좌 바로 뒤 오른쪽에 페르시아식 쇠살문을 둘러친 자리가 있었던 것이다. 아무래도 하렘 안에서 로사나의 지위는 점점 확고해지고 있는 모양이었다.

축제 행사와는 다르다. 오늘 행사는 빈을 공략하기 위한 원정군의 출정식이다. 이제 곧 쉴레이만도 뒤따라 출정한다고 한다. 아무리 왕비의 지위를 얻었다고는 하지만, 서유럽과는 달리 여성을 위한 자리가 없는 투르크에서 남자들의 행사인 출정식에 여자가 참석하는 것은 이례적인 일이었다.

마르코가 투르크를 방문한 것은 2년 만이다. 2년 만에 보니까 이상하게 보이는지도 모른다. 그렇다면 다른 사람들에게는 더 이상 이상한 일이 아닐 수도 있었다.

그렇게 생각하고 보니, 과거에는 자신만만했던 이브라힘의 거동에도 다소 그늘이 드리워진 듯한 기분이 든다. 뒤에 있는 쇠살문 쪽에 신경을 쓰느라 머뭇거리는 기색마저 느껴진다.

마지막으로 입장하여 옥좌에 앉은 쉴레이만 앞으로 투르크식 군복을 입은 알비제가 나아갔다. 한쪽 무릎을 꿇고 허리를 깊이 조아려 무인답게 예를 올리자, 자리에서 일어난 쉴레이만은 알비제에게 다가가서 지휘봉을 건네주었다. 초록색 바탕에 하얀 반달을 수놓은 군기도 주었다. 출정식은 이것으로 끝났지만, 그 다음에는 베네치아에서는 볼 수 없는 행사가 기다리고 있었다.

알비제가 신호를 보내자, 넓은 안뜰 반대편에서 금테두리를 두른 은쟁반을 받쳐든 120명의 노예가 나타났다. 그들은 옥좌를 향해 한 줄로 나아갔다. 은쟁반 위에는 금화가 넘칠 만큼 수북이 쌓여 있었다.

총사령관 알비제 그리티가 술탄에게 바치는 헌상품이다. 참석한 남자들 사이에서는 한숨을 내쉬는 듯한 소리가 새어나왔다. 마르코도 경탄한 것은 마찬가지였지만, 노예들이 가까이 지나갈 때 본 금화가 두카토 금화인 것을 알았을 때는 무심코 미소를 짓고 말았다.

베네치아 공화국의 금화인 '두카토'는 금 함유율이 높은데다, 그것을 300년 동안이나 유지해온 결과 유럽과 오리엔트 전역에서 가장 신용있는 화폐가 되어 있었기 때문이다. 해마다 가치가 떨어지는 투르크 은화보다 베네치아의 금화를 선물받고 기뻐할 사람은 술탄보다 왕비인 로사나가 아닐까 하고 마르코는 생각했다. 옆에 있던 두 사람이 속삭이는 소리를 믿는다면, 은쟁반 위에 쌓인 금화를 전부 합하면 25만 두카토나 된다고 한다.

120명의 노예가 술탄의 어전에 선물을 내려놓고 줄지어 물러가자, 뒤이어 3백 명의 노예가 앞으로 나왔다. 그들은 저마다 은실로 테두리를 두른 황금빛 피륙을 받쳐들고 있었다.

"저 선물은 값이 얼마나 나갈지 짐작도 안 가는군."

마르코의 뒤에 있던 그리스 상인이 탄성을 질렀다. 궁정에 초대받았을 정도니까, 이 사내도 대상인이 분명하다. 3백 명의 노예가 저마다 무거운 듯이 머리 위에 받쳐들고 있는 직물은 금실을 넣어 짠 비단이다. 그 값은 이 상인도 예측하지 못할 만큼 엄청난 모양이었다.

이어서 알비제의 헌상품에 대한 답례로 술탄 쉴레이만도 원정군 총사령관에게 하사품을 내렸다. 그것은 안뜰에 있는 사람들이 술렁거릴 만큼 훌륭한 열두 마리의 순종 아라비아 말이었다. 그 준마들은 저마다 빨간 비단옷을 걸치고 있었다. 안장 양옆에는 가죽 주머니가 매달려 있고, 그 안에는 군자금이 가득 들어 있다는 것이다.

주위 사람들의 한숨 섞인 탄성을 이때만은 마르코도 진심으로 믿을 수 있었다. 그들은 알비제 그리티가 이제 투르크 제국에서 술탄 쉴레이만과 이브라힘 재상에 이어 세번째로 중요한 인물이 되었다고 속삭였던 것이다.

사흘 뒤에 알비제는 헝가리를 향해 떠났다. 5만 명의 병력이 그를 따랐다. 나머지 5만 명은 한 달 뒤에 콘스탄티노플을 떠난다. 그 후속부대는 술탄 쉴레이만이 직접 이끌고 갈 예정이었다.

마르코는 마음만 먹으면 얼마든지 베네치아로 돌아갈 수도 있었다. 알비제의 군사행동을 저지한다는 당초의 목적은 달성하지 못했다. 원래 베네치아를 떠날 때부터 이 목적을 달성할 수 있으리라고는 생각지 않았지만, 이처럼 분명하게 실패로 끝나자 왠지 맥이 빠져서 당장 귀국하여 10인 위원회에 보고할 마음도 나지 않았다.

알비제의 뜻대로 그의 심모원려를 마치 알비제의 대리인이라도 되는 양 10인 위원회 위원들 앞에서 대변하는 것도 내키지 않았다.

마르코는 당분간 콘스탄티노플에 머물기로 작정했다. 보고서는 암호문으로 보내면 된다. 투르크 군대가 빈을 공략하는 과정을 추적하려면 콘스탄티노플에 남아 있는 편이 유리했다.

모든 사정에 정통한 피에트로 젠이 다시 콘스탄티노플 주재 대사로 부임한다는 소문도 있었다. 알비제가 없는 대신 리비아가 있기 때문에, 그다지 적적하지도 않을 터였다.

낭떠러지

거의 신음에 가까운 목소리가 새어나왔다.
"나와 알비제가 지금까지 얼마나 베네치아의 이익을 위해 애써왔는데!"

알비제는 헝가리로 떠나기 전에 마르코에게 말했다. 베네치아 상관 생활을 끝내고 '군주의 아들'(베이올루) 저택으로 거처를 옮기는 게 어떠냐고. 리비아도 쓸쓸함을 잊을 수 있어서 기뻐할 거라고 말했다.

하지만 마르코는 친구의 호의를 기뻐하면서도 거절했다. 겉으로는 상용으로 와 있으니까 상관에 있어야 남의 이목을 끌지 않는다는 이유를 댔다. 알비제도 옳은 말이라면서 더 이상은 권하지 않았다. 다만 마르코는 리비아의 무료함을 달래주기 위해 '군주의 아들' 저택을 자주 방문하겠다고 친구에게 약속했다.

그러나 이것은 베네치아 공화국 10인 위원회가 세운 정책, 즉 알비제 그리티와는 너무 가까이하지도 않고 너무 멀리지도 않는다는 정책의 결과이기도 했다. 사실상 10인 위원회에서 파견된 마르코로서는 이런 방식으로라도 알비제와 거리를 두는 것이 지금 쓸 수 있는 유일한 방책이었기 때문이다.

마르코의 신중함은 이내 효과를 발휘했다. 10인 위원회의 밀명을 띠고 다시 부임한 젠 대사가 베네치아 상관에 있는 마르코를 대사관으로 부른 것이다. 대사관에 초대받은 마르코는 대사가 자기를 부른 내막을 금방 예상할 수 있었다. 마르코는 겉으로는 상인의 신분을 유지한 채 사실상은 다시 대사의 부관으로 돌아간 것이다.

이것으로 얻은 첫번째 특권은 베네치아 대사관이 풀어놓은 첩자들이 보내오는 정보를 접할 수 있게 된 것이다. 이 정보를 입수할 수 있으면, 콘스탄티노플 시내에 떠도는 소문을 주워모으는 것보다 훨씬 정확하고 신속하게 정황을 파악할 수 있다. 첩자들은 알비제가 헝가리 수도 부다페스트에 입성했을 때의 차림새까지도 자세히 보고해왔기 때문이다.

알비제 그리티는 술탄에게 하사받은 열두 마리의 아라비아 말 가운데 한 마리를 타고 입성했다. 말은 진주와 보석이 가득 아로새겨진 황금빛 비단옷을 걸쳤다. 거기에 걸터앉은 알비제도 투르크식 새빨간 비단옷을 걸치고, 커다란 황금칼을 찼다. 새하얀 터번의 골짜기에서는 비둘기 피처럼 새빨간 최고급 루비가 사람들의 눈길을 끈다. 알비제의 말 뒤에는 역시 술탄에게 선물받은 2백 명의 예니첼리 군단병이 따랐다.

일행이 부다페스트에서 가장 큰 교회 앞에 도착하자, 투르크의 후원으로 헝가리 왕위에 앉은 보이보다가 기다리고 있었다. 알비제는 말에서 내린다. 보이보다가 화려한 차림새의 알비제와 나란히 서자 어느 쪽이 왕인지 알 수 없을 정도였다. 알비제는 보이보다의 안내를 받아 교회 안으로 들어갔다.

알비제는 대주교가 기다리는 제단 앞으로 나아간다. 보이보다는 대주교 옆에 서서, 알비제에게 헝가리 왕의 문장과 그것을 수놓은 군기를 준다. 그러고는 엄숙하게 선언했다.

"이 사람을 헝가리 왕국의 총독과 헝가리 방위군 총사령관에 정식으로 임명하노라."

이때까지는 기독교도인 헝가리 병사들로 이루어진 수비대가 부다페스트를 지키고 있었지만, 알비제는 즉각 그 헝가리인 수비대를 투르크 병사들로만 이루어진 부대로 교체했다.

며칠 뒤 빈을 공략하러 떠난 술탄 쉴레이만은 알비제를 선두로 한 투르크 병사들과 헝가리 민중의 환호를 받으며 부다페스트에 입성한다. 알비제에게 헝가리 전선을 맡긴다는 쉴레이만의 생각은 완벽하게 실현되었다.

알비제 그리티는 그야말로 권세의 정점에 있었다. 명색뿐이라 해도 헝가리 왕위에 앉은 보이보다는 알비제를 "나의 가장 중요한 재상"이라고 부른다. 술탄 쉴레이만은 알비제를 "헝가리를 지키는 칼"이라고 명명했다.

콘스탄티노플에 사는 서유럽인들은 이제 누구나 알비제를 투르크 제국에서 세번째로 중요한 인물로 보았다. 그리고 알비제는 정식 명칭만 제외하고는 헝가리 왕이나 다름없다는 데도 모든 사람의 의견이 일치했다.

실제로 보이보다는 왕위를 유지하기 위해 알비제한테서 30만

두카토나 되는 막대한 돈을 빌렸다. 이 빚을 갚는 문제는 헝가리 왕국의 세금징수권을 알비제에게 양도하는 것으로 해결할 예정이었지만, 빚을 전부 갚으려면 상당한 시일이 걸린다고 한다. 왕이 되긴 했지만, 완전히 머리를 짓눌린 왕이었다.

알비제도 사실상의 왕은 자기라는 것을 일부러 과시하듯 행동했다. 5백 명의 기병과 2백 명의 보병을 거느리지 않고는 총독 관저 밖으로 나가지도 않는다. 왕궁 근처에 넓은 저택도 짓고 있었다. 게다가 폴란드 왕의 딸을 아내로 달라고 했다는 소문까지 퍼졌다.

풍문에 흔들리기 쉬운 콘스탄티노플의 서유럽인 사회에서는 누구나 알비제 그리티의 눈부신 출세는 이것으로 결정된 거나 마찬가지라고 생각했다.

그러나 정확한 정보 수집의 전통을 가진 베네치아 대사관은 풍문에 흔들려 갈팡질팡하지 않는다. 이슬람교도가 아닌 알비제의 실제 지위는 투르크 제국 안에서는 생각보다 훨씬 낮다는 사실을 베네치아 대사관은 알고 있었다.

대제국 투르크의 제일인자는 술탄 쉴레이만이다. 그 다음이 재상 이브라힘이고, 그 밑에 세 명의 장관이 있다. 다음 차례가 그리스와 아나톨리아 총독, 예니첼리 군단 총사령관이고, 그 다음에야 비로소 알비제 그리티의 차례가 온다.

이제 당대의 인물이 된 알비제도 지위로는 아홉번째에 불과하다. 그만큼 안전함과 확실함에서는 멀리 떨어져 있다는 뜻이기도 했다.

마르코는 거의 며칠 간격으로 '군주의 아들' 저택에 꾸준히 드나들었다. 알비제의 애인이 기다리는 알비제의 저택에 가서, 대사관을 통해서는 얻을 수 없는 정보를 포착하기 위해서다. 하지만 리비아를 만나 이야기하는 것도 마르코에게는 은밀한 기쁨이 되어 있었다.

리비아는 헝가리에 있는 알비제한테서 자주 편지를 받는지, 아니면 알비제를 굳게 믿는지, 어떤 소문에도 동요하는 기색을 보이지 않았다. 마르코는 폴란드 왕녀에 대한 소문을 리비아에게 알려줄까 말까 무척이나 망설이다가 어렵게 입을 열었지만, 리비아는 편안한 미소를 지었을 뿐이다. 마르코의 걱정이 우스꽝스럽게 여겨질 정도였다.

"알비제가 그렇게 할 필요가 있다고 생각한다면, 폴란드 왕녀를 아내로 맞이하면 돼요. 하지만 설령 그랬다 해도 그건 정치적 필요 때문이고, 그이가 오직 나만을 사랑한다는 것을 의심할 내가 아니에요."

마르코는 이제 그 문제는 이야기하지 않기로 마음먹었다. 다만 극비 정보가 아니면 알비제에 관한 정보는 모두 리비아에게 전해주었다. 리비아는 아무리 사소한 정보라도 알비제와 관계가 있다는 이유만으로 몹시 기뻐하며 귀를 기울였기 때문이다.

아무리 사랑받고 있어도 여자는 그것을 남이 알아주기를 바란다. 자기 가슴 속에만 감추어두는 것은 역시 괴로울 것이다. 오랜 세월 동안 숨기며 살아왔기 때문에, 걱정할 필요가 없는 마르코와 함께 있을 때만은 사랑하는 남자를 화제로 삼고 싶어했다.

그걸 알고 나서 마르코는 리비아가 모르는 석궁병 시절의 이야기 따위를 들려주었다. 리비아는 스무 살이나 되젊어진 듯한 웃음소리를 내면서, 마르코에게 이야기를 계속해달라고 재촉한다. 마르코는 자기가 10인 위원회의 일원이라는 사실을 걸핏하면 잊어버리곤 하는 것을 감미로운 기분으로 인정할 수밖에 없었다.

하지만 그런 마르코도 10인 위원회를 상기하지 않으면 안 될 때가 찾아온다. 그해 여름은 짧았고 가을은 마치 겨울 같았다. 술탄이 직접 전쟁터로 옥좌를 옮기고 알비제가 실제 지휘를 맡고 있었지만, 투르크 군대는 좀처럼 빈의 성벽을 부수지 못한다. 겨울이 일찍 찾아오자, 더 이상 포위 공격을 계속하기가 어렵다는 것을 깨달은 쉴레이만은 포위를 풀기로 결정한다. 헝가리 국경은 알비제에게 맡겨두면 괜찮다고 판단하고, 휴전기인 겨울을 수도로 돌아와서 보내기로 했다.

하지만 넓은 영토를 가진 대제국 투르크가 여러 번 시도했는데도 공략하지 못한 것은, 설령 패전은 아니라 해도 패전에 가까운 인상을 줄 수밖에 없다. 그리고 무슨 까닭인지, 패전은 내부 깊숙이 자리잡고 있던 불만을 폭발시키기에 좋은 기회인 것도 사실이었다.

이브라힘 재상은 쉴레이만이 콘스탄티노플에 돌아오기를 팔짱 끼고 기다리지는 않았다. 그는 베네치아 대사 젠에게 비밀 회담을 요구했다. 비밀 회합 장소는 알비제의 저택에서도 그리 멀지 않고 같은 갈라타 지구의 고지대에 있는 이브라힘의 별장이었다.

이브라힘의 별장에 초대받은 젠 대사는 몰래 베네치아 상관으로 심부름꾼을 보내, 마르코를 불러들였다. 젠 대사도 마르코도 재상의 의도가 단순한 정세 분석에 있지는 않으리라고 예상했다.

이브라힘의 별장은 완전한 투르크식 저택이었다. 지붕 대신 천막을 씌운 듯한 느낌을 주는 목조 주택이다. 하지만 저택 안으로 한 걸음 들어가면, 호화로운 내부 장식은 역시 투르크 제국 제2의 권세를 자랑하는 사람의 거처에 어울린다. 바닥에 깔기가 아까울 만큼 고급스러운 비단 융단이 방안만이 아니라 복도까지 깔려 있다. 젠 대사와 마르코가 안내된 방도 벽이며 바닥이 온통 값비싼 융단으로 덮여 있었다.

기다릴 사이도 없이 들어온 이브라힘은 대사 옆에 마르코가 있는 것을 보고 잠시 그에게 눈길을 멈추었지만, 아무 말도 하지 않았다. 2년 전에 만난 적이 있는 알비제의 친구를 기억하고 있었던 모양이다. 그러고는 대사에게 단도직입적으로 말을 꺼냈다.

"헝가리 전선에서 우리 군대가 고전한 것은 당신네 정보 수집 능력으로 보아 내가 말하지 않아도 이미 알고 계실 줄 믿소. 올해는 전쟁 기간이 끝났소. 문제는 내년인데, 내년은 무슨 일이 있어도 성공하고 싶소. 성공하지 않으면 곤란하오."

여기서 이브라힘은 입을 다물었다. 여자 노예가 물병을 들고 나타났기 때문이겠지 하고 마르코는 생각했지만, 그런 마르코의 속마음을 눈치챈 듯 이브라힘은 처음으로 미소를 지으며 마르코

쪽으로 눈길을 돌리고 말한다.

"내 시중을 드는 노예들은 들을 수는 있어도 말은 하지 못하도록 하고 있으니까 괜찮소."

아아, 그렇군요. 물론 입밖에 내어 말하지는 않았지만, 마르코는 틀림없이 그런 표정을 지었을 것이다. 대사에게 다시 눈길을 돌린 재상은 베네치아 사투리의 억양이 강한 이탈리아어로 말을 이었다.

"대사, 당신한테는 그럴듯하게 꾸며서 말할 필요가 없을 거요. 그러니까 나도 솔직하게 이야기하겠소. 어떻게든 헝가리 전선에서 성공을 거두는 것은 재상인 나한테는 꼭 필요한 일이오. 나를 반대하는 세력이 투르크 궁정 안에서 나날이 세력을 확대하고 있다는 걸 알고 계실 테니까 분명히 말하겠지만, 실패가 거듭될수록 내 지위는 위태로워질 거요. 다시 말해서 반이브라힘 세력에 유리하게 상황이 바뀔 거요. 나를 반대하는 세력의 배후에 누가 버티고 있는지도 당신은 벌써 오래 전부터 눈치채고 계실 게 틀림없소. 그 인물은 여자치고는 보기 드물 만큼 기다릴 줄 아는 사람이오. 절호의 기회가 찾아오기를 잠자코 기다리고 있소.

그리고 이브라힘이 위태로워진다는 것은 곧 알비제 그리티에게도 위험이 늘어난다는 뜻이오. 당신네 통령이 가장 사랑하는 아들은 이제 나와는 한 배를 탄 운명 공동체가 되었으니까 말이오."

젠 대사는 시선을 재상에게 돌린 채 말없이 듣고 있었다. 그 날카로운 눈빛과 지구력은 여든 살이 다 된 노인이라고는 생각할 수 없을 정도였다.

하지만 그 절반쯤 되는 나이의 이브라힘도 오랫동안 대제국을 짊어지고 온 인물이다. 재상은 당당하게 대결한다는 느낌으로 말을 이었다.

"그래서 한 가지 제안을 하겠소. 베네치아 원로원을 움직여, 귀국이 남쪽에서 오스트리아를 공격하게 해주시오."

이브라힘도 베네치아 정부의 방침은 여전히 원로원에서 결정된다고 믿고 있는 모양이었다.

"베네치아 군대가 남쪽에서 오스트리아로 진격하면, 오스트리아의 합스부르크도 전력을 양분하지 않을 수 없소. 헝가리 전선에만 전념할 수 없게 되는 거지요. 그 준비를 내년 봄까지 갖추어 주시오. 당신들이 그렇게 해준다면, 투르크가 대군을 편성하여 술탄이 직접 이끌고 원정을 떠나는 문제는 내가 마무리짓겠소."

여기까지 말하고 재상은 입을 다물었다. 젠 대사는 그래도 여전히 침묵을 지키고 있다가 겨우 입을 열었다. 낮고 차분한 목소리지만, 어조는 단호했다.

"그건 불가능합니다."

이브라힘은 다음 말을 기다리지 않았다.

"대사, 당신한테 대답은 요구하지 않았소. 단지 베네치아 원로원이 그런 결정을 내리도록 작용해달라고 말했을 뿐이오."

"그래도 소용없습니다. 원로원에서 내려질 결의는 방금 내 입에서 나온 것과 똑같을 겁니다."

"그럼 베네치아 공화국은 투르크 제국과 베네치아 사이에 평화가 유지되기를 바라지 않는다는 거요?"

"바라든 바라지 않든, 우리나라에는 양국간의 평화가 꼭 필요합니다. 하지만 합스부르크 가의 우두머리인 카를로스와 베네치아는 얼마 전에 동맹을 맺었습니다. 오스트리아를 다스리는 것도 합스부르크 가입니다. 동맹 위반은 우리나라에는 치명적입니다. 아무리 투르크와의 우호관계가 손상될 우려가 있다 해도, 치명적이라는 걸 알면서 그런 일을 할 수는 없습니다."

"당신은 알비제를 저버릴 수 있소? 그리티 통령이라면 당신과는 다른 대답을 하지 않겠소?"

"우리 통령이 최근에 사임의 뜻을 밝힌 것을 각하께서는 아십니까? 아들과의 관계 때문에 베네치아 공화국의 정책이 흔들릴 것을 우려해서 사임의 뜻을 밝힌 겁니다. 이 자리에 통령이 있어서 각하와 직접 이야기할 수 있다 해도, 돌아올 대답은 내 대답과 마찬가지일 게 분명합니다."

그리티 통령이 사의를 표명했다는 이야기는 마르코도 금시초문이었다. 마르코가 베네치아를 떠난 뒤에 일어난 일일 것이다. 대사가 말을 이었다.

"통령의 사의는 결국 받아들여지지 않았습니다. 하지만 이건 베네치아 원로원이 통령의 개인 감정을 무시하고 국가 정책을 관철한다는 의미로 생각하시면 될 겁니다."

이브라힘은 약간 낙담한 것처럼 보였다. 거의 신음에 가까운 목소리가 새어나왔다.

"나와 알비제가 지금까지 얼마나 베네치아의 이익을 위해 애써왔는데!"

"그건 나도 통령도, 그리고 원로원 의원들도 모두 충분히 알고 있는 일입니다. 오늘에 이르기까지 지속된 양국의 평화는 오로지 각하와 알비제가 노력한 덕택이라고 해도 좋을 정도입니다. 하지만 각하께서는 지금 우리 베네치아에 국가의 존망을 건 도박을 요구하고 계십니다. 개인과 달리 국가에는 그런 도박이 허용되지 않습니다. 특히 베네치아가 지금 놓인 처지에서는 그런 부탁을 받아들일 수가 없습니다. 아무리 각하의 부탁이라 해도 안됩니다."

이브라힘은 더 이상 낙담을 감추지 않았다. 피에트로 젠 대사한테는 협박을 해도 소용이 없다는 것을 알고 있다. 늙은 외교관한테서 시선을 돌린 재상은 옆에 있는 마르코를 바라보며 말했다.

"단돌로 씨는 나와 같은 연배요. 우리는 아직도 잃을 게 많으니까 생각도 다르지 않겠소?"

하지만 마르코도 이브라힘을 만족시킬 수는 없었다.

"저도 대사와 전적으로 같은 생각입니다."

그러나 마르코의 속마음은 단호한 목소리와는 반대로 무겁고 침울했다.

오리엔트의 바람

새로운 질서를 창조하려는 '사생아'들은 반드시
어딘가에서 모험을 한다.

1년이 지났다. 마르코는 베네치아에 돌아와 있었다. 술탄 쉴레이만이 귀환한 직후에 콘스탄티노플을 떠난 마르코는 결국 알비제를 다시 만나지 못한 채 베네치아로 돌아온 셈이다. 쉴레이만이 콘스탄티노플로 돌아온 뒤에도 알비제는 헝가리에 계속 남아 있었기 때문에 만날 수 없었다.

그러나 마르코는 그게 차라리 나았다. 이브라힘 재상이 비난하면 대꾸할 수도 있지만, 알비제가 비난하면 대꾸할 말이 없을 터였다. 알비제가 "자네까지 나를 저버릴 텐가?" 하고 비난할 때, 조국 베네치아의 처지를 설명해봤자 무슨 도움이 되겠는가. 그에게 이유가 없는 것은 아니다. 이유라면 지나칠 만큼 충분히 있다.

하지만 그런 것은 알비제도 알고 있다. 그런 알비제에게 "우리는 자네가 표면에 나서는 데는 줄곧 반대해왔네" 하고 말해봤자 어떻게 되는 것도 아니다. 그것은 푸념에 불과하다. 마르코는 이제껏 살아오면서 푸념 따위는 해본 적이 없었다.

만날 수 없는 게 차라리 다행이라고 생각하면서 마르코는 콘스탄티노플을 떠났다. '군주의 아들'(베이올루) 저택에서 기다리는 리비아에게는 작별 인사를 하러 찾아갔다. 알비제에 대한 리비아의 사랑, 부드러우면서도 흔들리지 않는 그 사랑을 보면 마음이 놓이는 동시에, 왠지 모를 쓸쓸함을 느끼지 않을 수 없다. 콘스탄티노플에서는 더 이상 마르코가 할 일이 없었다.

베네치아로 돌아오자, 거의 당연하다는 듯이 10인 위원회 위원 자리가 그를 기다리고 있었다. 날마다 최신 극비 정보를 접할 수 있는 자리다. 서쪽에서는 에스파냐 왕 카를로스의 동정이 동쪽에서는 투르크의 술탄 쉴레이만의 움직임이 눈으로 보는 것처럼 정확하게 들어온다. 다만 그 정보를 보는 마르코의 기분은 전과는 달랐다.

5년 전처럼 긴장과 책임감으로 몸이 떨리는 일은 없다. 반대로 시시각각 변하는 정황을 보면서, 아무 주도권도 갖지 못한 처지가 원통하게 느껴졌다.

아니, 원통함을 느낀다면 그래도 낫다. 분하게 생각한다면 아직 마음이 불타고 있다는 증거다. 마르코의 마음은 이제 불타고 있지 않았다. 지난 1년 동안 그의 마음은 세상이 덧없다는 허무감에 짓눌려 있었다. 그것이 그해의 국제 정세하에서 베네치아 공화국이 놓인 처지이기도 했다.

오리엔트에서는 더 이상 방치해둘 수 없게 된 페르시아를 정벌하기 위해 이브라힘 재상이 직접 군대를 이끌고 원정에 나섰다는 정보가 들어와 있었다. 쉴레이만과 이브라힘은 지금까지 늘 함께 있었다. 쉴레이만이 군대를 이끌고 나갈 때 이따금 이브라힘이 콘스탄티노플에 남아서 본국을 지키는 경우는 있었지만, 이브라힘 혼자 원정군의 선두에 서는 일은 없었다.

그런데 이번에는 이브라힘 혼자다. 잇달아 들어온 정보에 따르면, 이브라힘의 원정은 상당한 성과를 거두었지만 수도를 열광시킬 정도의 승리는 아니라고 한다. 이제껏 한번도 헤어진 적이 없는 두 사람이 헤어졌다는 것, 게다가 이브라힘이 원정군을 이끌고 나가는 형태로 헤어졌다는 것이 10인 위원회의 주의를 끌지 않을 수 없었다.

쉴레이만에게 누구보다도 두터운 신임을 받으며 투르크 제국 제2의 권세를 자랑했던 이브라힘의 운명에도 그림자가 드리워지기 시작한 게 아닐까 하고 여겨졌기 때문이다. 원정에서 돌아온 이브라힘를 맞이한 쉴레이만이 이제 두번 다시 이브라힘과 따로 행동하는 일은 없을 거라고 많은 사람들 앞에서 선언했다는 사실도 10인 위원회의 의혹을 더욱 부추겼다. 지금까지 두 사람이 맺어온 친밀한 관계를 생각하면 너무나도 부자연스러운 선언이었기 때문이다.

이브라힘의 권세에 그림자가 드리워지기 시작했다는 사실은 베네치아보다도 콘스탄티노플과 부다페스트 사이에서 움직이고 있는 알비제 그리티에게 불안감을 준 모양이었다. 그의 행동이 평형감각을 잃기 시작한 것을 맨 처음 알아차린 것은 베네치아의 10인 위원회였다. 에스파냐의 카를로스 궁정에 주재하는 베네치아 대사한테서 긴급 보고가 날아왔다. 그 보고서가 낭독되었을 때, 10인 위원회 회의실의 분위기는 차갑게 굳어버렸다. 알비제가 직접 카를로스 앞으로 쓴 편지였기 때문이다.

그 내용은 알비제 자신이 헝가리를 영유함으로써 오리엔트와 서방이 공존공영할 가능성을 설명한 것이었다. 그것을 실현하기 위해 동생 페르디난트를 설득하여 오스트리아와 헝가리 국경을 현상태로 동결하고 서로 불가침조약을 맺도록 주선해달라는 것이었다.

10인 위원회 위원의 절반은 이제 노골적으로 그리티 통령에게 냉혹한 눈길을 보냈다. 위원 한 사람은 이런 말까지 했다. 얼마 전까지 콘스탄티노플 주재 대사를 지낸 모체니고였다.

"이 문제는 마치 끝이 없는 것처럼 우리를 계속 괴롭히고 있습니다. 알비제는 원래 태어나지 말았어야 할 인간이 아닙니까?"

그리티 통령은 보기에도 민망할 만큼 침통한 표정이었다. 과거에는 외국 왕까지 압도했던 화려한 베네치아의 상징이었으나 그게 마치 꿈인 것처럼, 지금의 그리티는 아들의 행동에 고민하는 평범한 아버지에 불과했다.

에스파냐 대사가 보낸 밀서에는 카를로스가 알비제의 제의를 무시하고 답장도 보내지 않은 것 같다고 적혀 있었다.

마르코가 걱정한 것은 강대한 군주 카를로스의 반응만은 아니다. 서쪽의 카를로스와 대립하는 동쪽의 강대한 군주 쉴레이만에게 이 일이 전해지지 않을 리가 없었다. 자기가 카를로스라면 쉴레이만에게 몰래 알려줄 거라고 마르코는 생각했다.

알비제의 실각은 헝가리에 주둔해 있는 투르크 군대의 약화를 초래한다. 투르크 군대가 약화되면 이익을 얻는 것은 오스트리아의 합스부르크가밖에 없다.

알비제는 국제 정치 무대로 뛰어나왔다. 하지만 등장하는 방법이 잘못되었다고 생각하면서, 마르코는 혼자 씁쓸한 기분이었다.

그런데 베네치아의 10인 위원회 위원들, 그 중에서도 특히 마르코가 품은 불안은 들어맞지 않았다. 카를로스도 쉴레이만도 알비제에게 손가락 하나 대지 않았던 것이다. 말 한마디로 알비제를 파멸시킬 수 있는 인물은 이들 두 사람뿐이다. 그런데 아무 일도 일어나지 않는다.

얻을 수 있는 정보를 모두 분석해도 이 수수께끼의 해답은 나오지 않았다. 남은 방법은 추측뿐이다. 그리고 10인 위원회 회의에서 추측을 요구받은 것은 마르코였다. 마르코가 적임자라는 데는 아무도 이의가 없었다.

마르코는 자신의 예상도 빗나갔다고 정직하게 말했다. 하지만 자기가 잘못 예측한 원인을 정리해보면 카를로스나 쉴레이만의 속셈도 추측할 수 있지 않을까 하는 생각이 든다고 말했다.

마르코는 이렇게 이야기를 시작했다.

나는 베네치아 국민이라는 데 의심을 품은 적도 없고, 품을 수도 없는 환경에서 태어나 자랐다. 200년 동안 베네치아 공화국의 기둥이었던 귀족이며 명문 중의 명문인 단돌로 가문에서 태어나 국정을 담당하는 명예로운 임무를 부여받은 사람으로서, 그 의무와 권리에 의심을 품지 않고 오늘까지 살아왔다.

나는 기독교 세계에 속한다는 것을 한번도 의심하지 않았으며, 아무리 콘스탄티노플을 사랑한다 해도 콘스탄티노플이 이교도 투르크의 수도라는 사실 또한 잊은 적이 없다. 그런 내가 단돌로 가문의 적자인 동시에 베네치아 공화국의 '적자'이며, 나아가 베네치아가 속한 서방 기독교 세계의 '적자'라고 생각하는 것은 지극히 당연하고 자연스러운 일이다.

이 점에 관해서는 한 나라의 정부 말석에 앉아 있는 나도, 절대군주인 카를로스나 쉴레이만도 공통된 입장에 있다고 생각할 수 있지 않을까.

그런데 알비제 그리티는 다르다. 알비제는 베네치아 국민도 아니고, 투르크 제국의 정통 신하도 아니다. 기독교도이면서도 기독교가 아니고, 그렇다고 이슬람교도도 아니다. 서방 세계와는 아버지한테 받은 피로 이어져 있지만, 어머니는 서방 세계 사람이 아니다. 어머니의 피도 피지배 계급인 그리스인의 피에 불과하고, 지배자인 투르크인의 피는 그의 몸에 들어 있지 않다. 다시 말해서 알비제는 서방에도 속해 있지 않고, 오리엔트 세계에도 속해 있지 않다.

물론 어느 쪽에도 속하지 않는 상태로 태어난 사람은 헤아릴 수 없이 많았다. 혼혈은 스스로 원한 것이든 강제된 결과든, 지중해 세계의 전통이기도 한 때문이다. 그런데 이런 '사생아'들은 큰 야망을 품지 않는 경우가 많았는지 대다수는 별다른 문제를 일으키지 않았다. 알비제한테 죄가 있다면 큰 야망을 품은 죄일 것이다.

이 특수한 '사생아'를 '적자'들이 이해하지 못하는 것도 당연하다. 알비제는 어디에 귀속되어 있는지가 분명한 적자들의 발상을 뛰어넘는 곳에서 살고 있기 때문이다. 너무나 정통적이고 확실하게 분류된 세계에 익숙한 적자들이 도저히 생각지도 못할 일을 알비제가 생각하고 실행할 수 있었던 이유는 바로 여기에 있다.

기독교에서도 이슬람교에서도 서방에서도 오리엔트 세계에서도 자유로운 알비제이기 때문에, 투르크에 종속된 기독교 국가의 주인이 되는 것도 죄책감을 갖지 않고 생각할 수 있다. 헝가리라는 나라 자체가 서방 세계에 속해 있다고도 말할 수 없고, 그렇다고 오리엔트도 아니다. 이 점에서 헝가리는 그의 야망을 실현하기에 적당한 땅이라는 이야기가 된다.

쉴레이만도 카를로스도 여기까지는 생각지 못한 게 분명하고 생각할 수도 없다. 그래서 거의 노골적이라고 해도 좋은 알비제의 대담한 의사표시에 대해서도, 그게 자기들한테 이로울지 불리할지 지금 상태로는 확실한 판단을 내리지 못하고 있는 게 아닌가 싶다. 당분간은 알비제가 자유롭게 행동하도록 내버려두고 상황을 지켜보자는 게 두 군주의 생각이 아닐까.

만약 이롭다고 판단되면 받아들이고, 불리하다고 판단되면 무자비하게 쳐부술 것이다. 자기와 같은 '동아리'에 속하지 않는 사람한테는 보호해주어야 할 의무감도 느끼지 않으니까, 누구나 무자비하게 행동하는 법이다.

이렇게 말하고 마르코는 이야기를 끝냈다. 하지만 마르코는 좀더 계속하고 싶었다. 새로운 질서를 창조하려는 '사생아'들은 반드시 어딘가에서 모험을 한다. 적자라면 그런 모험을 할 필요가 없겠지만, 어디에도 귀속되지 않는 그들은 모험을 할 수밖에 없다. 그런데 운이 좋으면 이 모험이 성공의 요인이 될 수 있지만, 운이 나쁘면 당장 파멸의 원인이 된다고 말하고 싶었다.

하지만 그의 입에서는 그 말이 나오지 않았다. 친구를 걱정하는 마음 때문에 그런 추측까지 털어놓을 기분이 내키지 않았던 것이다.

알비제에게는 어딘지 모르게 남자들을 매료시키는 데가 있었다. 특히 정통적인 출신과 지위를 타고난 적자들, 따라서 알비제와는 처지가 완전히 반대인 남자들을 매혹시키는 것은 참으로 불가사의한 현상이다.

술탄 쉴레이만은 알비제를 마치 동생처럼 대우했다. 마르코도 어릴 적 친구라는 관계 이상으로 알비제를 생각하는 마음이 강했다. 카를로스도 만약 알비제를 만날 기회가 있었다면, 거의 동년배인 이 사생아를 총애했을지 모른다.

여기까지 생각한 마르코는 문득 콘스탄티노플에 있는 냉철한 외교관 젠 대사를 생각했다. 젠 대사가 알비제의 저택에 리비아가 숨어 있는 것을 모를 리는 없다. 그런데 10인 위원회에 보낸 극비 보고서에서도 거기에 대해서는 한마디도 언급하지 않았다.

따라서 10인 위원회는 이 일에 관해서는 전혀 모른다. 대사는 이 은밀한 사랑을 그냥 내버려두기로 작정했을까. 그것은 대사가 알비제에게 품고 있는 호의의 증거일까.

하지만 아무 말도 하지 않았다는 점에서는 마르코도 마찬가지다. 비록 숨기고는 있지만 가만히 지켜보고 있다는 점에서도 젠 대사와 마찬가지였다.

1534년으로 해가 바뀌자마자, 암호문 한 통이 콘스탄티노플에서 베네치아에 도착했다. 젠 대사가 쓴 그 보고서는 헝가리 국내에서 벌어지고 있는 불온한 움직임을 전했다. 알비제의 적은 아무도 예상하지 못한 곳에 있었다.

10인 위원회는 이번에는 즉각 마르코를 콘스탄티노플에 파견하기로 결정했다. 아직 위원 임기가 조금 남아 있었지만, 그런 것을 고려할 때가 아니었다. 젠 대사의 오른팔이 꼭 필요했다.

다만 이번에도 대사의 부관이라는 지위는 줄 수 없었다. 마르코는 지난번에 콘스탄티노플에 갔을 때처럼 상인으로 분장했다. 이런 배려는 투르크를 속이기 위해서라기보다는 서유럽을 자극하고 싶지 않았기 때문이다. 이 마당에 베네치아 공화국이 특별히 사람을 파견한다는 사실을 서유럽, 특히 에스파냐의 카를로스에게는 절대로 눈치채이면 안되었기 때문이다.

마르코 단돌로는 투르크 국내 통행증을 신청할 때도 콘스탄티노플에 단돌로 가문의 지점을 개설한다는 이유를 댔다. 사정을 어렴풋이 눈치채고 있는 숙부들은 잠자코 협력해주었다. 10인 위원회에 소속되어 있는 사람의 일가붙이들은 이런 일에 익숙했다.

이 시대로부터 300여 년이 지난 1860년에 간행된 『이탈리아 르네상스의 문화』에서 저자인 부르크하르트는 이렇게 말하고 있다.

"무릇 먼 나라에 사는 자국민에게 베네치아 공화국만큼 커다란 도덕적 영향력을 미친 국가는 일찍이 없었을 것이다. 원로원 의원들 가운데 배신자가 있어서 외국 대사에게 정보를 누설했다 해도, 이것은 외국에 나가 있는 베네치아 국민 모두가 언제라도 당장 조국 정부의 첩자가 될 수 있다는 것으로 충분히 보상되었다. 로마에 체재하는 베네치아 출신 추기경이 교황이 주재하는 비밀 추기경회의의 토의 내용을 일일이 본국의 10인 위원회에 보고한 것은 두말할 나위도 없는 일이었다."

먼 나라에 체재하는 베네치아 국민한테도 이런 영향력을 행사할 수 있었는데, 자국 안의 국민을 통제하지 못했을 리가 없다. 국가에 대한 베네치아인들의 귀속감이 보기 드물게 강했다는 증거다. 게다가 상인의 나라인 만큼 정확하고 객관적인 시장조사와 정보수집은 몸 속을 흐르는 피와 마찬가지로 자연스러운 것이었다. 또한 시장을 조사하고 정보를 수집하는 행위도 첩자라는 말이 자아내기 쉬운 꺼림칙한 느낌은 전혀 갖지 않았다. 이 점에서는 외국에 파견된 영어 교사까지도 정보부 요원이라는 말을 들은 과거의 영국과 비슷하다.

그리고 통제받는 경우가 많았던 일반 서민도 국민의 알 권리 따위는 한번도 요구하지 않았다. 부르크하르트는 『이탈리아 르네상스의 문화』(이 책은 100여 년 전에 간행되었는데도, 이탈리아 르네상스에 관한 한 아직껏 이 명저를 뛰어넘는 연구서는 나오지 않았다)에서 이렇게 말한다.

"베네치아 공화국만이 특별히 국민의 충성심을 믿었던 것은 아니다. 다만 국민의 분별심을 믿었을 뿐이다."

나라가 자기에게 요구하는 건 나라가 그것을 필요로 하기 때문이라고 생각하는 게 베네치아 사람들의 '분별심'이었다. 그리고 국가는 그들에게 선정으로 보답했다. 알 권리는 정부를 신뢰하지 못하는 국민이 요구하는 것인지도 모른다.

마르코는 여로의 3분의 1은 해로를, 나머지 3분의 2는 육로를 택했다. 이 방법을 택하면 콘스탄티노플에 도착하기 전에 헝가리 정세를 파악할 수도 있다는 이점이 있었다.

1534년 봄이 가까워지고 있었다. 전투가 재개될 시기가 다가오고 있었다.

수양버들의 노래

마르코는 어깨에 걸치고 있던 섬세한 무늬의 레이스 숄을 풀어
그것으로 사랑하는 남자의 머리를 싸는 리비아를 보았다.

헝가리 국내의 불온한 움직임은 두 강대국 사이에 끼인 한 민족의 전형적인 불행에 출발점을 두고 있었다. 게다가 합스부르크와 오스만이라는 두 왕조는 종교도 민족성도 다르다. 같은 기독교 문명권에 속하는 양대 강국인 프랑스와 에스파냐의 다툼과는 다르다.

오스트리아의 합스부르크 왕조나 투르크의 오스만 왕조 가운데 어느 한쪽이 다른 한쪽을 압도적인 군사력으로 제압하고 있었다면, 문제는 아예 생기지도 않았을 것이다.

그런데 이 무렵 오스트리아 합스부르크 가의 주력은 에스파냐로 옮겨간 듯한 느낌이 든다. 당시의 오스트리아는 본가에서 갈라져나간 분가(分家)라는 느낌이 강했다.

한편 투르크는 페르시아 대책에 정신을 빼앗겨 헝가리에 주력을 투입할 수가 없었다. 특히 이브라힘 재상의 권세에 그림자가 드리워지기 시작한 뒤로는 더한층 그런 경향이 강해졌다.

투르크가 헝가리를 완전히 제압하고 있었다면, 기독교 국가인 헝가리도 뜻밖에 얌전히 투르크의 지배에 복종했을지 모른다. 투르크인의 종교적 관대함은 널리 알려져 있었다. 이슬람교도한 테는 국세를 받지 않지만, 이교도라면 세금을 거둘 수 있었기 때문이다. 투르크로서는 정치적 지배만 받아들여준다면, 반드시 이슬람교를 믿지 않아도 상관없었다. 아니, 자기네 영토에 사는 주민이 모두 이슬람교로 개종해버리면 투르크는 세금을 한푼도 거둘 수 없으니까 오히려 곤란했다.

하지만 현재 상태로는 오스트리아도 투르크도 헝가리를 완전히 수중에 넣지 못했다. 문제는 그 때문에 일어났다.

헝가리에는 유력한 주교가 한 사람 있었다. 원래 이 사람은 투르크 술탄의 후원으로 왕위에 오른 보이보다를 몹시 싫어했다. 이 사람이 오스트리아와 내통하고 있었는지 어떤지는 확실치 않다. 그 개인은 가톨릭 교회의 주교이기도 하기 때문에, 이슬람교도인 오스만 왕조보다는 합스부르크 왕조에 친근감을 갖고 있었을 게 분명하다. 하지만 그를 따라 봉기한 헝가리 민중은 오랫동안 계속된 어정쩡한 상태에 정나미가 떨어진 데 불과했다.

불온한 움직임을 안 알비제는 1534년 5월 헝가리 땅으로 달려갔다. 총독의 권한으로 헝가리 왕 보이보다와 주교의 대립을 해소할 필요성을 느꼈기 때문이다.

알비제는 두 사람만이 아니라 헝가리 귀족을 모두 소집했다. 그 자리에서 주교를 추방할 생각이었던 모양이다. 그러나 주교는 참석을 거부했다. 알비제는 주교에 대한 체포령을 내리고 병사 5백 명을 보냈다. 알비제가 내린 명령은 단지 주교를 체포하라는 것이었다. 그런데 투르크 병사들은 가톨릭 교회 주교의 목을 갖고 돌아왔다.

불온한 움직임은 당장 그것을 훨씬 뛰어넘는 중대 사태로 발전했다. 우선 신앙심이 두터운 농민들이 주교의 죽음을 알고 격분했다. 낫을 치켜든 농민들 무리가 성채를 향해 몰려왔다. 그것을 보고 지금까지 알비제에게 복종하던 헝가리인들까지도 태도를 바꾸었다.

일주일이라는 짧은 기간에 벌어진 사건이었다. 주교를 잡아 가두려던 알비제가 거꾸로 4만 명의 병사와 농민들에게 포위되어버렸다. 농민들은 "투르크 놈들을 죽여라!" 하고 외치고 있다는 것이다. 마르코가 콘스탄티노플에 도착하여 들은 소식은 이것이었다.

일단 베네치아 상관에 들어간 마르코는 여장도 풀지 않은 채 베네치아 대사관으로 달려갔다. 너무 애가 타서 젠 대사의 호출을 기다리는 시간도 아까웠다.

당장 대사의 집무실로 안내된 마르코는 대사와 단둘이 남자마자 인사도 하는 둥 마는 둥하고 알비제를 구해야 한다고 대사에게 호소했다. 젠 대사는 지난 1년 사이에 몹시 초췌해진 것처럼 보였지만, 조용하고 명쾌한 말투는 조금도 달라지지 않았다. 한시 바삐 알비제를 구해야 한다고 열을 올리는 마르코에게 조용한 눈길을 던진 채, 단호하게 말했다.

"정세가 완전히 달라진 이후 내가 아무 대책도 강구하지 않은 줄 아나? 내가 알비제에게 호감을 가지고 있다는 사실은 자네도 잘 알고 있을 것이네. 이런 개인적인 감정은 제쳐둔다 해도, 나는 베네치아 공화국의 국익을 지킬 의무가 있으니까 어떻게든 손을 써보려고 애쓸 이유는 있었네. 헝가리가 완전히 오스트리아의 소유가 되어버리면 곤란한 것은 오스트리아와 국경을 접하고 있는 우리나라니까. 하지만 투르크도 곤란해. 요컨대 투르크와 베네치아는 이 점에 관한 한 이해관계가 일치해 있지.

나는 이 점을 강조하면서 이브라힘을 다그쳐봤네. 투르크 대군을 보내 포위당한 알비제를 구출하고, 이 불행을 행운으로 바꾸어 이 기회에 단번에 헝가리 전체를 제압하는 게 투르크에도 이롭지 않겠느냐고.

이브라힘의 대답은, 자기는 찬성이지만 술탄은 그럴 마음이 없다는 것일세. 나는 이브라힘이 쉴레이만에게 얼마나 강한 영향력을 갖고 있는가를 상기시키려 해보았지만, 이브라힘도 이제는 더이상 옛날의 이브라힘이 아닐세. 로사나 왕비가 기독교도인 베네치아인 따위를 구출하기 위해 투르크인의 피를 흘릴 필요는 없다고 말한다는 거야. 그리고 술탄도 페르시아가 더 걱정인 모양이고.

이브라힘 재상도 투르크 궁정의 이 같은 변화를 구태여 거스를 마음은 없는 것 같네. 자신의 지위가 미묘해진 탓에 더더욱 자신있게 주장할 용기를 갖지 못하는 듯싶어."

마르코는 그래도 물러서지 않았다.

"하지만 이브라힘은 톱카피 궁전의 베네치아인이라는 별명이 붙을 만큼 친베네치아 정책을 편 것으로 유명했습니다. 그리고 이브라힘의 그런 방침은 톱카피 궁전 밖에 있는 또 하나의 베네치아인인 알비제와 깊이 관련되어 있었기 때문에 효과를 발휘할 수 있었던 것도 널리 알려진 사실입니다.

알비제가 파멸하면 이브라힘한테도 여파가 미칠 수밖에 없습니다. 이브라힘으로서는 알비제를 파멸에서 구하는 것이 결국 자기 파멸의 싹을 짓밟아버리는 것과 연결되지 않습니까?"

늙은 외교관은 가볍게 미소를 지으며 대답했다.

"이브라힘은 맨손으로 출발해서 정상에 오른 남자일세. 우리는 무(無)로 돌아갈지도 모르는 승부를 두려워하지 않지만, 이브라힘 같은 사람은 위축될 거야."

상관으로 돌아오는 길에 마르코의 가슴은 우울한 생각으로 가득했다. 알비제는 기독교 국가인 헝가리에서는 이슬람교도인 투르크인이라는 이유로 증오의 대상이 되고, 이슬람 국가인 투르크에서는 기독교도인 베네치아인이라는 이유로 누구의 도움도 받지 못한 채 버림받게 되었다. 그리고 기독교 국가인 베네치아에서는 그를 이슬람 국가인 투르크 쪽 사람으로 보고 있다.

베네치아도 이브라힘을 탓할 권리는 없다. 오스트리아로 진격해달라는 이브라힘의 제의를 베네치아는 단호히 거절했기 때문이다.

갈라타에 있으면 별로 더위를 느낄 수 없지만, 콘스탄티노플 지역에서는 여름 더위를 참기 어렵다. 그래서 술탄은 여름이 되면 서늘한 고도(古都) 아드리아노폴리스로 거처를 옮길 때가 많았다. 그해에도 쉴레이만은 이제 한시도 떨어져 지내지 않는 로사나 왕비를 데리고 아드리아노폴리스의 궁전으로 거처를 옮겼다. 이브라힘 재상은 정무를 맡는다는 이유로 콘스탄티노플에 남았다.

갈라타에서도 고지대로 올라가면 전망은 멋지지만 햇빛이 직접 쏟아진다. 시원한 것은 보스포루스 해협을 지나오는 바람을 직접 받는 해협 근처다. 알비제는 거기에 아담한 별장을 갖고 있었다. 물가에서 곧장 올라갈 수 있도록 지어진 완전한 베네치아 양식의 건물이다. 앞에 작은 정원이 있어서 휴식처 같았다.

리비아는 더위가 극성을 부리는 동안에는 그 집으로 옮겨가 있었다. '군주의 아들' 저택에서 소식을 기다리며 지내는 나날이 너무나 오래 계속되었기 때문이다. 마르코가 찾아간 것도 해협에 부는 바람을 고스란히 받고 있는 그 작은 별장이었다.

리비아는 겉보기에는 달라진 데가 전혀 없었다. 하지만 1년 전에 마르코를 놀라게 했던 그 기쁨, 봄의 들녘에 가득 피어난 들꽃 같은 기쁨은 더 이상 존재하지 않았다. 젊은 투르크인 하인도 곁에 없었다. 알비제를 따라 헝가리로 갔기 때문이다. 리비아는 애수를 나눌 사람도 없이 타향 땅에서 혼자 하루하루를 견디며 살고 있었다.

마르코의 방문도 그런 리비아에게 웃음을 가져다주지는 못했다. 마르코는 베네치아 대사관에서 얻을 수 있는 정보는 어떤 것이든 리비아에게 전해주었다. 나쁜 소식도 숨기지 않았다. 감추면 의혹이 생긴다. 의혹에서 생겨나는 불안과 걱정에서만은 리비아를 해방시켜주고 싶었다. 모든 것을 알고 있다고 생각하면, 무의식적으로나마 마음의 준비를 할 수 있다. 마르코는 리비아의 굳센 마음을 믿었다.

그리고 상황은 나빠지고만 있었던 것도 아니다. 9월에 수도로 돌아온 쉴레이만은 드디어 알비제를 구출하기 위해 원군을 보내는 문제를 진지하게 고려하기 시작한 듯했다. 술탄의 심경 변화는 알비제 개인의 운명을 걱정해서가 아니었다. 이대로 방치해 두고 있는 동안 오스트리아가 헝가리 농민들을 본격적으로 지원하게 되면 헝가리는 완전히 투르크의 손에서 떠나버릴 우려가 있었다. 그것을 걱정해서 마음을 바꾼 것이다.

베네치아 대사는 이브라힘이 몰래 보낸 심부름꾼을 통해 이 사실을 알았다. 이 소식은 마르코에게도 당장 전해졌다. 마르코는 베이올루 저택으로 돌아와 있는 리비아에게 알리려고 급히 말을 타고 달려갔다. 그리고 여느 때처럼 이 정보도 만약을 위해 두 가지 암호문으로 만들어져, 보통 암호문은 10인 위원회에 직접 보내졌고, 악보를 사용한 암호문은 올림피아를 거쳐 전달되었다.

그러나 포위되어 있는 알비제는 콘스탄티노플에서 일어난 정세 변화를 알 수가 없다. 또한 투르크 궁정도 헝가리 땅에서 고립무원 상태에 있는 알비제의 절망에는 신경을 쓰지 않았다.

두 달 동안이나 농성을 강요당한 알비제는 혼자 힘으로 해결할 수밖에 없다고 결심했다. 아직 휘하에 남아 있는 투르크 병사를 이끌고 성채 밖에서 전투를 시도했다. 이렇게 세 번이나 전투를 되풀이했지만, 수가 압도적으로 많은 농민들을 쫓아버리지 못하고 투르크 병사들이 오히려 성채 안으로 도망쳐 돌아오는 형편이었다.

그러는 동안 성채 안의 투르크 병사들 사이에서도 알비제를 반대하는 움직임이 싹트기 시작했다. 패전은 누구에게나 불만을 불러일으키는 법이다. 더구나 알비제는 투르크인도 아니고 이슬람교도도 아니다. 술탄은 원군을 보내 알비제를 구해주려고도 하지 않는다. 투르크 병사들도 그런 알비제에게 더 이상 충성을 다할 마음을 잃어버렸다.

완전히 고립무원 상태가 되어버린 알비제는 콘스탄티노플에서 원군이 편성되고 있는 줄도 모른 채 젊은 투르크인 하인만 데리고 탈출을 시도한다. 탈출은 성공한 것처럼 보였다. 적어도 성채를 포위하고 있는 농민들 사이는 빠져나갈 수 있었기 때문이다.

하지만 농민들의 포위망 바깥쪽에 대기하고 있던 헝가리 병사들이 알비제를 알아보았다. 초라한 차림새로 변장한 알비제가 무엇 때문인지 머리에는 검은 담비 털가죽으로 만든 투르크 모자를 쓰고 있었기 때문이다. 두건으로 가리고 있긴 했지만, 알비제를 가까이에서 본 적이 있는 병사 하나가 거칠게 짠 헝겊 밑에서 엿보이는 그 모자를 생각해냈다.

헝가리 병사들이 당장 알비제를 에워쌌다. 하인 한 사람만 거느린 알비제로서는 어찌 해볼 도리가 없었다. 두 사람은 꼼짝없이 붙잡혀 병영으로 끌려갔다.

이 소식을 누구보다 먼저 안 것은 전속력으로 말을 타고 달려온 첩자의 보고를 받은 베네치아 대사였다. 물론 마르코도 당장 소식을 전해들었다. 마르코는 대사와 앞으로의 대책에 대한 의논을 끝내자마자 베이올루 저택으로 달려갔다. 하지만 거기서는 다른 소식이 그를 기다리고 있었다.

안내를 받아 들어간 방에는 이미 리비아가 앉아 있었다. 리비아만이 아니라, 자기 주인은 오직 알비제밖에 없다고 생각하는 그 젊은 투르크인 하인도 있었다.

투르크 젊은이가 방금 도착했다는 것은 진흙투성이가 되어 있는 옷차림이 말해주었다. 리비아 앞에 무릎을 꿇은 젊은이는 여주인에게 이제 막 이야기를 시작한 참인 듯했다. 마르코의 모습을 본 리비아는 딱딱하게 얼어붙은 표정을 누그러뜨리지도 않고 마르코에게 말없이 의자를 가리킨 다음, 젊은이에게 이야기를 계속하라고 말했다.

젊은이는 투르크어를 조금밖에 이해하지 못하는 두 사람도 알아들을 수 있도록 천천히 한마디씩 끊어서 이야기하기 시작했다. 그의 눈은 두 사람을 보고 있지 않았다. 넋이 나간 듯 바닥의 한 점만 멍하니 바라본 채 무표정하게 이야기했다.

"병영으로 끌려간 뒤에도 주인님은 여전히 체념하지 않으셨습니다. 탈출을 눈감아주면 몸값으로 10만 두카토를 콘스탄티노플에서 당장 보내주겠다고 병사들한테 말씀하셨습니다.

헝가리 병사들은 동요하는 것 같았습니다. 대장인 듯한 사내는 특히 그러고 싶은 마음이 강했는지, 10만 두카토가 얼마나 큰 돈인가를 설명하면서 병사들을 설득하기 시작했습니다.

하지만 무슨 볼일이 있었는지, 농민 둘이 그 자리에 들어왔습니다. 사정을 안 두 사람은 대장의 제지도 듣지 않고 막사 밖으로 뛰쳐나갔습니다. 이 두 사람을 통해 농민들이 모든 사정을 알 때까지는 10분도 채 걸리지 않았습니다.

병영 막사 앞으로 몰려온 농민들은 "투르크 놈을 죽여라!"고 아우성치기 시작했습니다. 이 미친 듯한 군중 앞에서는 대장도, 수십 명밖에 안되는 병사들도 어쩔 도리가 없었습니다. 주인님은 당장 농민들에게 끌려나가 성채를 둘러싸고 있는 해자 옆에서 목이 잘렸습니다.

잘린 머리는 창 끝에 꿰어졌고, 그날 밤 농민들은 그 주위에서 밤새도록 춤을 추며 날뛰었습니다. 몸은 발가벗겨진 채 방치되었기 때문에, 제가 가까운 교회 뒤에 있는 묘지에 묻었습니다. 주인님의 목은 이튿날 밤 농민들이 잠든 틈에 제가 훔쳐내서 여기까지 가져왔습니다."

투르크 젊은이는 일단 방에서 나갔다가 더러운 헝겊에 싼 것을 들고 다시 돌아왔다. 그러고는 그 꾸러미를 대리석 탁자 위에 내려놓았다. 알비제의 머리가 분명했다.

마르코는 도저히 그것을 볼 용기가 나지 않았다. 그것을 똑바로 바라볼 수도 없었다.

대리석 탁자로 다가간 것은 리비아였다. 그녀는 머리를 싼 헝겊을 풀었다. 시큼한 악취가 마르코한테까지 풍겨왔다. 저도 모르게 눈을 든 마르코는, 어깨에 걸치고 있던 섬세한 무늬의 레이스 숄을 풀어 그것으로 사랑하는 남자의 머리를 다시 싸고 있는 리비아를 보았다. 여자는 눈물을 흘리지 않았다. 리비아는 레이스 숄로 다시 싼 머리를 안고 투르크 젊은이에게 말했다.

"가자."

두 사람은 테라스를 지나 밖으로 나갔다. 그러고는 연못가에 서 있는 수양버들을 향해 걸어갔다. 마르코는 두 사람을 따라 나갔지만, 테라스까지 왔을 때 걸음을 멈추었다.

수양버들 밑에서는 투르크 젊은이가 구덩이를 파고 있었다. 그 옆에서 리비아는 사랑하는 남자의 머리를 껴안은 채 구덩이를 파는 작업이 끝나기를 기다리고 있었다.

작업이 끝나자 리비아가 직접 알비제의 머리를 구덩이에 묻었다. 그러고는 땅바닥에 무릎을 꿇은 채, 손으로 흙을 뿌려 구덩이를 메웠다. 구덩이를 다 메웠지만, 그 위에 십자가를 세울 수도 없었다. 일어선 여자는 그저 뚫어지게 그 흙무덤을 바라보고 있을 뿐이다.

마르코가 다가가서 말했다.

"이제 곧 출항할 선박 한 척이 갈라타 항구에 정박해 있습니다. 지금 당장 가서 그 배를 탑시다. 여기 있으면 위험합니다. 알비제의 죽음이 술탄에게 알려지기 전에 콘스탄티노플을 떠나는 게 좋겠습니다."

여자가 마르코를 돌아보았다. 그 눈은 마르코가 몸서리를 칠 만큼 공허했다.

귀국

다음 순간 여자의 몸은 허공으로 날아올랐다.
크게 포물선을 그리듯 허공을 떠돌다가 바다로 떨어졌다.

배를 고르고 있을 수는 없었다. 돛과 노를 함께 갖춘 갤리선이 바람에 흔들리지 않아서 바람직하지만, 가을이 깊어가는 이 계절에는 콘스탄티노플에서 남쪽으로 떠나는 선단은 이미 다 떠나버려서 한 척도 없었다.

갈라타의 선착장에 금방이라도 닻을 올릴 태세로 대기하고 있는 것은 돛밖에 갖추지 않은 범선이었다. 그것도 대형 범선이다. 대형 선박인 만큼, 짐을 싣는 작업에 시간이 걸려서 선단을 이루는 배들이 모두 출항했는데도 뒤에 남아버린 것이다.

마르코는 젊은 투르크인 하인의 도움을 받으면서 리비아를 거의 끌어안다시피 하여 이 배에 태웠다. 예약도 하지 않고 불쑥 나타난 승객들이지만, 마르코가 제시한 10인 위원회 증명서 덕분에 무사히 배를 탈 수 있었다.

범선은 베네치아 국기를 내건 배였다. 선장은 질문조차도 하지 않았다. 질문은커녕 출항 직전에 올라탄 이 기묘한 남녀에게 자기 전용 선실을 묵묵히 내주기까지 했다.

닻을 올리는 작업이 시작되려할 때, 선실에 리비아를 앉혀놓은 마르코는 배에서 내리는 투르크 젊은이를 배웅하러 갑판으로 나갔다. 마르코는 처음으로 이 젊은이의 어깨를 두 팔로 끌어안았다. 그러고는 낮은 목소리로 한마디씩 끊듯이 말했다.

"네 생각대로 뭐든지 해라. 알비제는 틀림없이 거기에 고개를 끄덕여줄 거야."

마르코를 바라보는 젊은이의 눈에 처음으로 눈물이 가득 고였다. 젊은이는 눈물을 뿌리치듯 갑판에서 선착장으로 뛰어내렸다.

배가 움직이기 시작한 뒤에도 투르크 젊은이는 뛰어내린 자리에 선 채 꼼짝도 하지 않았다. 마르코도 갑판 위에서 움직일 수가 없었다. 선착장에 우뚝 서 있는 젊은이의 모습에 어느새 알비제의 모습이 겹치고, 선착장의 사람 모습이 멀어질수록 마치 알비제가 그를 배웅하고 있는 것처럼 여겨졌기 때문이다. 친구가 주위를 꺼리지 않고 쾌활하게 그를 부르는 소리까지 들려오는 듯한 기분이 들었다.

선장은 10인 위원회 증명서를 보고 질문할 엄두도 내지 않았지만, 깊은 사정까지는 모른다. 갑판 위에 우두커니 서 있는 마르코 옆으로 다가온 선장은 원로원 의원에 10인 위원회 위원까지 맡고 있는 이 승객의 걱정거리를 덜어주려고 생각했는지 이런 말을 했다.

"배가 한 척뿐이라도 걱정하실 필요는 없습니다. 다르다넬스 해협을 지나 레스보스 섬 근처에 이를 때쯤이면 선단의 다른 배들을 따라잡을 수 있을 겁니다. 거기까지의 해역은 투르크 제국이 철저히 감시하고 있기 때문에 해적도 출몰하지 않습니다."

투르크 제국의 감시가 미치고 있다는 게 마르코의 걱정거리였지만, 마르코는 아무 말도 하지 않았다.

다행히 바람은 순풍이었다. 500톤은 나갈 것으로 여겨지는 대형 범선은 네 개의 돛대에 매단 돛을 모두 활짝 펴고 나아갔다. 중앙 돛대에는 배의 길이와 거의 같은 폭의 사각돛이 매달려 있어서, 이 배가 지중해보다 영국의 사우샘프턴 항로에 활용되었다는 선장의 설명도 수긍이 갔다.

대포도 비록 소형이긴 하지만 50문이나 갖추어져 있다고 한다. 순수한 범선이니까 노잡이는 없지만, 만약의 경우를 대비하여 타고 있는 포병과 석궁병이 수십 명에 이르고, 또한 대형 선박인 만큼 많은 선원이 타고 있었다. 선단을 짜지 않아도 이 배만으로 충분히 해적과 맞설 수 있을 것 같았다.

하지만 마르코의 걱정은 해적이 아니다. 알비제 그리티의 죽음을 안 술탄이 어떻게 나올지 예측할 수가 없었다. 권세를 누리던 자가 죽으면, 그때까지는 무서워서 멀찌감치 떨어져 있던 자들이 벌떼처럼 몰려든다. 베이올루 저택이 약탈당할 것은 쉽게 예상할 수 있다. 리비아를 거기에 놓아둘 수는 없었다.

게다가 술탄 쉴레이만은 완전한 전제군주다. 지금까지 알비제에게 보인 온정이 이런 형태로 끝난 데 대해 분노를 폭발시켜도, 투르크에는 그것을 진정시킬 사람이나 조직이 없었다. 마르코는 술탄의 분노가 리비아에게 돌려질 것을 우려했다.

헝가리 총독을 맡은 뒤, 알비제는 술탄의 가신이었다. 그리고 투르크에서는 가신의 소유물은 술탄의 소유물과 마찬가지로 여겨진다. 가신에게 속한 사람도 술탄의 소유물이나 마찬가지다. 빼앗아서 노예시장에 내놓아도 아무도 불평할 수 없다. 투르크 해군의 지배력이 미치지 않는 해역에 들어갈 때까지는 마르코의 두려움도 사라질 것 같지 않았다. 다르다넬스 해협을 지날 때까지의 항해가 이토록 길게 느껴진 것은 처음이었다.

선실에 있는 리비아는 남이 보기에는 아무 이상도 느껴지지 않았다. 조용한 행동거지도 여느 때와 다름이 없었고, 조심스럽게 말을 거는 선장에게 미소까지 지으며 응답했다. 식욕이 왕성하다고는 말할 수 없지만, 식사를 입도 안 댄 채 물리는 일도 없었다. 선실에만 틀어박혀 있지도 않았다. 때로는 갑판에 나가서 돛을 펴는 선원들의 작업 광경을 신기한 듯 구경할 때도 있었다.

다만 이따금 바다 저편에 던지는 시선이 언제나 배 뒤쪽으로만 돌려지는 게 조금 떨어진 곳에서 그 모습을 지켜보는 마르코에게는 가련하게 느껴졌다. 리비아는 멈출 수 없는 기세로 멀어져가는 콘스탄티노플을 생각하고 있는 것이다. 하지만 그 심정은 마르코도 마찬가지였기 때문에, 여자의 속마음은 그대로 놓아두기로 했다.

자살은 전혀 걱정하지 않았다. 기독교도는 어지간한 일이 없는 한 스스로 목숨을 끊지 않는다. 신이 주신 목숨이다. 죄많은 인간의 의지로 목숨을 이러니저러니 하는 것은 신을 모독하는 행위이기 때문이다. 겉으로는 어떻게 보이든 간에 베네치아인도 기독교도다. 그들에게도 자살은 생각조차 할 수 없는 일이었다.

선장이 제공해준 후미의 선실에서는 리비아 혼자 잠을 잤고, 마르코는 그 아래층에 있는 작은 방에서 잤다.

딱딱한 널빤지 위에 얇은 매트리스만 놓은 침대에 누워서, 마르코는 앞으로의 일을 생각하고 있었다. 배는 순풍을 받아 거침없이 달렸다. 흑해에서 불어오는 바람이 보스포루스 해협을 빠져나온 다음, 그 기세를 유지한 채 마르마라 해를 지나 다르다넬스 해협까지 배를 운반하고 있는 듯한 느낌이다. 선원들이 할 일도 별로 없고, 배의 흔들림도 거의 없다. 투르크 관헌에 대한 두려움은 날이 갈수록 차츰 줄어들었다. 마르코도 겨우 앞으로의 일을 생각할 여유를 가질 수 있었다.

마르코는 어머니에게 물려받은 유산으로 베로나 교외에 별장을 갖고 있었다. 어릴 때는 매년 여름을 거기서 보내곤 했지만, 어머니도 돌아가시고 공화국 정부의 공직을 맡게 된 뒤로는 거의 발걸음을 하지 않았다. 소년 시절에는 알비제도 몇 번인가 그 별장에서 함께 여름을 보낸 적이 있었다.

리비아를 거기로 데려가자고 마르코는 생각했다. 거기라면 베네치아에서 꽤 멀리 떨어져 있으니까, 리비아를 아는 사람과 마주칠 염려도 없다. 베로나 시내에서도 떨어져 있으니까, 베로나의 상류층 사람들과 관계를 갖지 않아도 그들의 호기심을 자극할 염려는 없었다.

수녀원을 탈출한 뒤, 리비아는 시댁인 프리울리 가문과 관계가 끊어졌을 뿐 아니라 친정인 코르넬 가문과도 인연이 끊겼다. 고향에 돌아가 다시 자기 존재를 알리면 친정과의 관계는 회복할 수 있겠지만, 아마 리비아는 그것을 바라지 않을 것이다.

이 문제에 대해 마르코와 리비아 사이에 이야기가 오간 것은 아니다. 두 사람이 말을 전혀 나누지 않는 것은 아니었지만, 화제는 바다나 바람 정도였다. 베네치아도 콘스탄티노플도 알비제그리티도 두 사람의 대화에는 전혀 등장하지 않았다. 화제로 삼기를 일부러 피하고 있었던 것도 아니다. 그런 이야기는 아주 자연스럽게 두 사람의 입에서 나오지 않았을 뿐이다.

그러나 마르코는 구태여 이야기하지 않아도 확신했다. 여자의 마음 속에 있는 생각은 자기 마음 속에 있는 생각과 같을 거라고. 그런 마르코의 마음에 리비아를 베네치아 사회로 다시 데리고 돌아갈 생각은 떠오를 수가 없었다.

베로나 교외에 있는 별장으로 데려간 다음에는 어떻게 할 것인가. 여기에 대한 생각도 마르코의 머리에는 떠오르지 않았다. 그런 건 아무래도 좋다고까지 생각했다.

리비아가 별장에서 불편없이 살 수 있도록, 베네치아의 단돌로 저택을 관리해온 노부부를 보내주자. 그 노부부한테는 은밀한 일도 맡길 수 있다. 마르코 자신은 정부에서 할 일이 있기 때문에 베네치아 시내에 남아 있어야 하고, 베네치아에서 100킬로 넘게 떨어진 베로나에 그렇게 자주 갈 수 있으리라고는 생각지 않았지만, 마르코가 태어날 무렵부터 그를 돌봐주고 있는 충실한 노부부에게 맡기면 걱정할 게 없다. 마르코는 혼자 살고 있는 몸이니까, 베네치아의 단돌로 저택을 관리하는 일은 콘스탄티노플에서 근무하게 되었을 때 데려간 적이 있는 노부부의 조카한테 부탁하면 충분했다.

범선은 다르다넬스 해협을 무사히 빠져나갔다. 해협 출입구에 진을 치고 있는 투르크 관헌은 갑판에도 올라오지 않는 형식적인 검사로 배를 통과시켰다. 배는 다시 돛을 활짝 폈다. 고대에 트로이 공략에 나선 그리스 연합군이 오디세우스의 제안으로 트로이 성 안에 목마를 보낸 뒤 숨을 죽이고 기다린 곳이라는 테네도스 섬(오늘날에는 터키의 보즈자다 섬)도 눈깜짝할 사이에 배 뒤로 사라진다. 그 작은 섬 동쪽에는 트로이의 옛 전쟁터도 바라다보였을 것이다.

배는 여기서부터 항로를 남쪽으로 돌려 레스보스 섬에 기항한다. 신선한 물과 식량을 보급받는 게 목적이지만, 선단을 짜서 베네치아까지 함께 갈 배들과도 레스보스 섬에서 만나기로 약속되어 있었다.

선단은 그후 항로를 남서쪽으로 바꾸어 밀로스 섬에 기항한 뒤, 계속 남서쪽으로 항해하여 펠로폰네소스 반도 남단을 돈 뒤에는 항로를 북쪽으로 돌려 잔테 섬과 코르푸 섬에 기항하고, 그다음에는 곧장 베네치아를 향해 북상하도록 되어 있다. 바람에 시달리지 않으면 한 달. 역풍이라도 불면 속도가 훨씬 떨어지기 때문에 한 달 반이 걸릴지도 모르는 여정이다. 이 무렵의 지중해는 세찬 비바람 때문에 바다가 거칠어질 걱정은 별로 없었다.

내일 저물녘에는 레스보스 섬 항구에 들어간다고 선장이 마르코에게 말했다. 이틀쯤 기항하니까 항구의 여관에서 쉬는 게 어떠냐고도 말한다. 범선이나 갤리선의 고급 승객은 배가 기항할 때는 잠시 상륙하여 육지 여관에서 쉬는 것이 관례다.

마르코는 선장의 말을 리비아에게 전했다. 리비아는 좋을 대로 하라고만 대답했다. 그래서 레스보스 섬에 한번도 와본 적이 없는 마르코는 선장에게 가서 리비아가 묵을 만한 여관을 아느냐고 물었다. 선장은 자기가 알아서 주선하겠다고 말했다.

그날 밤, 마르코는 콘스탄티노플을 떠난 이후 처음으로 육지에서 리비아를 쉬게 할 수 있다는 기쁨을 음미하며 깊이 잠들었다.

선실의 작은 창이 열리는 소리에 눈을 뜬 것은 희미한 새벽빛이 바다 위에 감돌기 시작한 무렵이었다. 바람이 강해진 모양이다. 작은 창이 느닷없이 열린 것도 바람 탓인 듯했다.

열린 창문으로 밖을 내다보니, 희붐하게 밝아오기 시작한 수평선이 왼쪽에 있었다. 배가 레스보스 섬으로 가려고 뱃머리를 남동쪽으로 돌렸기 때문일 것이다.

마르코는 문득 밖에 나가볼 마음이 들었다. 숙면을 취하고 나서 눈을 떴기 때문에 졸음은 전혀 남아 있지 않았다. 갑판으로 나가 새벽의 바닷바람을 쐬는 것을 몸이 요구하고 있는 듯한 느낌이었다.

갑판에는 아무도 없었다. 바람이 순풍이라서 선원들이 할 일도 별로 없었다. 갑판 밑에 있는 큰 방에서 모두 정신없이 잠들어 있을 것이다. 마르코는 한껏 기지개를 켰다. 차가운 아침 공기를 가슴 가득 빨아들이면 기분이 좋았다. 해방감이 몸 구석구석까지 퍼져가는 것을 스스로도 알 수 있었다. 앞으로의 일에 대한 생각이 수평선이 장밋빛으로 물드는 속도보다 더 빨리 그의 마음을 장밋빛으로 물들이기 시작했다.

바로 그때, 바람을 받아 크게 부풀어오른 중앙 돛대의 그늘에서 무언가가 움직인 듯한 기분이 들었다. 수평선으로 뻗어 있던 마르코의 시선이 그 한 점에 쏠렸다.

틀림없었다. 그때까지는 돛에 가려 보이지 않았지만, 뱃전에 몸을 기대고 있는 것은 리비아였다. 하얀 옷이 희뿌연 새벽빛에 녹아들어, 멀리서 바라보면 처음 얼마 동안은 사람과 대기의 경계가 분명치 않을 정도였다.

마르코는 미소를 지으며, 너무 이르긴 하지만 아침 인사를 나누려고 발을 내디뎠다. 하지만 그 발이 갑자기 멈추었다. 갑판 위에 있던 리비아의 몸이 훌쩍, 그야말로 춤을 추듯 사뿐히 움직여 뱃전 위로 훌쩍 올라갔기 때문이다. 마르코는 짧게 소리를 질렀지만, 그게 목소리가 되어 입에서 나왔는지 어떤지는 알 수 없었다.

뱃전 위에 선 여자는 그때 처음으로 확실한 눈길을 마르코에게 던졌다. 한 손은 바로 등뒤에서 바다를 향해 뻗어나간 굵은 활대를 잡은 채였다. 마르코는 그 활대를 향해 비틀거리며 달려가기 시작했다.

하지만 그 발은 곧 멈추었다. 발걸음을 멈추게 한 것은 리비아의 얼굴에 떠오른 미소였다. 그 미소는 부드러운 상냥함에 가득 차 있었지만, 마르코에게 더 이상 가까이 오지 말라고 말하고 있었다.

마치 결혼식 날처럼 길게 풀어내린 검은 머리가 바람을 받아 뒤로 나부낀다. 하얀 비단옷이 희미한 새벽빛 속에 떠올라 하얀 나비 같았다.

리비아는 다시 한 번 마르코에게 미소를 보냈다. 평온함이 상대한테까지 전해져오는 듯한 그 미소에는 조용한 쾌활함이 넘쳐흘렀다. 다음 순간 여자의 몸은 허공으로 날아올랐다. 크게 포물선을 그리듯 허공을 떠돌다가 바다로 떨어졌다.

뱃전으로 달려간 마르코가 본 것은 쪽빛 바다 위에 떠서 멀어져가는 하얀 꽃 같은 리비아였다. 하지만 그 모습도 순식간에 파도 속으로 사라졌다.

리비아가 쓰던 선실은 깨끗이 치워져 있고, 선장의 것인 듯한 성서 밑에 편지 한 장이 남아 있을 뿐이었다. 마르코 앞으로 쓴 편지였다.

제가 돌아갈 나라는 알비제가 있는 곳밖에 없습니다. 누구보다도 당신이 이해해주시리라 믿습니다.

단돌로 님, 당신이 지금까지 보여준 친절을 믿고 마지막 부탁을 드립니다. 이 보석들은 모두 알비제의 선물입니다. 이걸 베네치아의 수녀원에 맡겨둔 우리 딸에게 전해주십시오.

아직은 어린 애니까, 당신이 좋다고 여겨지는 시기가 왔을 때

전해주십시오. 다만 제가 주었다고 하지 말고 당신이 주는 걸로 해주십시오.

리비아는 행복한 여자였습니다.

단돌로 님에게도 신의 가호가 있기를.

콘스탄티노플을 떠날 때, 주인을 생각하는 마음이 지극하고 세심한 데까지 마음을 쓰는 투르크 젊은이가 이것만은 가져가라면서 리비아에게 주었을 것이다. 상아색의 작은 비단 상자는 루비며 에메랄드며 사파이어며 진주 따위를 박은 아름다운 장신구들로 가득 채워져 있었다. 알비제와 리비아가 주고받은 사랑의 유품이었다.

배는 예정대로 그날 저물녘에 레스보스 섬에 입항했다. 섬에서 묵을 곳을 알려주러 온 선장에게 마르코는 이제 그럴 필요가 없다고 말하고 다시 말을 이었다.

"부인께서는 바다에 몸을 던지셨습니다. 하지만 이 일은 선장의 가슴 속에만 묻어두십시오."

선장은 말없이 고개를 끄덕였다.

사흘 뒤, 범선은 레스보스를 떠나 베네치아로 향했다. 마르코의 육신만 싣고가는 배였다.

감옥

올림피아는 에스파냐 왕이자 신성로마제국 황제인
카를로스의 첩자였다네.

 마르코가 베네치아의 자기 집에서 잠을 잘 수 있었던 것은 귀향한 첫날 밤뿐이었다. 이튿날 아침, 마르코는 10인 위원회에 심부름꾼을 보내 자신의 귀국을 알렸다. 하지만 그날은 10인 위원회의 정례회의가 열리는 날이 아니었기 때문에, 정례회의가 있는 다음날 등청할 생각이었다.

 과거의 마르코라면 회의가 열리는 날이든 아니든, 선착장에 내리자마자 그 길로 두칼레 궁전에 갔을 것이다. 하지만 이번만은 온몸에서 맥이 다 빠져버린 것 같아서, 리도 외항에 도착하자 곤돌라를 세내어 그대로 대운하를 거슬러올라가 자기 집으로 돌아갔다. 그날 밤에는 아무한테도 귀국한 사실을 알리지 않고, 올림피아를 만나러 가지도 않고, 죽은 듯이 잠들어버렸다. 이튿날 오후 늦게까지 잠은 그를 놓아주지 않았다.

 배 옆구리에 흰 글씨로 CDX라고 쓰인 검은 곤돌라가 단돌로 저택의 대운하 쪽 입구에 닿은 것은 배의 왕래가 끊이지 않는 대운하까지도 밤의 정적에 이끌려 서서히 잠에 빠져들 무렵이었다.

점심인지 저녁인지 알 수 없는 식사를 끝낸 마르코는 아직도 사람을 만날 마음이 나지 않아서, 대운하에 면한 방에서 멍하니 밖을 내다보고 있었다. 그래서 물 위를 미끄러지듯 다가와 집 앞에 멈춘 검은 곤돌라를 누구보다도 먼저 알아본 것은 마르코였다.

마르코의 머리에 가장 먼저 떠오른 것은 내일이면 10인 위원회에 나갈 텐데 하는 생각이었다. 그리고 방에 들어온 늙은 하인이 지금 당장 통령 관저로 와달라는 관리의 말을 전했을 때도 긴급 회의라도 있나 보다 하는 정도로밖에 생각지 않았다.

하지만 거의 하루 밤낮을 꼬박 탐했던 잠은 마르코의 육체에 서른일곱 살의 기력을 다시 가져다주었다. 긴급 소집을 받고 서둘러 몸 단장을 하는 그의 모습에는 장년기에 이른 베네치아 귀족 특유의 여유있는 자신감이 돌아와 있었다.

마르코를 태운 검은 곤돌라는 대운하를 따라 산 마르코 선착장으로 가는 길을 택하지 않았다. 대운하를 따라 잠시 상류로 거슬러올라가다가 이내 오른쪽으로 구부러져 산 살바토레 운하로 들어갔다. 산 살바토레 운하에 걸려 있는 다리를 두 개 지나자, 이번에는 왼쪽으로 구부러져 다른 운하로 들어갔다. 이 운하를 잠시 따라가다가 오른쪽으로 구부러졌을 때부터 마르코는 검은 곤돌라가 통령 관저의 동쪽으로 나가 거기서 산 마르코 선착장으로 갈 작정이라는 것을 알았다. 그게 지름길이기 때문에 마르코는 별로 깊이 생각지 않았다.

하지만 10인 위원회의 검은 곤돌라는 베네치아의 현관에 해당하는 산 마르코 선착장으로 가지 않았다. 산 마르코 선착장으로 구부러지기 전에 통령 관저의 동쪽에 입을 벌리고 있는 입구에 배 옆구리를 댔다.

여기에 내린 순간, 마르코의 가슴은 조종이 울리듯 두근거리기 시작했다. 돌을 깐 복도는 군데군데 불이 켜져 있을 뿐 어두컴컴했다. 마르코는 그 복도를 지나 사방이 돌벽으로 에워싸인 감방에 갇혔지만, 등뒤에서 두꺼운 나무문이 닫힌 뒤에도 가슴의 고동은 한동안 원래 상태로 돌아오지 않았다.

"왜?"

이런 의문만이 그의 머리를 점령하고 있었다. "왜?" 하고 자문하면서도 마르코는 감방 안을 둘러보았다.

천장도 벽도 바닥도 모두 돌로 만들어진 이 감방은 높이가 2.5미터는 될 듯싶다. 너비도 그와 비슷할 것이다. 감방의 길이는 5미터가 넘어 보였다. 허리를 굽히지 않으면 들어갈 수 없을 만큼 낮게 만들어져 있고 중요한 부분을 쇠로 보강한 두꺼운 나무문말고는 지름이 4센티미터나 되는 굵은 쇠막대기를 댄 철창이 복도 쪽으로 뚫려 있다. 외부로 뚫린 창은 없다. 감방 안에는 길이는 2미터쯤 되지만 너비는 1미터도 되지 않는 널빤지 하나가 놓여 있을 뿐이었다. 침대 겸 의자일 것이다. 감방 안에는 등불도 없었다.

마르코는 감방 한복판에 우두커니 서 있었다. CDX의 곤돌라로 끌려왔으니, 평범한 범죄 혐의가 아닌 것은 분명하다. CDX가 관여하고 있다면 국가반역죄나 간첩활동, 이 두 가지밖에 없다.

하지만 어떻게 그런 혐의를 받게 되었는지 아무리 생각해도 전혀 짐작가는 데가 없었다.

굳이 원인을 찾는다면, 리비아가 콘스탄티노플에 머물고 있다는 사실을 보고하지 않은 일이 있다. 하지만 이것도 그런 중죄 혐의를 받을 정도의 일은 아니다. 그래도 만약 그 일로 죄를 묻는다면, 벌을 달게 받자고 마르코는 생각했다.

하지만 머릿속으로는 냉정하게 분석을 계속할 수 있어도, 가슴 속에 치밀어오르는 불안은 어찌할 도리가 없었다. 아무리 떨쳐버리려 해도 "왜?"라는 의문이 해변에 밀려오는 파도처럼 그를 괴롭혔다.

그래도 마르코는 한밤중에 불려나왔기 때문에 깊이 생각지도 않고 속에 모피를 댄 검은 망토를 걸치고 온지라, 그 망토를 딱딱한 나무 침대 위에 깔고 그 위에 드러누웠다.

문득 침대 왼쪽을 바라보니, 어느 죄수의 작품인지 돌벽에 새겨진 글씨가 눈에 들어왔다. 쇠막대기만 끼운 철창에서는 바깥 복도에 켜져 있는 등불빛이 희미하게 들어온다. 그 불빛에 의지하여 마르코는 돌벽에 새겨진 글씨를 더듬어갔다.

"밀고자의 악의로부터 몸을 지키고 싶으면, 아무도 믿어서는 안된다. 생각하는 것은 좋지만, 말은 하지 말 것.

후회하거나 당황하여 평정을 잃고 누군가를 믿거나 하는 것은 해롭기는 할망정 이익은 전혀 없다는 점을 명심할 것.

지금이야말로 당신의 진정한 가치가 진정한 의미에서 시험당하고 있다."

마르코는 저도 모르게 쓴웃음을 지었다. 우리는 이렇게 명석한 글을 남긴 인물을 감옥에 처넣었던가 하고 생각하자, 공감보다 먼저 쓴웃음이 치밀어오른 것이다. 그는 처음으로 마음이 편해졌다. 자기는 절대로 무죄라는 확신을 가질 수 있었다.

 하루 밤낮을 꼬박 자고 난 뒤인데도, 왠지 또다시 졸음이 밀려왔다. 마르코는 망토로 몸을 감쌌다. 언제나 이런 식이었다. 혼자 힘으로는 어쩔 수 없는 사태에 부딪치면, 마르코는 언제나 잠이 온다. 젊은 시절부터의 버릇이라, 마치 동면하는 곰 같다고 알비제한테 놀림을 받을 때가 많았다.

 잠에서 깨어나면, 좋은 쪽으로든 나쁜 쪽으로든 사태는 달라져 있을 게 분명하다. 여느 때처럼 그렇게 생각하면서 마르코는 잠 속으로 미끄러져 들어갔다.

 하지만 첫번째 잠이 깨어도 사태는 전혀 달라져 있지 않았다. 두번째에도 세번째에도 변화는 없었다. 그동안 줄곧 마르코는 깨어 있을 때도 움직이지 않았다. 누군가를 불러달라고 요구하지도 않았다. 그는 돌벽에 새겨진 글의 마지막 줄, '지금이야말로 당신의 진정한 가치가 진정한 의미에서 시험당하고 있다'는 구절을 이따금 손가락으로 더듬으면서 변화가 찾아오기를 기다렸다. 그것은 그야말로 철저한 기다림, 오직 그것뿐이었다.

 감옥에 갇힌 지 열흘째 되는 날 아침, 지금까지는 얼굴도 본 적이 없는 소장이 찾아와 지금부터 10인 위원회 회의실로 간다고 말했다.

10인 위원회 회의실에는 감옥에서 복도와 계단을 통해 곧장 갈 수 있다. 감옥도 10인 위원회도 같은 두칼레 궁전 안에 있기 때문이다. 마르코는 말없이 소장의 뒤를 따랐다.

등불이 아닌 자연의 빛을 받은 것은 10인 위원회 회의실에 들어갔을 때였다. 열흘 동안이나 입은 채로 지냈기 때문에 흐트러진 매무새를 감출 수 없는 검은색 망토와 제멋대로 자란 수염이 아침 햇살에 노출된 순간, 마르코도 조금은 기가 죽었다. 하지만 그것도 한순간이었다.

그는 재빨리 방을 둘러보았다. 방에 죽 늘어앉은 10인 위원회 위원들은 대부분 아는 얼굴이다. 하지만 몇 명은 새로운 얼굴이었다. 지금까지 10인 위원회를 장악하고 있던 그리티 통령 일파가 후퇴하고, 그에 반대하는 프리울리 일파가 득세한 결과일까 하고 마르코는 생각했다.

다른 사람은 모두 자리에 앉아 있었지만, 마르코에게는 의자가 주어지지 않았다. 서 있는 그에게 통령이 말했다.

"알비제 그리티의 죽음은 콘스탄티노플에 주재하는 대사의 보고를 받고 여기 있는 사람 모두가 알고 있다. 하지만 누구보다도 잘 아는 사람은 당신일 것이다. 거기에 대해 설명해주기 바란다."

마르코는 이야기하기 시작했다. 그가 보고 들은 것은 모두 이야기했다. 리비아와 관련된 것만 빼고, 투르크인 하인이 이야기한 알비제의 마지막 순간까지 모두 이야기했다.

하지만 이야기하면서도 마르코의 마음 속에서는 이런 보고를 시키기 위해 감옥에 집어넣지는 않았을 거라는 생각이 사라지지 않았다. 그리고 10인 위원회의 정원은 열일곱 명인데, 그밖에 '40인 위원회' 위원장을 맡고 있는 세 사람이 참석해 있는 것이 더욱 의심스러웠다.

마르코의 보고가 끝나자, 그리티 통령은 좌중을 둘러보지도 않고 시선을 무릎에 떨어뜨린 채 무거운 어조로 말했다.

"위원 여러분, 이것으로 모두 끝난 모양입니다. 뒷일은 대사에게 맡겨도 좋을 것 같은데, 어떻습니까. 대사라면 베네치아 공화국에 도움이 되도록 뒤처리를 해주리라 믿습니다."

위원들은 고개를 끄덕였다. 투표도 거수도 필요로 하지 않는 결의였다. 이 일이 끝났을 때, 다시 위원들의 시선이 일제히 마르코에게 쏠렸다. 마르코는 속으로 지금부터 시작이구나 하고 생각했다.

10인 위원회에는 한 달씩 교대하는 위원장이 세 명 있다. 모두 새빨간 망토를 입고 있기 때문에 누구나 한눈에 알아볼 수 있다. 그 새빨간 옷을 입은 한 사람이 일어나서 마르코에게 말했다.

"창녀 올림피아와는 언제부터 아는 사이인가?"

마르코는 내심 기다리던 질문과는 다른 질문을 받고, 순간 당황했다. 하지만 곧 평정을 되찾았다. 마르코는 각오했다. 모든 것을 정직하게 답변하기로 결심한 것이다.

10인 위원회 위원을 오래 지낸 마르코는 이 위원회의 추궁이 얼마나 엄격하고 정확한지를 잘 알고 있었다. 사소한 거짓말이라도 스스로 무덤을 파는 결과로 이어진다. 무죄를 증명하는 가장 좋은 방법은 진실만을 말하는 것이다.

심문의 두번째 화살은 올림피아와 나눈 대화 내용이었다. 이 질문에 대해서도 마르코는 기억하는 한 모두 사실대로 대답했다.

그 다음에 던져진 심문은 마르코가 올림피아를 수신인으로 지정한 악보 암호문의 내용이었다. 마르코는 이것도 정직하게 대답했다. 이쪽은 공무인 만큼, 모든 보고서의 내용도 거의 다 욀 수 있을 만큼 기억하고 있었다. 그리고 안전을 위해 같은 내용의 암호문을 역시 암호문으로 된 대사관 보고서에 섞어서 본국에 보냈다. 이를 뒷받침하는 증거는 10인 위원회도 쉽게 찾을 수 있을 터였다.

여기서 심문자가 바뀌었다. 새빨간 옷차림의 또 다른 위원장이 앞으로 나와서, 다시 마르코에게 심문을 시작했다. 다만 이것은 평범한 심문이 아니었다.

"7년 전에 산 마르코 종루에서 일어난 투신 사건을 기억하고 있나?"

마르코는 고개를 끄덕였다.

"그건 자살이 아니라 타살이라는 게 밝혀졌네."

마르코는 놀라지 않았다. 처음부터 그건 살인이 아닐까 의심하고 있었기 때문이다. 위원장이 말을 이었다.

"'밤의 신사들'은 자살로 단정하고 재빨리 무연고자 묘지에 매장까지 끝내버렸지만, 당시 해부학을 공부하던 젊은 의사가 우연히 시체를 보고, 이건 이상하다고 느꼈네. 그 의견을 40인 위원회가 주목한 걸세. 시체를 몰래 파내서 본격적인 해부를 실시했지.

그 일이 비밀리에 이루어진 것은 '밤의 신사들'이 이미 자살로 단정했는데도 40인 위원회가 독자적인 판단으로 해부를 결정했기 때문일세.

해부 결과는 타살이었네. 그것도 종루에서 몸을 던졌기 때문에 죽은 게 아니라는 걸세. 지금부터는 40인 위원회 위원장의 설명을 듣기로 하겠네."

40인 위원회는 직역하면 '40인 범죄위원회'(콰란티아 크리미날레)라고 불러야 할 기관으로, 10인 위원회가 원로원에서 선출되는 것과는 달리 공화국 국회에서 선출되는 40명의 위원으로 구성된다.

10인 위원회가 반역죄를 재판하는 기관이라면, 40인 위원회는 통상적인 범죄를 재판하는 기관이었다. '밤의 신사들'은 수사권은 갖고 있지만 재판할 권한은 없었기 때문이다. 이 40인 위원회 위원장이 대신 설명에 나섰다.

"뒤통수만 손상되어 있었기 때문입니다. 등뼈도, 그밖의 다른 부분도 전혀 손상되지 않았습니다. 뒤통수만 무언가 무거운 둔기로 강하게 몇 번이나 때려서 죽였다는 게 해부 의사의 소견이었습니다.

이에 따라 우리는 피해자가 어딘가 다른 곳에서 살해된 뒤 산 마르코 종루 밑으로 운반되어 버려졌다고 판단했습니다. 일반인은 쉽사리 올라갈 수 없는 산 마르코 종루에서 떨어졌다면, 누구나 자살로 판단할 거라고 생각했겠지요."

그런데 타살로 판정하긴 했지만, 그후의 수사는 생각처럼 순조롭게 진척되지 않았다고 한다. 40인 위원회가 독자적으로 수사를 진행하기로 결정했기 때문에, 10인 위원회나 '밤의 신사들'의 협력을 요청할 수도 없었다는 위원장의 설명에는 마르코도 고개를 끄덕일 수밖에 없었다.

피해자가 여러 가지로 평판이 좋지 않았던 형사인 만큼, 그와 관련된 인맥을 샅샅이 조사하는 것도 여간 어려운 일이 아니었다. 그에게 원한을 품은 사람도 많아서, 그들을 일일이 조사하여 무죄로 판명된 사람을 용의자 명단에서 하나씩 지워가야 했다. 이 작업은 비밀리에 이루어졌기 때문에 몇 년이나 걸렸다고 한다.

"하지만 마침내 용의자가 한 사람만 남았습니다. 그 한 사람을 체포하여 자백을 받아낸 결과, 본건은 40인 위원회의 관할이 아니라 10인 위원회로 가져갈 수밖에 없는 문제라고 판단했던 것입니다."

여기서 발언자는 다시 10인 위원회 위원장으로 바뀌었다.

"하수인은 창녀 올림피아를 로마에 있을 때부터 모셔온 하인이었네. 덩치가 크고 건장한 남부 이탈리아인으로, 평소에는 올림피아의 집에서 문지기 노릇을 하고 있지.

이 하인은 피해자를 살해한 사실만은 인정했지만, 그 동기에 대해서는 엉뚱한 대답만 되풀이했네. 피해자한테 돈을 빌렸는데, 빚독촉이 너무 가혹해서 절망한 끝에 피해자를 죽이게 되었다고 말일세. 아무리 고문을 해도 결국 그 말밖에는 끌어내지 못했다네.

하지만 우리는 남에게 평판이 좋은 그 사내가 그만한 일로 사람을, 더군다나 형사를 죽일 리가 없다고 생각했지. 그래서 올림피아를 소환했네. 형사를 죽이도록 사주한 것은 올림피아였다네."

마르코는 저도 모르게 불쑥 말했다.

"올림피아도 고문했습니까?"

"천만에. 고문할 필요도 없었지. 묻는 말에 순순히 모든 것을 털어놓았으니까. 그 남자한테 협박을 당하고 있었다는 것. 그때마다 돈을 주었지만, 더 이상은 참을 수가 없어서 죽이기로 결심했다는 것.

협박당한 이유도 자백했네. 올림피아는 에스파냐 왕이자 신성 로마제국 황제인 카를로스의 첩자였다네. 카를로스가 베네치아의 동정을 살피도록 보낸 첩자였지. 베네치아로 이주한 것도 '로마 약탈' 사건으로 쇠퇴한 로마에서 풍요로운 베네치아로 직장을 바꾼 거라고 말했지만, 이건 표면상의 이유에 불과했네. 단돌로, 자네한테 접근한 것도 그 여자로서는 임무 수행이었던 것일세."

마르코는 눈앞이 캄캄해진 것을 느꼈다. 그러나 올림피아를 미워하는 마음은 조금도 생기지 않았다. 자신의 경솔함에 대한 부끄러움만이 그를 괴롭히고 짓밟았다. 그런 마르코의 입에서 무겁고 낮은 목소리가 억지로 짜내듯 새어나왔다.

"여자한테는 어떤 처벌을?"

10인 위원회 위원장은 조금 전과는 전혀 달리 거의 쾌활한 투로 대답했다.

"올림피아가 스스로 제안했네. 로마로 돌아가 베네치아 공화국의 첩자 노릇을 하겠다고. 에스파냐 쪽 첩자도 그만둘 수는 없을 테니까, 결국은 이중 첩자가 되겠지.

베네치아 공화국으로서도 지금 여기서 카를로스와 문제를 시끄럽게 만들어봤자 이로울 게 없으니까, 올림피아의 제안을 받아들이기로 결정했네. 하인도 석방했어. 둘 다 열흘 전에 로마로 떠났네. 지금쯤은 벌써 에스파냐 놈들이 제 세상인 양 설치고 다니는 로마에 도착했을 걸세."

꽉 다물려 있던 마르코의 입술 끝이 약간 누그러졌다. 그는 웃고 있었다.

사육제 마지막 날

사랑하는 마르코, 모든 사실을 알게 된 당신에게
저는 어떤 여자가 되었을까요. 변명도 발뺌도 않겠습니다.

그후 마르코는 자택에 돌아왔다. 하지만 조국에 돌아오면 당연히 재개될 줄 알았던 일상은 그에게 돌아오지 않았다. 지금의 마르코는 10인 위원회 위원 자리도, 원로원 의원 자리도, 공화국 국회 의석조차도 갖고 있지 않다. 3년 동안 공직에서 추방되는 것이 그가 받은 처벌이었다.

이것도 베네치아 공화국 법률에서는 가벼운 편이다. 10인 위원회 위원들 중에는 영구 추방을 요구한 사람도 몇 명이나 있었지만, 그리티 통령이 강력하게 주장해서 이 정도의 처벌로 매듭지어졌다. 통령은 석방되는 마르코를 일부러 자기 방으로 불러서 이런 말까지 했다.

"단돌로, 자네처럼 뛰어난 인재를 영원히 매장시키는 것은 지금의 베네치아 공화국에는 허용되지 않는 사치일세. 당분간은 쉬는 게 좋아. 조만간 공화국이 자네를 필요로 할 때가 반드시 올 걸세."

통령이 취임했을 당시의 화려하고 당당한 풍모는 더 이상 보이지 않았다. 그래도 일흔아홉 살의 통령은 베네치아 공화국의 최고 시민이 될 자격은 조금도 잃지 않았다. 가장 사랑하는 아들이던 알비제에 대해서는 한마디도 언급하지 않는 그리티 통령의 말을 마치 친아버지의 말처럼 들으면서, 마르코는 이 사람한테는 애수도 잘 어울린다고 느끼고 있었다.

3년 동안의 공직 추방은 솔직히 말해서 마르코에게는 별로 고통스럽지 않았다. 공직에서 떠나는 것에 아쉬움보다는 오히려 안도감을 강하게 느꼈기 때문이다. 머리보다는 육체가 휴식을 요구하고 있는 듯한 기분이 들었다.

공직에서 추방되었다 해도, 국외로 추방된 것은 아니다. 국내외를 불문하고 어디에 가든 상관없고, 이동할 때마다 10인 위원회에 신고할 의무도 없었다. 베네치아 상류사회에 출입금지를 당한 것도 아니다. 다만 마르코 자신이 외출할 기분도 내키지 않고, 남과 어울릴 마음도 나지 않았을 뿐이다.

베로나 교외에 있는 별장으로 거처를 옮긴 것은 그해도 거의 저물어갈 무렵이었다. 베네치아에 있는 저택은 잠시 폐쇄했다. 하인 노부부와 그들의 조카까지 데리고 이사한 것이다. 베로나의 별장에는 베네치아 시내에 있는 저택과 달리 넓은 정원이 딸려 있어서, 노부부만으로는 정원까지 관리하기가 어려웠기 때문이다.

이 별장에서는 저 멀리 베로나 시가지가 내려다보인다. 알프스에서 흘러내려오는 아디제 강이 크게 우회하는 곳에 긴 성벽으로 둘러싸여 있는 것이 베로나 시가지다. 저 도시에서도 온갖 인생이 소용돌이치고 있겠지만, 언덕 위에 있는 마르코의 별장에서 보면 조용하고 아름다운 소도시가 눈 아래 가로놓여 있을 뿐이었다.

베네치아에서 이사할 때 마르코가 직접 꾸린 것은 책뿐이었지만, 그 책꾸러미 속에는 올림피아한테서 온 편지가 들어 있었다. 편지는 베네치아를 떠나기 전에 도착했지만, 뜯어볼 마음이 나지 않았다.

베로나에 첫눈이 내린 날 오후, 마르코는 드디어 편지를 뜯었다. 콘스탄티노플에 있을 때도 이따금 편지를 보내주었기 때문에, 올림피아의 필적이라는 건 금방 알 수 있었다. 편지는 남자 글씨처럼 힘찬 필적으로, 게다가 올림피아답게 간결하고 짤막하게 씌어 있었다.

사랑하는 마르코, 모든 사실을 알게 된 당신에게 저는 어떤 여자가 되었을까요. 변명도 발뺌도 않겠습니다. 당신이 용서해주신다면, 그걸로 좋습니다. 용서해주실 수 없다면, 그것도 좋습니다.

다만 살기 위해 열심이었다는 점에서는 피차 마찬가지가 아닐까요. 당신에게는 그것이 조국의 이익과 연결되어 있었지만, 나라가 없는 저에게는 그것과 연결되지 않았다는 차이는 별문제로 하고 말입니다.

때가 오면 로마에서, 아니면 어딘가 다른 곳에서 만날 수 있으리라 믿습니다.

당신의 올림피아

마르코가 올림피아를 믿은 것은 그녀의 마음까지 자기 것이 되었다고 생각한 때문은 아니다. 자기가 완벽하게 지배하고 있던 올림피아의 육체를 믿었기 때문이다. 하지만 이것은 마르코의 실수였다.

여자의 육체가 아무리 남자 뜻대로 된다 해도, 그것은 침대 위에서뿐이다. 남자의 손이 육체의 어느 부위에라도 여자의 몸에 닿으면 그것으로 족하다. 하지만 거리가 그 이상 벌어지면 관능의 마력도 미치지 않는다. 떨어져 있어도 여자를 남자 뜻대로 하려면, 여자의 육체만이 아니라 마음까지 손에 넣어야 한다. 그래야만 멀리 떨어져 있는 여자를 자기 뜻대로 할 수 있다.

마르코는 언젠가 올림피아와 재회하는 날이 오면 용서를 빌어야 할 사람은 오히려 자기라고 생각했다. 그때 문득 마르코의 머릿속에 두 여자의 모습이 떠올랐다.

하나는 리비아였고, 또 하나는 투르크의 술탄 쉴레이만이 정비로 삼을 만큼 사랑한 로사나였다. 두 여자가 사랑한 남자들은 둘 다 똑바로 나아갈 수 있었을지도 모르는 길에서 옆으로 빠져버렸다. 그 여자들이 악랄한 술책을 부리는 악녀였기 때문이 아니다. 그와는 정반대로, 그 여자들은 일편단심으로 한 남자를 사랑했다.

단 하나의 여자를 선택하는 것은 투르크에서는 전례없는 일이다. 그랬기 때문에 쉴레이만은 국정에 여자가 개입하는 선례를 만들어버렸다. 전제군주국에서 이보다 무서운 쇠퇴의 원인은 없다.

여자의 한결같은 사랑을 받는 것만큼 남자에게 큰 기쁨은 없다. 하지만 여자가 바치는 그 사랑을 온몸으로 받은 순간, 남자의 눈은 보아서는 안될 저편까지 보게 되어버리는가. 행운의 신은 여신이니까, 그런 남자들을 질투하는 것일까. 질투심 때문에, 평범하게 살면 맛보지 않아도 될 불행까지 안겨주는 것일까.

마르코가 베네치아에 잠시나마 돌아가기로 마음먹은 것은 춥지만 맑게 갠 날이었다. 사육제를 즐기는 사람들의 활기가 문득 수녀원에 맡겨져 있는 리비아의 딸을 생각나게 했기 때문이다. 수녀원에 맡겨진 양갓집 딸들도 크리스마스나 사육제가 절정에 이른 이 기간에는 집으로 돌아가는 것이 허용된다. 돌아갈 집이 없는 그 소녀가 어떻게 지내고 있을지, 마르코는 그게 마음에 걸렸다.

베로나에서 파도바까지는 말을 타고 간다. 베네치아 공화국의 최고학부가 있는 파도바부터는 브렌타 강을 따라 내려가 석호로 빠지는 '부르키엘로'가 있었다. 이것은 일종의 수상 버스라고 해도 좋은 연락선이다.

그러나 마르코는 이 배를 타지 않았다. 사육제로 들떠 있는 사람들이 잔뜩 타고 있는 배에 동승할 마음이 나지 않았기 때문이다. 파도바부터는 돛까지 갖춘 배를 세내어 곧장 주데카 섬으로 향했다.

한 번 찾아간 적이 있는 수녀원은 기숙생들이 대부분 집으로 돌아갔기 때문인지 쥐죽은 듯 조용했다. 수녀원장은 먼 친척뻘 되는 마르코를 기억하고 있어서, 기분좋게 소녀를 불러주었다.

마르코는 노송나무 사이를 뚫고 쏟아지는 겨울 햇살을 받으며 회랑을 오락가락하면서 기다렸다. 등뒤에서 대리석 바닥을 가볍게 차는 발소리가 난 것은 그로부터 얼마 후였다. 뒤를 돌아본 마르코의 시야에 한 소녀가 뛰어들어왔다.

아니, 이제 소녀라고는 부를 수 없었다. 하지만 젊은 여자라고 부르기에는 아직 이른 나이다. 기숙생의 하얀 제복을 입은 리비아는 아무 예고도 없이, 더구나 낯선 남자가 찾아왔는데도 전혀 서먹하거나 주눅든 모습을 보이지 않았다. 마르코 앞에 서자, 리비아는 여기까지 달려오느라 숨을 헐떡이면서도 무릎을 가볍게 구부려 절을 하면서 말했다.

"프리울리 부인이 보낸 심부름꾼인가요?"

마르코는 고개를 끄덕일까 말까 망설이면서, 리비아의 얼굴에서 눈을 떼지 못했다.

소녀의 얼굴에 어머니 리비아와 아버지 알비제의 얼굴이 겹치는 듯했다. 어머니나 아버지 한쪽을 닮은 것은 아니다. 반짝반짝 빛나는 검은 눈은 알비제를 닮았고, 부드럽게 파도치며 흘러내린 검은 머리는 어머니 리비아와 똑같았다. 얼굴 윤곽은 아버지를 닮았을까. 하지만 날씬하고 긴 목덜미는 어머니한테 물려받은 게 분명하다. 그리고 날씬하게 쭉 뻗은 몸매의 고상한 곡선은 어머니와 아버지를 둘 다 연상시켰다.

마르코의 얼굴에는 저절로 미소가 피어올랐다. 그 표정을 허물어뜨리지 않은 채, 그의 입에서는 상냥한 대답이 흘러나왔다.

"부인은 멀리 가셨기 때문에, 다시는 이곳을 찾아올 수 없게 됐어. 그 대신 내가 찾아오마. 보름에 한 번은 찾아오겠다고 약속하지."

소녀는 진심으로 기뻐하는 표정을 지었다. 그날 오후 수녀원 문이 닫히는 시각까지 어린 리비아는 마르코를 놓아주지 않았다.

끊임없이 재잘거리고 질문하는 것은 소녀 쪽이었다. 수녀원의 일상에 대한 이야기, 리비아에게 유난히 친절했던 그리마니 집안의 딸이 시집을 가기 위해 바로 얼마 전에 수녀원을 나갔다는 이야기, 리도 해변으로 소풍을 갔던 이야기 등등, 리비아의 재잘거림은 끝이 없었다.

그러다가도 문득 생각났다는 듯이 마르코가 방문한 외국에 대해 질문을 던진다. 콘스탄티노플 이야기는 특히 소녀의 호기심을 자극했는지, 마르코에게 질문 공세를 퍼부었다. 마르코는 그 질문에 일일이 진지하게 대답해주었다. 소녀의 영리함이 마음에 들었다.

마르코는 돌아갈 집도 없는 고아 신세인 리비아를 가련하고 우울한 소녀, 조용하고 풀죽은 소녀로 상상했다. 그런데 그와는 정반대로, 눈앞에 있는 소녀는 젊음이 넘치는 생기발랄한 모습이다. 리비아에게, 그리고 알비제한테도 보여주고 싶은 기분이었다.

"이야기가 끝이 없는 것 같군요."

쾌활한 수녀원장의 목소리가 두 사람을 떼어놓았다. 수녀원 문을 닫을 시각이라고 한다. 소녀는 환하게 웃으며, 원장이 시키는 대로 마르코에게 작별인사를 했다. 원장은 정문까지 마르코를 배웅하면서 말했다.

"프리울리 부인의 방문이 끊기고, 그 대신 찾아오던 할머니도 얼마 전에 세상을 떠났답니다. 아무도 찾아오지 않게 된 그 아이를 걱정하고 있었는데, 단돌로 님이 그 역할을 맡아주신다니 정말 잘됐어요."

그날 밤에는 베네치아 시내 여관에 묵기로 한 마르코는 주데카 섬에서 배를 타고 산 마르코 선착장으로 향했다. 곤돌라에 흔들리는 마르코의 가슴에 뜻밖의 생각이 떠오른 것은 그때였다. 그 아이와 결혼하자. 앞으로 2, 3년만 지나면 시집갈 나이가 될 것이다. 그때를 기다려 결혼하자.

알비제는 딸이 평생 동안 수녀원에서 불편하지 않게 살 수 있도록 준비해두었다. 그건 마르코도 알고 있다. 하지만 그렇게 하면 어린 리비아도 언젠가는 수녀가 될 것이다.

그 아이가 수녀원의 담장 밖으로 나올 수 있는 것은 누군가와 결혼할 때뿐이다. 하지만 고아의 몸으로는 아무리 지참금이 많아도 귀족한테 시집가기는 어려울 것이다.

나라면 할 수 있다고 마르코는 생각했다. 베네치아의 명문 중에서도 명문인 단돌로 가문의 우두머리가 결혼 상대다. 유리 직공의 딸도, 조선 기사의 딸도, 그에게 시집오면 당장 단돌로 부인으로 불린다. 갓난아이 때부터 수녀원에서 자란 고아라 해도 아무 문제가 없다. 그 아이를 수녀원에서 꺼낼 수 있는 사람은, 게다가 그 아이한테 어울리는 형태로 구출할 수 있는 사람은 나밖에 없다!

곤돌라는 산 마르코 선착장 왼쪽에 몇 개나 튀어나와 있는 곤돌라용 잔교에 옆구리를 댔다. 소광장이라고 불리는 선착장 앞 광장에는 온갖 모습으로 공들여 가장한 사람들이 북적거렸다. 그 저편에 펼쳐진 산 마르코 광장도 골목에서 흘러드는 군중으로 터져나갈 듯했다.

오늘이 '고기의 목요일'이라는 것을 마르코는 그제서야 생각해냈다. 사육제가 절정에 이르는 날이다. 가장도 더한층 화려해지고 사람들도 더욱 들뜨는 날이다.

여관으로 가기 위해 광장을 비스듬히 가로지르면서, 마르코는 아무 가장도 하지 않은 자신이 왠지 부끄럽게 느껴졌다. 그렇다고 해서 활기에 넘쳐 있는 군중이 성가시게 느껴지지는 않는다. 성가시기는커녕 힘차게 용솟음치는 그들의 활력에 그 역시 깊은 공감을 느꼈다.

그때 문득 리비아가 죽기 전에 쓴 편지의 한 구절이 머리에 떠올랐다. 알비제가 선물한 보석을 딸 리비아에게 남긴다는 구절이다.

"아직 어린 애니까, 당신이 좋다고 여겨지는 시기가 왔을 때

전해주십시오."

이렇게 쓰고 나서 리비아는 다음과 같은 구절을 덧붙였다.

"다만 제가 주었다고 하지 말고 당신이 주는 걸로 해주십시오."

마르코는 저도 모르게 웃었다. 소리가 날 만큼 웃었다. 리비아는 딸의 앞날을 예상할 수 있었기 때문에 서슴없이 지중해에 몸을 던질 수도 있었던 거야. 그리고 나는 속절없이 리비아의 의도대로 된 셈이지. 하지만 이게 좋아. 마르코는 여전히 웃음을 깨물면서 생각했다. 리비아의 의도대로 되었다기보다는, 그 자신이 마음 가는 대로 자연스럽게 행동했더니 결국 리비아가 의도했던 것과 같은 결과에 이른 게 분명하다고 생각했기 때문이다.

얼마 전부터 마르코 단돌로의 마음 속에는 알비제 그리티를 죽인 건 베네치아 공화국이라는 생각이 조금씩 싹텄고, 그 생각은 이제 점점 강해졌다. 정식 결혼에서 태어난 적자가 아니면 공화국을 이끌 권리를 갖는 귀족으로 인정하지 않는 베네치아 공화국이 그를 죽인 거나 마찬가지라는 생각이다.

베네치아 공화국을 상징하는 것은 복음서 저자의 하나인 성 마르코다. 알비제 그리티를 그런 무모한 야심으로 몰아넣고, 게다가 실컷 이용한 뒤에 버린 것은 '성 마르코'다. 지금까지 얼마나 많은 인재들이 '산 마르코'에게 죽음을 당했을까. 그리고 앞으로도 또 얼마나 많은 인재들이 당할 것인가.

마르코는 이런 사람들과 정반대의 처지로 태어난 만큼 더한층 강한 죄책감을 품었고 그들에게 속죄해야 한다는 생각도 강했다. 소녀 리비아를 수녀원에서 구해내자는 생각은 지금의 마르코에게는 더없이 자연스러운 기분의 발로였다.

산 마르코 광장에는 밀려오는 파도 같은 음악소리와 색채가 홍수를 이루었다. 온갖 차림으로 가장한 사람들은 남과 마주치면 누구한테나 스스럼없이 말을 건넨다. 시내가 온통 친구를 사귀는 곳으로 바뀌는 것이 베네치아의 카니발이다.

마르코도 하얀 가면을 사서 얼굴에 썼다. 검은 망토는 누구나 입는 거니까 얼굴이 없는 옷이고, 거기에 하얀 가면을 쓰면 그것만으로도 훌륭한 가장이 되었다.

얼굴에 가면을 썼을 뿐인데, 당장 아무한테나 자연스럽게 말을 걸 수 있게 되는 것이 불가사의하다. 서둘러 여관에 갈 마음이 사라진 마르코는 넓은 광장이 바라다보이는 회랑 옆에 섰다.

바로 그때, 둥근 돌기둥 그늘에서 온통 검은 옷차림을 한 사내 하나가 모습을 드러냈다. '부끄러워하는 거지' 차림을 하고 있다. 그 사내는 원기둥에 손을 댄 모습으로 마르코를 뚫어지게 바라보며 꼼짝도 하지 않는다.

마르코는 갑자기 가슴이 오그라드는 듯한 기분이 들었다. 발은 어느새 두세 걸음 사내 쪽으로 다가가고 있었다. '부끄러워하는 거지'는 돌기둥에 짓눌린 꼴이 된다. 검은 두건 밑에서 비명에 가까운 외침소리가 터져나왔다.

"나리, 장난입니다. 가장이에요."

사육제 마지막 날

마르코는 온몸에서 힘이 쭉 빠지는 것을 느꼈다. 알비제가 살아 있을 리는 없다. 나지막하게 미안하다고 중얼거리는 마르코 앞에서 거지로 가장한 사내는 구르듯 달아났다.

 우두커니 서 있는 마르코에게 옆을 지나는 가장행렬이 콘페티(축제나 결혼식 때 뿌리는 색종이 조각)를 비처럼 뿌린다. 검은 망토는 온갖 색깔의 종이비를 뒤집어쓰고 화려한 분장으로 일변했다. 그때 산 마르코 광장의 삼면을 둘러싼 건물 벽에 늘어서 있는 촛대에 일제히 불이 켜졌다. 사육제도 마지막 밤을 맞이한 것이다.

 내일부터는 차분한 마음으로 하루하루를 보내는 사순절이 시작된다. 사순절이 끝나면 부활절이 기다리고 있다. 누구에게나 다시 돌아오는 봄의 기쁨이 기다리고 있을 터였다.

에필로그

베네치아 공화국은 에스파냐와 손잡고
투르크와의 전쟁에 돌입.

 알비제 그리티가 죽은 지 1년 반밖에 지나지 않은 1536년 3월, 술탄 쉴레이만은 공금횡령과 국가반역죄로 이브라힘 재상을 사형에 처함.

 1537년 6월, 안드레아 그리티 통령의 필사적인 설득에도 불구하고 베네치아 공화국은 에스파냐와 손잡고 투르크와의 전쟁에 돌입.

 같은 해 12월, 안드레아 그리티 통령 사망.

 1553년, 투르크의 왕세자 무스타파가 반역죄로 처형되고, 로사나의 아들 셀림이 왕세자로 책봉됨.

 1556년, 쉴레이만 대제 사망. 셀림이 술탄에 즉위.

시오노 나나미를 사랑하는 독자 여러분께

• 옮긴이의 말

시오노 나나미를 사랑하는 독자 여러분께, 나는 이 삼부작을 마치 회심의 카드라도 꺼내는 듯한 기분으로 소개합니다.

일견 건방지게 들릴 수도 있는 이 말을 감히 하는 까닭은, 이 삼부작이 『로마인 이야기』나 『바다의 도시 이야기』나 『나의 친구 마키아벨리』 같은 책들보다 뛰어나서가 아니라, 오히려 그런 틀의 변별성을 벗어난 곳에 자리잡고 있는 독특한 책이기 때문입니다.

잘 알려져 있다시피, 시오노 나나미는 역사와 문학을 넘나들며 다양한 장르의 작품을 발표해온 작가입니다. 그리고 지금까지 번역된 그의 작품들은 대부분, 역사평설이 되었든 문명비평서가 되었든 인물평전이 되었든, 역사가로서 기울인 노력의 산물들입니다.

그런데 그의 저작들을 읽노라면, 역사책인데도 곳곳에 문학적 상상력이 번득이고 넘실대는 것을 자주 느끼게 됩니다. 물론 작가 자신은 역사적 사실이 상상력 때문에 훼손되는 일이 없도록 나름대로 애쓰고 있습니다. 책마다 적잖은 분량의 참고문헌을 밝히는 것도 그렇고, 스스로 확인하지 아니한 사료는 한 구절도 인용하지 않는다는 집필 방침도 그의 꼼꼼하고 순정한 학자적 소양을 말해주고 있습니다. 그런데도 그의 글에는 문학적 재능이 적잖이 작용하고 있음을 느낄 수 있습니다.

그래서 그의 책을 읽어본 독자들 중에는, 그처럼 뛰어난 재능을 가진 작가라면 소설을 써도 괜찮은 작품을 쓸 수 있을 텐데, 하고 생각하는 분들이 많은 게 사실이고, 그런 아쉬움을 토로하신 분들도 적지 않습니다. 그때마다 "언젠가는 나올 테니 두고 보시라"고 회심의 미소를 짓곤 했는데, 그것은 바로 이 삼부작을 염두에 두고 있었기 때문입니다.

『주홍빛 베네치아』에서 『은빛 피렌체』을 거쳐 『황금빛 로마』로 이어지는 이 삼부작은, 독자들의 취향에 따라 다양한 입맛으로 읽을 수 있을 것입니다.

제목에 밝혀져 있는 대로 '도시 삼부작'일 수도 있고, 각각의 도시에서 벌어진 '살인사건 삼부작'일 수도 있습니다. 어쨌든 이 삼부작은 추리소설의 형식을 빌려, 우리를 역사의 현장으로 안내하고 있습니다.

학문적 소양이 풍부한 학자가 소설, 특히 추리소설 창작에 손을 대는 것은 그리 드문 일이 아닙니다. 예컨대, 고전적 명작인 『어느 시인에게 바치는 만가(輓歌)』의 작가로 알려진 영국의 마이클 이네스는 옥스퍼드 대학 영문학 교수를 역임한 존 이네스

매킨토시 스튜어트이고, 『제임스 조이스 살인사건』 등의 빼어난 작품으로 이름난 미국의 여류작가 어맨다 크로스도 컬럼비아 대학 영문학 교수인 캐럴라인 하이브론입니다. 좀더 많이 알려진 예로는 『장미의 이름』을 쓴 움베르토 에코가 있는데, 그는 독창적인 기호학자로 국제적 명성을 얻고 있는 이탈리아 볼로냐 대학 교수입니다.

이런 학자들이 쓰는 소설이나 추리소설은 당연히 전공 분야의 학문적 지식을 살리는 경우가 많습니다. 시오노 나나미의 경우도 마찬가지여서, 르네상스 시대의 이탈리아를 세 도시에서 삼각측량하듯 되살려내고 있는 것입니다.

시오노의 '세 도시 이야기'는 요컨대 남녀 주인공을 창작하여, 그들로 하여금 베네치아와 피렌체와 로마를 여행하게 하고 또 거기서 생활하게 함으로써, 르네상스를 대표하는 이 세 도시를 그의 다른 작품들과는 다른 각도에서 묘사하고 있습니다. 따라서 이 삼부작은 각각 독립되어 있으되 차례로 맞물려 있는 일종의 '연작'인 셈입니다.

주인공 마르코 단돌로는 베네치아의 명문 귀족의 적자로, 서른 살에 원로원 의원에 선출되고 10인 위원회(오늘날의 미국의 '중앙정보부'와 비슷한 국가안보기관) 위원까지 지낸 엘리트입니다. 그리고 여주인공 올림피아는 고급 창녀(일반적인 매춘부이기보다 황진이 같은 존재에 가깝습니다)인데, 화가 티치아노가 초상화를 그린 것으로 설정되어 있는 30대 후반의 대단한 미인입니다.

제1부 『주홍빛 베네치아』는 한 경찰관이 산 마르코 종루에서 몸을 던져 죽은 사건으로 막이 열립니다. 이 사건은 뜻밖의 결말로 이어지고, 마르코는 결국 3년 간의 공직 추방 처분을 받게 됩니다.

고국을 떠난 마르코가 피렌체에 머무는 동안 겪게 되는 사건과 모험이 제2부 『은빛 피렌체』를 이루고 있습니다. 외떨어진 산장에서 시체가 발견되고, 이 살인사건은 결국 더 큰 음모로 발전하여, 당시 피렌체를 지배하고 있던 메디치 가의 알레산드로 대공에 대한 암살로 이어집니다.

베네치아에서 창녀와 고객으로 시작된 두 주인공의 교제는 피렌체에서 우연히 재회하면서 진정한 사랑으로 발전합니다. 그리하여 둘은 여자의 고향인 로마로 떠납니다. 그러나 제3부 「황금빛 로마」는 이들의 앞길에 또 다른 비극적 사건을 준비해놓고 있습니다. 이처럼 굽이치는 사랑의 묘사도 이 책을 읽는 즐거움일 것입니다.

아니, 이 삼부작은 '연애 삼부작'이라고 불러도 좋을 만큼 각 권마다 애절한 사랑이 그려져 있습니다. 『주홍빛 베네치아』는 마르코의 친구이자 베네치아 통령의 아들인 알비제 그리티와 유부녀인 프리울리 부인의 금지된 사랑의 비극을 그리고 있고, 『은빛 피렌체』는 애증이 엇갈리는 가운데 무르익어가는 두 주인공의 사랑을, 그리고 『황금빛 로마』는 교황의 아들 파르네세 공작과 올림피아의 은밀하고도 질긴 사랑의 인연을 그리고 있습니다.

시오노 나나미는 이 삼부작을 통해 역사에서 흔히 무시되기 쉬운 온갖 세부를 풍부한 지식과 상상력으로 생생하게 그려냅니다. 역사라는 비정한 톱니바퀴 때문에 비극적인 인생을 마쳐야 하는 권력자와 그 주변 인물들, 베네치아와 피렌체와 로마의 아름다운 풍물들, 역사의 현장에서 불려나온 예술가들……. 권력과 애증이 교차하는 르네상스의 '너무나도 인간적인' 정경을 눈앞에서 보는 듯합니다.

1998년 여름
김석희

관련 지도

- 16세기 지중해 세계
- 르네상스기의 베네치아
- 동지중해역의 베테치아 '고속도로'

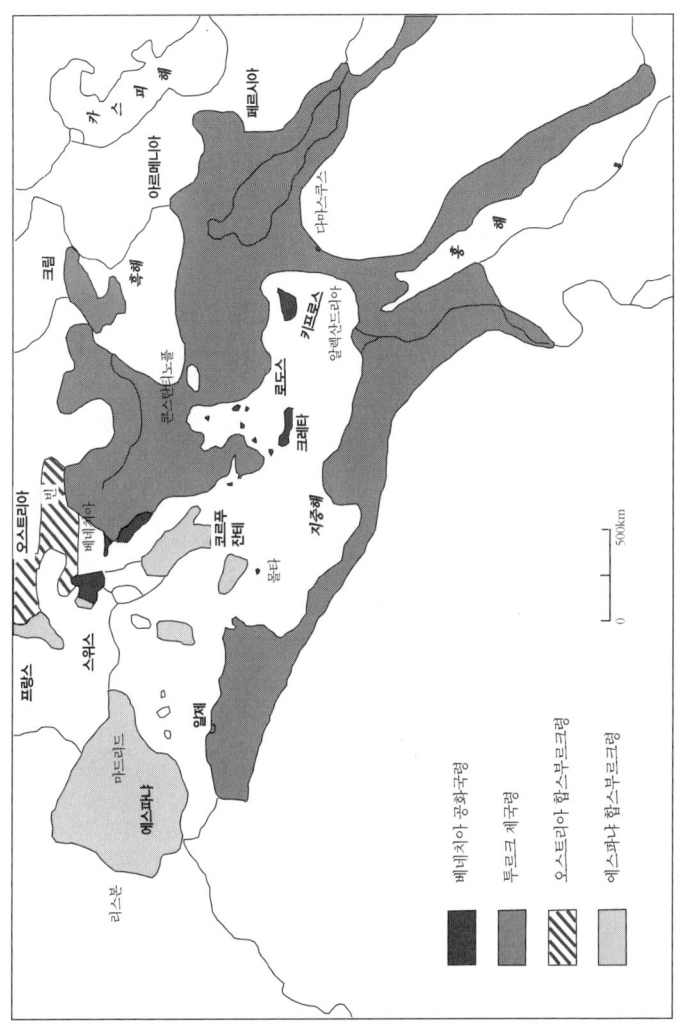

16세기 지중해 세계

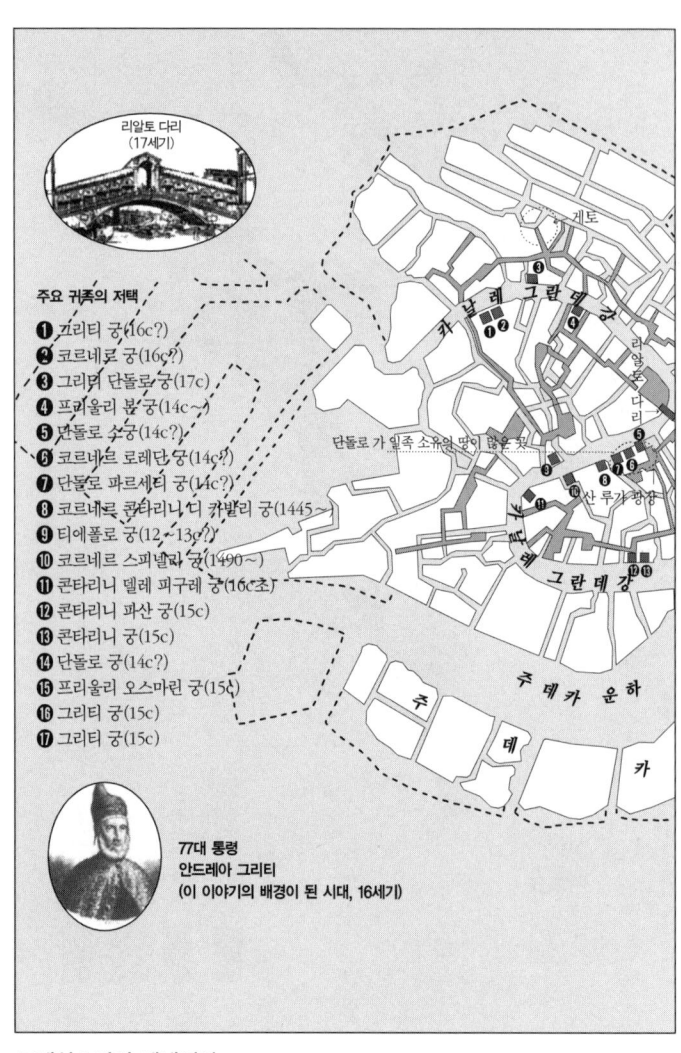

르네상스기의 베네치아

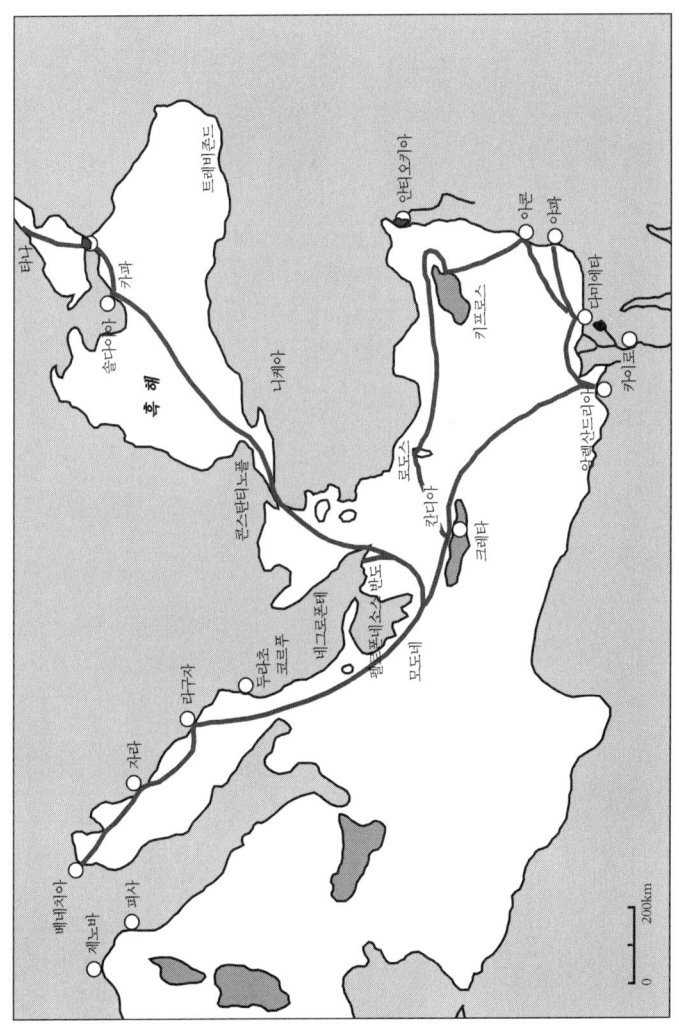

동지중해역의 베네치아 '고속도로'

지은이 시오노 나나미

시오노 나나미는 1937년 7월 7일 도쿄에서 태어나
가쿠슈인(學習院) 대학 철학과를 졸업한 뒤 이듬해인 1964년
이탈리아로 건너가 어떤 공식교육기관에도 적을 두지 않고
혼자서 공부했다. 서양문명의 모태인 고대 로마와 르네상스의
역사현장을 발로 취재하며 30년이 넘는 세월 동안 로마사에
천착하고 있는 그는 기존의 관념을 파괴하는 도전적 역사해석과
소설적 상상력을 뛰어넘는 놀라운 필력으로 수많은 독자들을
사로잡고 있다. 작품으로 처녀작『르네상스의 여인들』을 비롯하여
『체사레 보르자 혹은 우아한 냉혹』(1970년 마이니치 출판문화상)
『바다의 도시 이야기』(1982년 산토리 학예상)
『나의 친구 마키아벨리』(1988년 여류문학상)『로마인 이야기』
(제1~11권 · 1993년 신조학예상, 1999년 시바 료타로상 수상)
『신의 대리인』『르네상스를 만든 사람들』등이 있으며,
『침묵하는 소수』『나의 인생은 영화관에서 시작되었다』
『사랑의 풍경』등 다수의 에세이가 있다.
현재 필생의 역작『로마인 이야기』집필에 몰두하고 있다.

옮긴이 김석희

옮긴이 **김석희**는 서울대 문리대 불문학과를 졸업하고
같은 대학원 국문학과에서 공부했다. 1988년 한국일보 신춘문예에
소설이 당선되어 작가로 데뷔했으며 창작집『이상의 날개』와
장편소설『섬에는 옹달샘』을 발표했다. 역자후기 모음집인
『북마니아를 위한 에필로그 60』를 비롯하여 이회성의『유역』,
데스몬드 모리스의『인간동물원』, 시오노 나나미의 작품
『로마인 이야기』(제1~6권 · 제1회 한국번역대상 수상)
『르네상스의 여인들』『신의 대리인』등과
홋타 요시에의『고야』(제1~4권) 등을 번역했다.

한길사의 스테디셀러들

위대한 항해자 마젤란 1·2
베른하르트 카이·박계수 옮김
나는 미지의 세계, 불가능의 세계를 항해한다

"현실을 떠나 광대한 나만의 세상을 꿈꾸는 이들에게, 마젤란의 대항해를 다룬 이 방대한 소설은 흥분과 감동, 움츠러들 듯한 뜨거운 열정을 불러일으킬 것이다."

· 신국판 | 반양장 | 400, 448쪽 | 각권 값 12,000원

과학의 시대!
제라드 피엘·전대호 옮김
과학자들은 비밀과 원리를 어떻게 알아냈는가

이 책은 극미의 원자세계에서 광활한 우주까지, 인류 과학발전의 위대한 성과와 인간 지식의 찬란한 진보의 기록을 담은, 한마디로 '괴물 같은 책'이다.

· 신국판 | 반양장 | 504쪽 | 17,000원

지식의 최전선
김호기 외 54인 공동집필
세상을 변화시키는 더 새롭고 창조적인 발상들

시사저널 2002 올해의 책/조선일보 2002 올해의 책/문광부 2002 우수학술도서/한국출판인회의 9월의 책/제43회 한국백상출판문화상

· 신국판 | 양장본 | 712쪽 | 값 30,000원

월경越境하는 지식의 모험자들
강봉균 외 55명 공동집필
혁명적 발상으로 세상을 바꾸는 프런티어들

"지식의 모험자들은 창조적 발상과 능동적인 실천력으로 미래의 시간을 앞당긴다. 그들이 보여주는 미래의 그림을 엿보면서 세계를 향해 지적 모험을 감행한다."

· 신국판 | 양장본 | 888쪽 | 값 35,000원

뜻으로 본 한국역사
함석헌 지음
살아 있는 역사정신 함석헌을 만난다

"역사를 아는 것은 지나간 날의 천만 가지 일을 뜻도 없이 그저 머릿속에 기억하는 것이 아니다. 값어치가 있는 일을 뜻이 있게 붙잡아내는 것이다."

· 신국판 | 반양장 | 504쪽 | 값 15,000원

선비의 나라 한국유학 2천년
강재언 지음·하우봉 옮김
교양인을 위해 새로운 시각에서 쓴 한국유교사

"나는 '주자일존'을 무비판적으로 긍정하는 한국유교사 연구에 저항감을 품어왔다. 나의 생명이 소진되기 전에 한국유학의 뿌리를 캐내는 과제와 싸워보고 싶었다."

· 신국판 | 반양장 | 520쪽 | 값 16,000원

간디 자서전
함석헌 옮김
영원한 고전, 간디의 진리실험 이야기

"당신도 나의 진리실험에 참여하기 바랍니다. 나에게 가능한 것이면 어린아이들에게도 가능하다는 확신이 날마다 당신의 마음속에 자라날 것입니다."

· 46판 | 양장본 | 648쪽 | 값 13,000원

마하트마 간디
요게시 차다·정영목 옮김
간디의 전 생애를 담아낸 최고의 평전

"이 고통받는 세계에 좁고 곧은 길 외에는 희망이 없다. 이 진리를 증명하는 데 실패할지라도 그것은 그들의 실패일 뿐, 이 영원한 법칙의 오류는 아니다."

· 46판 | 양장본 | 880쪽 | 값 22,000원

대서양 문명사

김명섭 지음

거친 바다를 건너 세계를 지배한 열강의 실체

"광대한 대서양을 배경으로 벌어진 제국들 간의 치열한 경주. 팽창·침탈·헤게모니의 역사로 물든 문명의 빛과 어둠을 파헤친다."

· 신국판 | 양장본 | 760쪽 | 값 35,000원

온천의 문화사

설혜심 지음

건전한 스포츠로부터 퇴폐적인 향락에 이르기까지

"레저는 산업화의 산물이 아니라 인간의 본능이다. 단순한 재충전의 기회가 아니라 자유의 적극적인 경험형태다."

· 2002 대한민국학술원 선정 우수학술도서
· 신국판 | 양장본 | 344쪽 | 값 20,000원

서양의 관상학 그 긴 그림자

설혜심 지음

고대부터 20세기까지 서구 관상학의 역사를 추적한다

"나와 타자를 이분법적으로 나누었던 관상학의 긴 역사. 관상학이란 그 시대에 잘 풀릴 수 있는 사람과 아닌 사람을 구별짓는 코드였다."

· 신국판 | 양장본 | 372쪽 | 값 22,000원

세계와 미국

이삼성 지음

20세기를 반성하고 21세기를 전망한다

"미국과 세계에 관한 연구가 단순히 정치사나 외교사적 서술로 끝날 수 없다. 그것은 우리의 존재양식, 우리의 사유양식, 우리 자신의 연구일 수밖에 없다."

· 신국판 | 양장본 | 836쪽 | 값 30,000원

자기의식과 존재사유

김상봉 지음

칸트철학과 근대적 주체성의 존재론

"모든 나는 비어 있는 가난함 속에서 하나의 우리가 된다. 참된 존재사유는 모든 나를 없음의 어둠 속으로 불러모음으로써 하나의 우리로 만드는 실천이다."

· 신국판 | 양장본 | 392쪽 | 값 18,000원

그리스 비극에 대한 편지

김상봉 지음

슬픔의 미학을 통해 인간의 고귀함을 사유한다

"내가 타인의 고통으로 눈물 흘리고 우주적 비극성 앞에서 전율할 때 나의 사사로운 고통과 번민은 가벼워지고 나의 정신은 무한히 넓어집니다."

· 신국판 | 반양장 | 400쪽 | 값 15,000원

나르시스의 꿈

김상봉 지음

자기애에 빠진 서양정신을 넘어 우리 철학의 길로 걸어라

"자기도취에 뿌리박고 있는 서양정신은 영원한 처녀신 아테나처럼 품위와 단정함을 지킬 수는 있겠지만 아무것도 잉태할 수 없는 불임의 지혜다."

· 신국판 | 양장본 | 396쪽 | 값 20,000원

호모 에티쿠스

김상봉 지음

윤리적 인간의 탄생을 위하여

"참으로 선하게 살기 위해 우리는 희망 없이 인간을 사랑하는 법을, 보상에 대한 기대 없이 우리의 의무를 다하는 법을 배우지 않으면 안 됩니다."

· 신국판 | 반양장 | 356쪽 | 값 10,000원

중국인의 상술
강효백 지음
상상을 초월하는 중국상인들의 장사비법

"개방적인 자세로 상술을 펼쳐나가는 광둥사람, 신용 하나로 우직하게 밀고나가는 산둥사람. 이들이 바로 오늘의 중국을 움직이는 중국상인들이다."

· 신국판 | 반양장 | 360쪽 | 값 12,000원

그림자
이부영 지음
분석심리학의 탐구 제1부 / 우리 마음속의 어두운 반려자

"인간의 내면, 그 어두운 측면을 성찰하는 시간을 갖는다는 것은 하나의 축복이다. 나는 융의 그림자 개념을 통해 우리의 마음과 사회현실을 비추어 본다."

· 신국판 | 반양장 | 336쪽 | 값 10,000원

아니마와 아니무스
이부영 지음
분석심리학의 탐구 제2부 / 남성 속의 여성, 여성 속의 남성

"당신은 첫눈에 반한 이성이 있는가. 가까워지고 싶은 조바심, 그리움과 안타까움. 이때 두 남녀는 상대방을 통해 자신의 아니마와 아니무스를 경험한다."

· 신국판 | 반양장 | 368쪽 | 값 12,000원

자기와 자기실현
이부영 지음
분석심리학의 탐구 제3부 / 하나의 경지, 하나가 되는 길

"자기실현은 삶의 본연의 목표이며 값진 열매와도 같다. 우리는 인간의 본성을 좀더 이해할 필요가 있다. 모든 재앙의 근원은 바로 우리 자신이기 때문이다."

· 신국판 | 반양장 | 356쪽 | 값 15,000원

사랑의 풍경
시오노 나나미 · 백은실 옮김
목숨과 명예를 걸고 과감하게 사랑을 한 여인들의 이야기

"인간의 사랑과 드라마에는 역사가 없다. 르네상스 시대 사람들도 사랑에 속아 슬피 울기도 하고, 질투에 눈이 멀어 자신의 삶을 파멸로 몰아넣기도 한다."

· 46판 | 양장본 | 260쪽 | 12,000원

로마인 이야기 11
시오노 나나미 · 김석희 옮김
마침내 시오노 나나미판 로마제국 쇠망사가 시작된다

"강력한 권력을 부여받은 지도자의 존재 이유는 언젠가 찾아올 비에 대비하여 사람들이 쓸 수 있는 우산을 미리 준비하는 데 있다."

· 신국판 | 반양장 | 440쪽 | 값 12,000원

나의 인생은 영화관에서 시작되었다
시오노 나나미 · 양억관 옮김
시오노가 들려주는 고품격 영화에세이

"정의 · 관능 · 사랑 · 전쟁 · 죽음 · 품격 · 아름다움, 그리고 영원히 해결되지 않는 문제에 대하여 나는 말한다. 내가 사랑하는 모든 영화로."

· 46판 | 양장본 | 350쪽 | 값 12,000원

바다의 도시 이야기 상 · 하
시오노 나나미 · 정도영 옮김
베네치아 공화국, 그 1천년의 메시지는 무엇인가

"천혜의 자원이라고는 아무것도 없었던 바다의 도시가, 어떻게 국체를 한 번도 바꾼 일 없이 그토록 오랫동안 나라를 이끌어갔는가."

· 신국판 | 양장본 | 584쪽 이내 | 각권 값 15,000원

금기의 수수께끼

최창모 지음

인류학으로 풀어내는 성서 속의 금기와 인간의 지혜

"금지된 지식에 대해 알고자 하는 인간의 욕망과 그것에 대해 안다는 것 사이의 관계는 무엇인가. 알고자 하는 욕망이 죄인가, 아는 것이 문제인가."

· 46판 | 양장본 | 352쪽 | 값 15,000원

르네상스 미술기행

앤드루 그레이엄 딕슨 · 김석희 옮김

BBC 방송이 기획하고 출판한 최고 권위의 미술체험

"우리가 보는 것은 미술관 속의 과거가 아니라, 우리가 살고 있는 지금 여기입니다. 그만큼 르네상스 시대의 예술작품은 우리의 현재와 연결되어 있습니다."

· 신국판 올컬러 | 양장본 | 488쪽 | 값 25,000원

동과 서의 茶 이야기

이광주 지음

차 한잔의 여유가 놀이와 사교의 풍경을 이룬다

"나는 아직 차의 참맛을 모른다. 더욱이 다중선(茶中仙)의 경지랴. 그러나 차와 찻잔이 놓인 자리에서 나는 매일 한(閑)을 즐기는 호모 루덴스가 된다."

· 46판 올컬러 | 양장본 | 396쪽 | 값 20,000원

베네치아에서 비발디를 추억하며

정태남 지음

건축가가 체험한 눈부신 이탈리아 음악여행

"벨칸토의 본고장 나폴리에서, '토스카'의 배경 로마, 롯시니를 성장시킨 볼로냐, 베르디의 도시 밀라노를 거쳐 찬란한 빛과 선율의 도시 베네치아까지."

· 신국판 올컬러 | 반양장 | 336쪽 | 값 15,000원

지중해의 영감

장 그르니에 · 함유선 옮김

시적 명상 · 철학적 반성 · 찬란한 지중해의 찬가

"알제의 구릉 위에서 맞이한 열기 가득한 밤들, 욕망처럼 입술을 바짝 마르게 하는 시로코 바람, 이탈리아의 눈부신 풍경들과 사람들의 열정."

· 46판 | 양장본 | 236쪽 | 값 12,000원

침묵의 언어

에드워드 홀 · 최효선 옮김

시간과 공간이 말을 한다

"홀은 사람들이 언어를 사용하지 않고 서로 '이야기를 나누는' 다양한 방식을 분석하고 있다. 부지간에 행하는 인간의 모든 몸짓과 행동들."

· 신국판 | 반양장 | 288쪽 | 값 10,000원

문화를 넘어서

에드워드 홀 · 최효선 옮김

문화의 숨겨진 차원을 초월하라

"사람들은 지금까지 자신의 생활방식만을 당연시해왔다. 이제 인류는 잃어버린 자아와 통찰력을 되찾기 위하여 문화를 넘어서는 힘든 여행을 떠나야 한다."

· 신국판 | 반양장 | 372쪽 | 값 12,000원

생명의 춤

에드워드 홀 · 최효선 옮김

시간의 문화적 성격에 관한 인류학적 보고서

"시간은 하나의 문화가 발달하는 방식뿐만 아니라 그 문화에 속한 사람들이 세계를 체험하는 방식과도 밀접한 관련을 맺고 있다."

· 신국판 | 반양장 | 354쪽 | 값 12,000원